第九届（2018—2020）小小说金麻雀奖获奖作家自选集

{杨晓敏　尹全生　梁小萍　陈兰　主编}

夜行

薛培政 …………… 著

中国出版集团

中译出版社

野兔	175
神秘	171
过队伍	167
过命之交	163
梅痴	160
旗魂	156
鏖战	153
诺言	149
远望	145
号兵	141
老兵	138
突围	134
血脉	130
驼铃	126
回炉	123
嬗变	120

信守	236
那年那兵那段情	232
隐痛	228
雀儿	225
一碗汤	222
狗这玩意儿	218
梦若在，心就在	214
狱警老邵	210
老货郎	206
家常饭	201
飘儿的梦	197
糟糠夫妻	193
泥瓦工老田	189
搜索	185
余热	182
解封令	178

目录 CONTENTS

一盏马灯	001
夜行	004
寻宝	008
皮狐	012
冬夜	016
凤愿	019
长庚爷的心事	023
打囤	026
谢幕	030
夜遇	033
村医	037
老姑父	040
生产队里开大会	044
麦浪无声	048
三炮叔进城	052
乡贤赵五爷	056
留守的三娘	059
媒婆王三奶	063
陈有道的"道"	067
顺在左孝在右	070
老蔡上楼	074
蹲点	077
奇情	081
翘望	084
盼年	089
救赎	093
祛火	097
戒赌	101
夜渡	105
如谜往事	109
加碗	113
回望	116

硬核老团长	240
战时物资	243
疗心	247
无尽的任期	250
车位	254
丑子	258
仕途	261
还乡	264
脊梁骨	268

最熟悉的陌生人	270
跛子师傅	275
较劲	279
坚守	283
刘婶的生前身后	287
为故乡和亲人立此存照（代后记）	291

一盏马灯

我到 C 市军干休所采访"老边防"梁英才,发现他家卧室的墙壁上,挂着一盏老式马灯,看上去与室内陈设极不协调。

梁老的老伴打趣道,自打老头子回到内地后,这盏马灯就再没点亮过。老头子却拿它当宝贝,隔几天就拿下来擦拭一番,还捧在手里左右端详,像欣赏宝贝似的。看得出马灯上面一尘不染。

见我对这盏马灯好奇,梁老便将马灯从墙上摘下捧在手中,意味深长地对我说,它可是立了大功的啊——

那是 20 世纪 70 年代初,26 岁的我担任了连指导员。暮春的一天早上,尚未吹起床号,通信员便将我推醒,通知我到团部接受一项紧急任务。

当我快步赶到团部时,团长已在那里等候我了。团长告诉我,根据气象预测,今年天山天池冰面解冻可能要提前。他随即命令由我带队,以最快的速度将山上伐下的木材,用马匹通过天池冰面运到对岸,为战备施工备足木料。

当我带领两个排的兵力赶到天池边,才发现作业的艰难程度已远远超出了我们的想象。这次要往山下运送的木材,都是6至10米长,粗得一个人都抱不过来的松木。近似原始的运输方式,是在木材的一头钉上数个铁钯,用绳索系牢套上马匹拖过冰面。要将堆积如山的木材全部运到天池对面,至少需要一个月。

当运输进入后期时,我们不愿看到的一幕出现了:随着气温逐渐升高,天池出现了解冻的迹象:放眼望去,湖面上的裂纹清晰可见,并不时发出阵阵冰裂的声音。

天池平均水深60余米,最深处约105米,因属高山湖泊,水温较低,假如人或马匹不慎坠湖,几乎就没有抢救的可能。

任务紧急,情况突变,请示已经来不及了。如果停止运输,剩余的木材只能等到冬季封冻时才能运出,势必影响战备工程的进度;若是按照原来的运输方式作业,造成伤亡怎么办?我心急如焚,在湖边踱来踱去,虽有寒风吹过,仍感到身上一阵阵燥热。

经过一番深思熟虑后,我决定利用夜间气温低,浮冰间再次形成连接,天池冰面相对固定的时机,组织展开夜间作业。

夜幕渐渐降临,呼啸的寒风夹着雪花扑面而来。漆黑一片的冰面上,别说战士难以行进,就连拉木头的马匹都扭动着身子不愿前行。

见此情景,我瞬间便做出第二个决定:由我提着马灯

夜 行

走在前面开路,大家看着灯光,跟我保持距离连成一路行进。一旦看不见灯光,要赶紧卸下木材,立即返回原地,大家记住了吗?

"记住了——"在这罕有人迹的天山上,战士们那悲怆的回答响彻旷野,我感到肩头上有千钧的压力。

我提着这盏马灯在前挪动,身后运木材的人员马匹形成一条长龙,渐渐向天池对岸靠近。

经过两个整夜的紧张抢运,终于将所有木材运到对岸。这时人困马乏,都盼着早点返回营区休整。

我顾不上歇息,再次来到天池边,仔细观察了现场情势后,回到队伍前做出了第三个决定:原地进行短暂休整,备足两天的干粮,准备翻山绕道返回营区。

"指导员,咱们昨夜不是才从冰面上过来吗?这回又是轻装返回,不会出事的!"几个老兵劝我道。

"您看俺们都劳累成这样了,为啥有近道不走,非要绕远路自讨苦吃呢?"有的战士也发起了牢骚。

…………

在稍做休整,备足干粮之后,我铁青着脸向着队伍下达了命令:"同志们,上级赋予我们的任务已经完成,团首长在等待着我们安全返回。现在湖面上的情况已经发生变化,我们任何人都不能蛮干,做无谓的牺牲,我必须把人员、马匹一个不能少地带回营区,开进——!"

两天后,当我站在营区门口,看着所有人员和马匹安全进入营区后,竟一头晕倒在地……

若干年之后,当那些身处天南地北、已是子孙满堂的老战友,偶尔与我见面或电话联系时,总少不了提起这档子事,都认为我当年提着马灯在前开路,颇有些"壮士一去不复返"的豪情。

"其实,当时我也后怕。上有年迈的父母,下有即将分娩的妻子,倘若我那夜掉进湖去,对他们的打击可想而知。可是,想想担负的任务,再看看身边的战士,作为指挥员,我别无选择。所幸的是,我把他们一个个安全地带回来了——"

抚摸着那盏马灯,诉说完这段往事,梁英才微眯的眼里充满了笑意。

夜 行

"那天夜里的月亮啊,白亮白亮的,就像被水洗过一样——"九十多岁的凤山爷,说起1941年白露前夜的月亮,依然啧啧称奇。

老人呷了一口茶,顿了顿,继续说道:

夜　行

"抗战爆发后，为打击日军的嚣张气焰，八路军某支队于1939年8月间，经淄河流域进入鲁中南地区后，我就担任起了地下交通员。

"那天刚擦黑，我放羊回来，正圈羊哩，镇上开羊肉馆的刘大眼来了，他是我的上线。一看他眨着那双忽闪忽闪的大眼，我就知道有任务了。

"他一把将我拉进羊圈后，从鞋帮上抠出一张二指宽的纸条，交代务必在天亮前，送到队伍首长手中。他说完，逮上两只羊走了。

"我坐在院里那棵国槐下，边抽烟边琢磨着行程。待主意拿定，我舀瓢凉水喝下，回屋和婆娘交代几句后，就揣上张煎饼上路了。

"按说我一个棒小伙子，六十多里路程，天亮前赶到不算啥。可自打日本鬼子侵入朐城后，接连在一些交通要道上修筑了据点。国民党军也陆续进驻朐城西部和南部山区。这方圆几十里的地盘上，日军、伪军、国民党军、土匪和地方游杂武装盘根错节，敌我难辨，要将情报安全送到，却并非易事。

"出村后，大路不敢走，我观察了一下周围，便疾步走进村南野猫沟里。

"月亮升起来了，像一个硕大的玉盘，把沟里照得如同白昼，一草一木看得真切，这对夜间秘行极为不利。

"为便于隐蔽,我顺手拔草编个草帽戴在头上,又折下几根树枝用桑皮编了件蓑衣,一番伪装后,便悄悄地向前穿行。还好,这段路上,除了几声狼嚎,倒也没遇上险情。

"从沟里出来,要过一个三岔路口,这是进入南部山区的必经之路,也是各路武装经常出没的地带。

"我躲在庄稼地里仔细观察,见没有动静,就想快速通过。谁料没走几步,我惊得头皮一炸,忽然看到从西边过来的路上,有个人影一晃不见了。

"站在明处的我,躲是躲不过去了,便极力定了定神后,小声朝那边喊道:'兄弟,都是过路人,出来吧!'

"不一会儿,那人站到了我的面前,看上去也是庄稼人打扮,对方倒是先开口了:'这位大哥,半夜三更的,这是朝哪儿去?'

"'唉,俺娘傍黑得了急症,要去南厢水泉村王仙儿(方言:医生)家药铺抓药哩!'我回过话后,看了对方一眼,便随声问道:'这位兄弟是——'

"'俺是沟北刘家坡的,吃过晚饭撵驴进圈时,才发现驴挣断缰绳跑了,出来找驴哩!您从东边来,有没有碰见头大灰驴?'

"'这一路没碰见驴哪,要不您再找找看?'我想尽快甩掉对方,离开此地。

"'噢,那我再往前找找。'说罢,他便朝向南的那条小

夜　行

路走去。

"见此情景,我的心里不由得咯噔一下,这也正是我要走的路,怎么办?改道已经来不及了,看来只好陪着走下去:'正好,我也要走这条路,咱兄弟俩就做个伴吧!'

"'那好,大哥请!'望见他不经意的一个手势,我对其不敢小觑了。

"半夜了,月亮依然亮得让人晃眼,青纱帐边幽静的小路上,忽近忽远的虫鸣,衬托着夜的寂静。

"不明身份者结伴同行,非但没为我壮胆,反让我心里发毛。每走一段,他或说脚心被石头硌了一下装作磕鞋,或是我怨裤子被露水打湿要拧裤腿。俩人心照不宣地变换着行进位置,谁走在前,都用余光左右扫视,提防来自背后的袭击。

"突然,随着'扑棱棱'的一阵响动,栖息在路边庄稼地里的几只野鸡腾空而起,四处飞散。那一霎时,我俩本能地拉开架势,同时朝腰间摸去。虚惊一场的举动,彼此都多少猜出了对方的身份,相互对视了一眼,转身继续赶路。

"走出青纱帐后,我俩停住脚步,趴在草丛中仔细观察周围的动静。放眼望去,南边村口新修建的炮楼上,鬼子的探照灯鬼眼一样照来照去;东边的大路上,几辆摩托车'突突'地来回穿梭,听声音像是伪军在巡逻;只有西边一片寂静,只能从西边绕行过去。我朝他使个眼色,他会意地与我同时起身,悄然向西摸了过去。

"原来,西边不远处是一条深沟。站在沟沿朝下看,深不见底。只见他紧了紧身上的衣服,沿着沟边'骨碌碌'朝下滚去。我正惊讶时,就听他在下面小声喊道:'没事的,下来吧。'我也照着他的姿势下到沟里。

"穿过那条深沟,又前行十几里山路后,我俩在一个岔路口分手。

"随后,我沿路向东去,他朝西进山了。

"月亮偏西,天快亮时,我终于赶到了目的地。看见村口站岗的八路军哨兵,我悬着的心才放了下来,便加快脚步朝前奔去。"

寻　宝

夜半时分,山村一片寂静。

陶金贵拜过财神,又手持铁铲,肩背箩筐,朝蛙鸣谷摸去。

刚入谷口,猫头鹰叫了。"哐!哐!"他懊恼地啐了两口唾沫,觉得还不解气,又捡块石头砸过去。

那年冬天,他的魂像被张瞎子的评书勾走一样,天天

夜　行

半夜往蛙鸣谷跑。

"难不成中邪了？"家人见他双眼无神，脸色灰败，人不人鬼不鬼的，忙请跳大神的三仙姑来驱邪，但没等仙姑施法，他就把人给轰出去了。又请老族长出面，连劝三天，他铁了心不回头，老人摇头晃脑地叹息着走了。

地荒了，家败了，老婆心凉了，招呼也没打，带着孩子远走他乡。

陶金贵痴迷到发疯，三天两头去拜张瞎子，张瞎子经不住他缠磨，打发道："相传从前有支绿林武装盘踞蛙鸣谷多年，兵败之前，将大批珍宝埋藏在山中，放一对金蟾为号，只待深夜击掌，听见蛙叫一样的回音，就找到藏宝的洞口了。"

陶金贵深信不疑，昼伏夜出，地老鼠般挖来挖去，累折胳膊累弯腰，连根毛也没捞着。

眼看着村里盖起一座座新房，他那孤零零的土坯房，越发显得破败而孤寂。驻村工作队入户采集信息，不见他人，走访邻居，对方嘴一撇："他家穷得连老鼠都不愿串门，哪像个过日子的人家！"

村委将其纳入建档立卡户，谁都不愿包这个"刘阿斗"。

他寻宝把家折腾贫后，心也跟着贫了。那天，他接过低保金，转身进了酒店，胡吃海喝撑得胃出血。末了，还得村里打发住院费；帮他栽种的树苗干枯在地里，扶持给他的畜禽早饿得跑没影儿。

咋就摊上这么个主儿？村干部气得怒斥他："你啊，就是块糊不上墙的烂泥巴！"

"烂泥巴糊不上墙，那是没找对瓦匠，就算他是块石头，咱也得把他焐热！"前年底，第一书记梁海接手了。

梁海去过他家几次，连个人影也不见，打电话聊不上两句，他就挂了。梁海不急也不火，瞅准时机堵个正着。

谈扶贫的事，陶金贵哈欠连天，眼皮耷拉。听到"靠山吃山"，他来劲了，猛然抬头问："梁书记，听说你是学地矿勘测出身的，你看这山上有没有埋过宝贝？""有，肯定有！"他看梁海的表情，不像讽刺，更不像玩笑，那暗淡的眼神立刻闪过一丝光亮。

梁海话锋一转道："不过，像你这乱打乱撞不行，得听我的！"

寻宝心切的他，就像输红眼的赌徒，一把握住梁海的手道："只要能找到宝贝，你让俺向东俺绝不向西！"

"你说话算数？"梁海盯着他问。

"谁反悔是这个！"他忙不迭地用手比画个王八。

"那好，跟我来！"梁海前脚走，陶金贵紧跟后。满脑子想着寻宝的他，被领到一养羊户家，正赶上肉联厂来收购羊，看着户主大把数钱，梁海把他推到跟前，他看得眼都直了。

梁海趁热打铁,拍着他的肚皮道:"要寻宝,得先把这儿填饱,等吃穿不愁,再寻也不迟!"

随即,帮他承包了300亩荒山,协调低息贷款建起小型养殖场,购买10头小猪、5只山羊、100只小鸡,还栽下200棵果树。并签下协议,赚了是他的,赔了,梁海兜底。

陶金贵终于安稳下来,梁海长吁了一口气。

谁料,半月不到,他嫌累,还嫌来钱慢,撂挑子了。

那天半晌,梁海和村主任去镇里开会,顺道过来看看。还没走近养殖场,就听像炸了锅一样。跟前一看,圈里的猪、鸡、羊饿得乱叫唤。俩人从窗孔往里瞧,见他正躺在床上打呼噜。

村主任气得踢开门,一把将他揪起道:"说你糊不上墙,梁书记还不信,你就甘愿混下去?等大伙都脱贫奔小康了,你这脸往哪儿搁?"一顿批评,臊得他耳根子都红了。

梁海没有灰心,在号准陶金贵的"懒惰点"后,坚持对症下药抓帮扶。一有空,他就往养殖场跑,帮着干这干那,顺带就把陶金贵"监督"了。被梁海"挟持"后,陶金贵再不敢马虎。那天夜里,暴雨倾盆而下,养殖场被洪水围困。手足无措的他,忽见梁海手持铁锹冒雨跑来后,顿时便胆儿壮了,俩人开沟排水,养殖场安然无恙。

望着浑身沾满泥水的梁海,陶金贵愧疚不已:"梁书记,这些年,俺自己都嫌自己混得窝囊,只有你把俺当人看,再干不好,俺是孬种!"

他天不亮就起来打猪草、拌猪食;精心饲养鸡群;下雨天还披着蓑衣放羊;从山下担水浇果树,肩膀磨破也不歇。

到年底,10头猪出栏,加上卖鸡蛋和肉鸡,净赚3万多元。他乐得嘴都合不上。

梁海趁机帮他找回妻儿。见了面,老婆揶揄他道:"本事恁大,咋不上山寻宝了?"他嘿嘿一笑:"梁书记帮俺找到打开'致富门'的金钥匙,这宝就攥在手心里,俺还要大干一场哩!"惹得在场的人都笑了,那笑声响彻山谷,连回音都充满了底气。

皮 狐

早年间,覃龙根在沂岭上替人看山护林。

龙根爹早逝,娘双目失明。

他年近四十尚未娶亲,长年守着大山,靠开荒种地,打柴采药,间或狩猎,娘儿俩的日子勉强过得去。

夜 行

龙根是个孝子，有什么好吃的都先尽着娘。听人说，母鸡每年开春下的鸡蛋养分足，他在山上养鸡攒的鸡蛋，贵贱不卖，都留给娘吃。

那年开春，却出了怪事。他常听见母鸡"咯咯哒"地叫个不停，鸡窝却回回都空着。"咦，这鳖不媲蛋的地方，还能招贼不成？"望着满是荒草石头的大山，龙根苦笑着摇头。

那日，他悄悄躲在石墙后边瞅着。只见母鸡刚出窝叫，一只皮狐溜进鸡窝，瞬间叼着鸡蛋逃走了。"原来是这家伙捣的鬼！"龙根小声嘟囔道。那皮狐噙着鸡蛋，跳到一块巨石上停下身。

皮狐见被人发现，也不害怕，晃悠一下身子，就顺势蹲到石头上，瞪着滴溜溜的小眼睛，挑衅般地望着龙根。

"奶奶的，做贼还有理了不是！"他气不过，随手抓起一块石头砸过去，皮狐"嗖"地窜进丛林。

那皮狐精头精脑，每天躲在灌木丛中，听见母鸡叫，不等龙根来捡，叼起鸡蛋就逃。

龙根每天要巡山，还要忙田里的活，哪能常守着鸡窝？接二连三丢鸡蛋，气得他心肝都疼："嘿，好你个狐崽子，老子非教训教训你不可！"

他仗着对山林熟悉，识兽踪迹，在皮狐出没的树丛间布下猎套。那皮狐似觉察到危险，很快变换出没方向，鸡蛋照丢不误。

一招不行，再换一招，龙根的倔劲上来了。

他连夜在鸡窝附近挖个陷阱，上面用细枝条搭起，再盖层树叶，上面放几个鸡蛋，想瓮中捉狐。哪知皮狐绕过陷阱，把鸡窝里刚下的鸡蛋咬碎后逃了。望着满鸡窝的蛋黄蛋清，龙根气得直叫唤："狐崽子，你个王八蛋还成精了，越来越会祸害人呐！"

怒火攻心的龙根，将多日不用的火铳取出来，装满了火药和霰弹，每天躲在岩石下，等皮狐现身。也怪，一连几天，连个皮狐影子也不见了。

娘托人捎来信，说姨表姐家庄上有个年轻寡妇，不嫌他家穷，有意与他成亲，要他下山见上一面。

那天，龙根在山下与女方见过面，喜滋滋地走在回山的路上，看着什么都顺眼。

初夏的阳光从密密层层的枝叶间透射下来，地上印满铜钱大小的粼粼光斑，带着微热的东南风，吹得他身上舒舒服服。

龙根一路哼着小曲回到窝棚跟前，见两只狐崽在门前哀嚎，任凭他挥手瞪眼，咋也撵不走。

"莫不是——"他疾步走进窝棚后，望着眼前的一幕，不由得又气又笑。只见那只皮狐脑袋被盛水的瓦罐口卡住了。听见脚步声后，皮狐急得吱吱乱叫。"哈哈，好小子，

夜 行

等你不来，今天自个儿送上门来，看你还往哪里逃！"龙根说着便举起手中的木棍往下砸去。就在那一瞬间，他望见两只狐崽哀求的眼睛，手顿时软了下来，木棍顺势砸在瓦罐上，只听"哐啷"一声，瓦罐碎了，皮狐抽出头后，惶恐得不知所措。龙根朝外一指道："带上你的崽子，快滚吧，记住别再祸害人了！"那皮狐轻轻地叫了一声，带着狐崽跑了。

沂岭上缺水，龙根吃水要从山下挑。打那后，他每天用小盆盛水放到门外，等着皮狐带狐崽来饮。

也是从那时起，龙根养的鸡窝里，再没丢过鸡蛋。那一年秋收，他在地里种的花生、绿豆、豌豆，也没被田鼠刺猬祸害，竟获得了大丰收。

冬至那天，龙根下山串亲，贪了几杯酒，晚上睡得实。到半夜，他猛觉得有个毛茸茸的东西在挠脸，边挠边吱吱叫，起身一看，原来是皮狐跳到床头，他连吼带打，咋也撵不走。这时，就听见外边"噼噼啪啪"地响，还闻到一股浓烟味。

他连忙起身奔到棚外，只见火头已接近窝棚。于是，他边扑火边大声呼救，听到喊声后，附近村庄的乡亲们拿着铁锨、扫帚冲上山来，经过大家奋力扑救，终于扑灭了山火，几千亩山林保住了。

往后，守山护林的龙根，再没狩过猎。

冬 夜

那年，村里还没通电。腊月过半，连下两场雪，又刮起西北风，天刚擦黑，街上就不见人了。

一盏昏暗的油灯下，长根爹喝了碗玉米面地瓜粥，点燃自卷的喇叭筒烟卷后，又陷入沉默，唯有唇边的烟卷一亮一熄地闪着猩红。

长根娘斜躺在被窝里，吃力地喝了小半碗粥，就说喝不下。她瞅了瞅正啃着窝头和咸菜的几个孩子，又把眼神转向男人，半是恳求半是催促道："当家的，要不，再出去问问，看谁家还杀年猪，大过年的，咋也得让孩子们尝点儿荤腥不是？"

"唉！找谁问哪！"长根爹重重地吸了一口烟，苦着脸叹道。

"都是俺这不争气的身子骨闹的，这一年吃药打针花的钱，该买多少肉呀！"长根娘说着，又落下泪来。

"你看你，又来了，人吃五谷杂粮，哪有不生病的？等天暖了，病好起来，拉下的饥荒，咱慢慢还。再说，离过年还有些天，总有杀猪的人家。"长根爹说罢，起身套件厚棉袄，戴上顶狗皮帽子，两手一揣要出门去。

夜 行

"爹，俺也跟你去！"见爹出门，长根把窝头往桌上一搁，就要起身。

"小孩子家，你跟着干啥咧？"见爹心烦，他不敢犟嘴，悄悄地朝着娘使眼色。

长根娘说："就让他去吧，黑灯瞎火的，也好跟你做个伴儿。"

见爹不再坚持，长根便跟在爹身后走出门去。

长根爹见不得女人落泪。以前，身材瘦小的她像个壮劳力，没白没黑地操持。也许是劳累过度，今年春上她一病不起。大小医院没少进，打针吃药也不见轻，后来让邻村中医看对症，这才好转起来。为给她治病，该卖的东西都卖了，能借的钱都借了，还拉下一腔饥荒。

其实，长根爹一直操心着割年肉的事。往年这时，他早去找杀猪户凑猪份子，预订下要割的年肉了。

这年，家里没有钱，他气短三分。进腊月，他见人凑猪份子，面上没事儿人似的，心里却像猫抓一样。

长根舅家杀年猪，可借人家的钱还没还上，咋有脸张口？长根堂叔家也杀年猪，人家开春要办婚事，急等着用钱，也不便张嘴……长根爹思来想去，只等生产队决算分红后，再借支买年货。

这年队里决算迟，借钱到手时，已过了杀猪旺季，他着实作难了。

夜深人静，灯熄犬吠，村子里漆黑一片，抬头是黑黢黢的天，低头是黑洞洞的胡同，只有呼呼的风在叫。

爷儿俩呆呆地站在树下，长根爹一句话不说，一支接着一支地吸烟。

过了一会儿，一阵咳嗽声传出，前边那座小院里亮起灯。那一缕微弱的灯光，让站在黑夜中的爷儿俩眼睛顿时闪亮了。长根爹低头望他一眼，使劲儿抹把冻僵的脸，拖着像灌了铅的双腿，带着他朝前走去。

嘎吱嘎吱踏着积雪，爷儿俩循着灯光，来到罗瘸子家门前。长根爹抬手想拍门，可抬了几次都没拍下去。他和罗瘸子有过节。犹豫着转回身去，可没走两步，他又突然折回身来，终于牙一咬脚一跺，拍响面前的木门。

罗瘸子是个鞋匠，靠交钱向生产队买工分。他家孩子少，日子略宽裕。他心热人善，每年喂成的肥猪，总拖到年跟前屠宰。有人笑他发善心照顾穷汉子，他也不否认："都是乡里乡亲的，能拉一把就拉一把。"

见他们上门，未等长根爹张口，罗瘸子道："知道你这一年过得不易，家里又摊上病人，给你留了五斤。别嫌少，将就着过年吧！"那一瞬间，长根忽然觉得一股暖流涌遍全身，鼻子酸得想掉眼泪。他见爹张了张嘴，想说些什么，也被罗瘸子抬手打断："啥话也别说，先把年过好，日子长着哩。"

回家的路上，风夹着细沙般的雪粒，打得脸上生疼，

夜 行

爷儿俩竟不觉得冷。进院后,长根爹没顾上喘口气,就朝屋里喊:"孩他娘,咱家年下有肉吃了!"

沉寂的屋子里,顿时有了生气。快一年没吃肉的孩子们,一个个从被窝里骨碌碌地爬起来,一张张小脸就像一朵朵含苞待放的花儿。

几个孩子叽叽喳喳乐够后,又钻进被窝睡下了,长根却翻来覆去睡不着。1974年冬夜里那一缕灯光,就像烙印一样刻在了他的脑海里。

多年后,创业成功的长根,成了一名远近闻名的慈善家。

夙 愿

坐在轮椅上的爷爷,爱给小孙子讲鹁鸪岭的故事。

"鹁鸪岭在哪儿?"小孙子问。

"鹁鸪岭啊,在很远很远的地方。"

"鹁鸪岭上有好玩的东西吗?"

"鹁鸪岭上呐,有大片的原始森林,森林里有山泉和小溪,有野生的果子和山珍,还有好多松鼠、野兔、山鸡、狐狸这些小动物……"爷爷颤抖着声音说。

"哇,我长大了一定要去鹁鸪岭!"充满憧憬的小孙子乐了。

爷爷却将头扭到一旁,眼泪滑落在衣襟上。

爷爷说,在鹁鸪岭,是打鬼子那会儿,鹁鸪岭人的恩情,几辈子也报答不完。

那年,刚满二十岁的爷爷担任了区武工队队长。一天上午,为阻击下乡扫荡的鬼子,掩护乡亲们转移,他身负重伤,被抬进鹁鸪岭。

这是一个大山皱褶里的村庄。山地贫瘠,十年九旱,散居在山上的村人,半年糠菜半年粮地过活。养伤的日子里,乡亲们你一瓢他一碗,将仅存的一点白面拿出给他吃。那次,房东大嫂刚烙好一张面饼,将要扶他起身时,身后多了一双直勾勾的小眼睛,那是大嫂五岁的独子。趁大嫂转身的间隙,小家伙偷偷撕下一小块面饼,还未填进嘴里,就被大嫂发现夺下,一把将孩子推到室外。他泪流满面地握着那张面饼难以下咽。

伤愈归队时,他对送行的乡亲们含泪发誓:"等仗打完了,俺一定回到鹁鸪岭,让老少爷们儿吃上饱饭!"

从抗美援朝前线回国后,他谢绝进荣军院疗养,拄着拐杖走进鹁鸪岭村。

他没有食言,用安家费买炸药、铁镐、铁锨和手推车,带领乡亲们打响劈山改岭造良田的战斗。把一座座山梁翻

夜 行

个底朝天,造出一片片梯田。就在他向往着让鹁鸪岭人年年有余粮、天天吃饱饭的时候,一场百年不遇的山洪,将造出的梯田一夜之间冲毁。

望着漫山遍野裸露的山石,这个七尺高的硬汉号啕大哭:"没能让乡亲们吃饱饭,却糟蹋了大片山林,我有罪啊——"他连伤带痛晕倒在山坡上后,后来整个人瘫痪了。

此后,恶化的生态蚕食着这片贫瘠的土地,"穷"像魔咒困扰着鹁鸪岭人,也深深地刺痛着他的心:"还不上这笔账,我死不瞑目啊!"

几十年后,省城一位林学博士,担任了鹁鸪岭村第一书记。

博士书记进村后,白天满山跑,寻宝似的走走看看,时而抓起一把土,对着放大镜端详半天;时而走向山崖边,用手指蘸起石缝间的水滴看了又看。晚上就到村民家拉呱,专拉山上的事。一个月后,他当着全村父老乡亲的面,拿出了脱贫致富的规划——造林。

"咋,要在这兔子不拉屎的山上栽树,咋栽?能活吗?"乡亲们把头摇成拨浪鼓。

"能!就看咱老少爷们有没有这个心劲。"他一口唾沫一个钉地说。

望着一双双疑惑的眼睛,博士书记发话了:"请大伙儿放心,栽活了,谁栽归谁所有;栽不活,树苗费、误工费,我来出！"

也许被他那热诚劲儿感染，乡亲们随他上山了。

山上缺土，肩挑人抬，一袋一袋往山上搬运；没有水，请来水利专家当顾问，开挖泉眼、修蓄水池、建拦水坝、铺设管道；买树苗资金不足，他带村民到外地采种繁育苗木；还修成盘山路，架线引电上山。

后来，他索性带上铺盖卷，半年竟没下过山。住在省城的妻子想不通，坐火车、赶汽车找上山来："你堂堂一博士，放着省城不待，跑到这光秃秃的山上来，你傻不傻呀？"

"说傻也傻，说不傻也不傻，我就想让这满山遍野长成苍翠树林，站在林间，能看到泉水静静流淌，看到鸟兽随意嬉戏……"

"我看你是发疯了！"妻子气得头也不回地走了。

为植树，他胶鞋磨烂上百双，镢头换了几十把。除了脸上架的那副眼镜外，黝黑的皮肤、淳朴的装扮，与村人没二样。长年超强劳动，曾几次累倒在山上。望着他那羸弱的身体，乡亲们心疼了："这孩子咋恁实诚啊！"

任期到后，痴心不改的他又续三年。等到第二个任期满时，鹁鸪岭道道山梁已是郁郁葱葱，层林尽染，瓜果飘香。

下山那天，他虔诚地跪倒在山林前，仰望蓝天高呼："爷爷，如今的鹁鸪岭又有了大片的森林，森林里有山泉和小溪，有野生的果子和山珍，还有好多松鼠、野兔、山鸡、狐狸等小动物，您看到了吗？"

长庚爷的心事

"多好的宅子没人住了，多好的地没人种了，都挤破头奔城里去，城里装不下，村子却空了……"长庚爷站在村南山顶上，望着寂静无声的村子，摇头叹息。

唤作"赛虎"的黄狗，扭头望了主人一眼，也朝着村子叫起来。

长庚爷嗔怪道："行了，小子，别逞强了，你叫破喉咙，也没人搭理啊——"

长叹一口气，一路蹒跚朝村子走。

其实，长庚爷不是本乡本土槐花峪人。八岁那年，老家那带一闹饥荒，成了孤儿的他，拎根打狗棍，便跟人外出逃荒了。谁料一觉醒来掉了队，懵懵懂懂走进槐花峪，被殷实人家收养，送进私塾读书，后来做了上门女婿。

入社那年，村里办起小学和联中，招收四邻八村学生，长庚爷做起教书先生。几十年过去，教过的学生，大官小官数不清，一双儿女也在市里安家立业，他却从没离开过槐花峪。

自古文人最多情。教书育人大半辈子的长庚爷,常把槐花峪比作桃花源。现住的三户人家五个老人,都八九十岁,身体却没毛病,能吃能喝能下田,让他越发觉得槐花峪是长寿宝地。

他眼下就是这个村的王,要照看好包括自己在内的五个老人、一条狗、两头牛和十几只鸡,每日里拄着拐杖,巡视这片领地。

立秋前夜,如注的大雨一夜未停,噼噼啪啪的雨点,一声声敲击着老人的心:唉,村里没个壮劳力,遇上三灾两难可咋办?

天色微明,长庚爷见两对老夫妇平安无恙,心里一块石头落了地。

站在被冷落的村小学前,他望着塌了半边的校舍顶棚,胸口闷得像塞了棉花,一阵凉风吹来,忍不住剧烈咳嗽起来。

不远处的草丛间,一只受惊的狐狸"嗖"的一下,窜向杂草深处。眼尖的赛虎发现后,狂追了过去。

"回来——小子!"听到长庚爷一声断喝,赛虎不甘心地停住脚步,怏怏地回到老人身边。

"狐狸不嫌弃村子赖,留下与咱做邻居,有啥不好?你咋见一次撵一次,弄得像仇人,就兴你住,不兴人家住?"

赛虎像犯了错的小学生,耷拉着脑袋挨着数落。

云卷云舒，花开花落，长庚爷把脚印留在了村子的角角落落。

累了，他便找块石板坐下，边回味边念叨过往的日子。

"——俺们槐花峪，每到春暖花开，漫山遍野的槐花开得像雪，十几里外就能闻到花香。"

"——村边小河清凌凌的流水，捧起来就能喝，比城里人喝的矿泉水强多了；地里种出的瓜果，一咬脆生生、甜滋滋，还有那新鲜蔬菜，吃都吃不完。"

"唉——都怪那些败家子，说要搞开发，把好端端的山给挖了，把树给掘了，建起水泥厂、石料厂、搅拌站。现在讲环保，又拍屁股走人了——真是作孽啊！"

气归气，日子还要照常过。

他凭着记忆，用画笔描绘着村里以往原生态般的生活场景。画面上大到民宅、老街、场院、碾子、石磨和辘轳井，小到木锨、木杈、笤帚、簸箕……每有新作，都先拿给守在村里的两对老夫妇看，都说："像！真像！"望着那一张张和自己一样咧开嘴没牙的笑脸，他仿佛觉得槐花峪复活了。

中秋节，长庚爷要过米寿（八十八岁的雅称。因"米"字拆开，其上下各是八，中间是十，可读作八十八，故名米寿）了，在外的学生们相约，要趁小长假回乡为老师贺寿。任凭儿孙辈缠磨，他执意不肯到市里去，非留在槐花峪接待归来的学子。

祝寿那天,他心情格外爽快,手拄拐杖,神色不变气不喘,带着来宾把槐花峪转个遍,边转边回忆当年那美好光景。

寿宴就摆在自家的小院里,来宾们一下子没有了级别和差距,都像小时候挂两筒鼻涕时那样,围坐在老人身旁,啃着水煮玉米和花生,喝着自酿的水酒,鸡零狗碎说着以往的糗事。

趁着大家兴起,老人走进堂屋,取出一个用红绸布覆盖的包裹,放在八仙桌上:"这么多年过去,你们没有忘记我老头子,今天,我要每人送一份礼物。"

"送礼物?"一双双期盼的目光投向长庚爷。

老人慢慢打开包裹,所有人的眼睛都亮了,那是长庚爷自费出版的《槐花峪村志》。应和着缓缓响起的歌曲《父老乡亲》,浓浓的乡情弥漫开来。

打　囤

正月二十五,天微明,茹冈人就开始操办一项庄重的仪式——"打囤节"。

"打囤节"俗称"填仓节",是民间祀祭仓神,祈望五

夜 行

谷丰收的节日。

到了这天,家家户户把备好的草木灰用簸箕盛好,在院子里撒着一个又一个圆圈,一个圆圈代表一个囤,直到画满为止。囤打完后,再放些五谷杂粮,象征这一年风调雨顺,五谷丰登。

老翠姑家年年都在院子里打囤,梦里都想收的粮食囤满仓溢。

1958年,翠姑被娶进家时婆母已去世,公公拉扯六个孩子,劳力少,吃饭的嘴多,一家人吃穿落在她身上。望着越来越瘪的粮囤,她扳着手指过日子,常常泪水流进嘴里,嚼碎了,却咽不下去。

等她生头胎时,正赶上打囤节,翠姑连想也没想,顺口给娃儿起名叫"存粮":"俺盼粮食把眼都快盼瞎了,老天爷开恩,让俺娃儿生在打囤节,往后再不缺粮了。"

月子里没奶水,存粮瘦得像个猫崽,没日没夜哭,娘家心不忍,牵来只奶羊,才把他养活。

"存粮——存粮——"叫着叫着,就成了半大小子。从他记事起,家里日子饥一顿、饿一顿,饿极了就问:"娘,啥时候,让俺放开肚子吃饭?"翠姑没好气,出口像刀子:"问你那死憋爹去,年年打囤,嘴笨得像猪,仓神爷能让咱做饱鬼?"

翠姑的男人长得敦实,干活不惜力气,就是嘴拙,打囤节，只顾闷头画圆圈，嘴里迸不出半句词儿。

打囤时，又不兴女人到场，翠姑隔着窗棂看得真切，心急火燎地嚷道："你个死鳖啊，快说'填仓，填仓，小米干饭杂面汤——'。"男人脸憋得通红，嘴张了几张重复道："填仓，填仓，小米干饭杂面汤——"

等忙活完回屋里，翠姑竖起两条长眉毛，脸上凶得像要把他生吞活剥了似的吼道："天生的穷鬼啊，你那嘴让针缝住了？"

节气好过，日子难挨，又到一年打囤节。"今年这囤还打不？"望着室外呼呼的北风，男人苦着脸等她发话。"咋能不打？还要多打囤、打大囤哩，俺就不信生就的穷命！"和命运较上劲的翠姑，在草灰里和上水，硬是在院子里画下一个个圆圈。

比树叶还稠的日子，一年挨着一年，等操持小叔子小姑子都成家，儿子存粮也到了谈婚论嫁的年龄。进三月，媒人捎来话，女方娘家要来看家，老翠姑一听就慌了："天爷啊，囤里粮食见底了，咋办哩？"为救急，本家老五爷出面，求助左邻右舍，连夜凑红薯干，填满她家粮囤，总算保住了亲事。

翠姑想粮食都快想疯了。1979年正月二十五，她好说歹说，请来绰号"巧嘴先生"的堂哥帮忙打囤，"巧嘴先生"边打边念念有词，翠姑听着心里敞亮了。

夜 行

那年秋天，队里实行联产承包责任制，翠姑一家老少起早贪黑，精心侍弄分到的七亩地。到下年麦季，望着打麦场上堆成小山的新麦，她大喜过望，脸贴麦堆闻了又闻，喜泪哗哗地流，语无伦次地喃喃道："俺有粮食了，俺家再不缺粮了，多亏巧嘴哥帮俺求来的福啊！"恰好"巧嘴先生"打此路过，笑着回道："没有好政策，俺嘴再巧，还不一样受穷？"

挨到秋后，庄稼收满场院。翠姑的男人嘴也不拙了，话痨似的见人就显摆："呵呵，收这么多粮食，咋存放哩？真让人发愁啊——"那年，他家一下添了五口大缸。

在年年画着圆圈的希冀中，要强了大半辈子的翠姑就老了，肯忘事儿了，唯独打囤，她记得门儿清。每到这天，老两口一个撒着圆圈儿，一个振振有词儿，心中的念想就升腾起来。

日子过得滋润，心情本该畅快，老翠姑那倔劲却上来了："如今这人是咋了，嘴咋越吃越刁，不知道吃啥香了不是？才吃几年白面，咋又争吃杂粮窝头嘞？"上大学的孙女说这叫懂养生，还说红薯叶子是美味，城里人抢着吃。老翠姑嘴撇了又撇道："这是没吃过苦的人作哩，再好吃能好过大米白面？"

那天，一向乖巧的孙女没听她劝，跑到自家田里采回一筐红薯叶，蒸了满满一笼，津津有味地过了一把瘾。

谢　幕

东方刚露出鱼肚白，于峻山和那头黄犍子牛，已缓缓地向村外走去。

多少年了，他一直秉持着"人勤牛马壮"的古训。

"峻山叔，又上山呢？多大年纪了，还山上山下跑着伺候这个宝贝疙瘩，也不嫌累？"

"峻山哥，看黄犍子这身肉多瓷实，少说也值万把块，还不舍得出手？"

碰着早起的乡邻打招呼，峻山头也不抬，有一搭没一搭地应承着。

村里，放牛的人越来越少了。

开阔的山坡上，荒草没膝，半天难见个人影儿，峻山和他的牛，显得寂寥而孤单。低头啃草的黄犍子，隔会儿抬头竖耳，装腔作势干吼两声后，又痴痴地向远处望去。峻山摘下嘴里的烟袋锅子，说："老伙计，别嚎了，方圆百里四条腿的大牲畜，恐怕只有你还喘气儿……"他声音颤抖得说不下去了。随后，又赌气似的装上一锅烟，狠劲地抽了起来。

在茹冈村，于家祖上三代都是有名的牛把式。

夜 行

前两代年久，不说了。

于峻山是第三代。大集体时期，于峻山名儿响，都知道他会使唤牛，再难调教的牛，到他手里都会变得服服帖帖。

牛把式是个技术活儿，挣最高工分，还受人待见，黑脸队长也会给笑脸，于峻山腰杆就天天挺得直。

平日里，他起五更打黄昏，喂草饮水，垫圈刷毛，五冬六夏，就没闲着，把牛养得膘肥体壮，毛色起明发亮。别队的生产队长斥责偷懒的牛把式，拿他做榜样："咋不照着于峻山学，看人家把牛养的，这牛把式可不是光享清福哩！"

春耕是开年头道大活。开犁那天，峻山就像压台的大轴出场了。随着他扬起皮鞭在空中炸个响儿，三头犍子牛拱背蹬蹄，使出攒一冬天的劲儿，拉着犁子呼哧呼哧地往前奔。

三十年间，他像当红的角儿，在广袤田野的舞台上，叱咤风云，挥洒自如。在乡亲们羡慕的眼光里，他把牛鞭甩得脆响。

20世纪70年代末，儿子向明下学，峻山就商量让他"接班"，哪知儿子嘴一撇道："戳牛屁股的事，一点儿技术含量也没有，俺不干！"望着儿子远去的背影，峻山心里很不是滋味："咦，俺家传了几辈子的绝活儿，难道在我手里失传不成？"

"失传又咋样？天下没有不散的戏，再红的角儿，也有谢幕的时候。"儿子总是这样说他。

入秋，峻山依旧早早备妥犁具。没几天，生产队新买的 25 马力拖拉机开进田里。他抬头一看，机手正是儿子向明，只见拖拉机两片犁铧，就像风吹浪卷一样，一会儿就犁开一大片。田间歇息的社员，纷纷上前瞧稀罕，喝彩声传出去老远。望着眼前的场景，他心里就像打翻了五味瓶。

拐过年，生产队解散，三头犍子牛被抓阄分了。

没牛的日子，峻山变得寡言少语，痴痴呆呆。老伴儿怕他憋出病，拿积蓄赎回一头黄犍子牛后，他才慢慢好起来。

没两年，县乡推行机耕，大批闲下来的耕牛，被牲畜贩子牵走屠宰。峻山震惊了，他一家家登门劝阻："多好的牛，留下吧，喂把草，又不费事！"可哪能劝得住？眼见一头头牛哀叫着被牵走，他无奈爆粗口："奶奶的，没良心，刚卸套就送肉锅了，咋一点情分也不念呀！"

挨到入冬，儿子试探着问："爹，犁地不用牛了，留着还要人放，咱也卖了吧？"他把眼瞪得像铃铛："甭想！"

峻山每天依旧赶牛上山。牛通人性，吃饱时就倚卧在他旁边，他把手搭在牛背上，牛便用头摩挲着他。

又一年秋种季节来到，田野里到处机器轰鸣。

开犁那天，儿子说啥也不让他到场。在山上放牛的峻山，望着拖拉机在田里"突突突"地来回穿梭，心里七上八下："唉，俺当大半辈子牛把式，没见过这么呼呼啦啦犁地的，种不好庄稼，可耽误一季啊！"他把牛拴在一旁，带着满肚子疑惑，不声不响地在田里来回走着，一会儿蹲下身扒土看深度，一会儿攥把土瞧松软。"嗨，爹，这犁地的技术，比您差远了吧？"儿子朝他吆喝道。"浑小子，逗你爹开心呢！"望着迎上前来的儿子，他眼神里布满喜色。

"爹，我和镇农机合作社签了作业合同，今年犁地省事不说，种子啊化肥的，啥也不用咱准备，都由公司打理，往后喷药、浇灌、收割，也托付给合作社了。"听着儿子喜滋滋的话语，他乐呵呵地对儿子道："现在种地真方便，你小子真是赶上好时候了！"

他回身走到牛跟前，拍着牛道："老伙计，一辈更比一辈强，看那铁牛，就是比咱强。咱这角儿也该谢幕啦！是不是，老伙计？"

夜 遇

"人被逼急了，胆子就壮了！"那年，我从部队回乡探亲，想从爷爷口中挖掘点儿解放区的史料，他竟说出这句让我吃惊的话。

望着满是疑惑的我,知书达理、谨小慎微一辈子的爷爷,给我讲了1947年秋他历险的那件事。

"农历九月十七,这个日子俺记得清着哩——那天中午,村南王大茶壶,就是俺表兄弟,说他女婿托人从崂山捎茶来,让俺去喝茶。俺俩从下午喝到傍晚,入夜可就睡不着了。俺趴在窗户上往外看,月亮照得就像白天一样。俺心想反正睡不着,就趁露水打湿豆秧不炸角,把野猫沟边晒的大豆秧子挑回家。

"俺扛着扁担从村西出了村,顺着大路爬上桥南崖,一头扎进玉米高粱围成的青纱帐后,忽地感觉脖颈后凉飕飕的,身边除了吱吱的虫叫声,偶然起阵风,玉米叶子吹得哗啦啦响,周围阴森森的,俺觉得随时有什么东西蹿出来,心里后悔不该半夜起身走夜路。

"往前走不到半里路,猛然觉得头皮一炸,就见庄稼地里闪出几个黑影,拿枪围住了俺:'喂,哪村的?干啥去?'望着黑黢黢的枪口,俺浑身发抖,吓得话也说不成溜儿:'茹……茹冈村的,到南边地里挑……挑豆秧子!'对面那胖子把头一摆:'嗯?给我搜!'左边那小个子把俺浑身摸一遍后,朝胖子说:'报告队长,没发现什么!''哦,茹冈的,知道韩向辉家住哪儿吗?'俺听后一愣怔。'快说!'后边那人用枪顶住俺的腰。'知道。'俺小

声嘟囔一句。那胖子用枪点着俺头说：'那好，前边带路，要敢跟老子耍滑头，小心你脑袋！'

"说罢，他把手一挥，让俺前边带路。

"唉，那会儿，俺心里真急啊！"爷爷不由得叹了口气。

望着情绪激动的爷爷，我赶忙将茶水递他手里。爷爷呷口茶，接着说："唉，那会儿，俺心里真急啊！——入秋前，国民党军队重点进攻咱山东解放区，解放军刚转移走，国民党就追过来了。那些流亡的恶霸地主组建还乡团和夜袭队，也趁机回乡反攻倒算，烧杀抢掠，无恶不作，弄得人心惶惶。

"看眼前这些人装扮和凶巴巴的样子，俺猜八成是人说的夜袭队。

"韩向辉家在村子东北边，区长和工作队员就住在他家。若要将这伙人带去，可要出大事儿。前些天俺就听说，东乡有干部被夜袭队抓去装麻袋投河杀害的事，俺可不帮他们干伤天害理的事。

"被枪顶着往前走，俺一边挪步一边盘算脱身，急得心里咚咚直跳。

"'娘的，快点儿，耽误了事，老子先毙了你！'胖子急得骂开了。

"'老总，俺脚上长鸡眼，走不快——'俺哀求道。

"'少废话,快点——'俺被身后牤牛般的壮汉踹个趔趄。

"村子影影绰绰的轮廓,已近在眼前,俺心里急得像着了火。

"走到村外何家林时,俺想把扁担一抡,再跳下旁边的土崖。可斜眼一瞅,俺没敢动,后边人跟得紧。

"哪料,'呜——'的一声怪叫,两条争吃东西的恶狗,从何家林里'嗖'一下蹿到跟前,众人吓得一愣。趁这一瞬间,俺忽地跳下几丈深的土崖。

"接着,'啪、啪'几声枪响,子弹'嗖、嗖'飞过,打得远处的高粱叶子乱响。

"俺跳崖后,正巧落在下面柴草垛上,没有伤着筋骨,一骨碌滑下地,贴着崖根直喘粗气。

"'娘的,谁放的枪!'上边那胖子骂。

"'队长,那小子跳崖了!'有人说。

"'回头再收拾他,快进村抓共党,抓不住共党,你们一个个脑袋都得搬家!'胖子恶狠狠地说。

"俺听着没动静了,赶忙钻进庄稼地,进山里躲到中午才回家。

"事后,俺听韩向辉说,那天夜里,他起夜,和门口放哨的队员,都听到村西传来枪声,连忙喊醒区长和其他队员,翻过墙头朝村北转移。刚走不到半袋烟工夫,就听见传来'咚咚咚'的砸门声。那伙人气势汹汹进家后,里里外外翻个遍,没见要找的人,骂骂咧咧走了。

"要搁平常,站崖边往下伸伸头,就头晕,打软腿。可那会儿急了,多少条命啊!"说到这儿,爷爷长长吐了一口气,说的好像就是眼前的事儿。

村　医

"这小子,出息了哈,小时候,我还救过你一命哩。"耄耋之年的先生对我说这话时,正拄着拐杖走在通往村卫生室的路上。

满头银发、慈眉善目的先生,轻抚胡须,一副仙风道骨的样子;人也不糊涂,每回看见我,总是微微一笑,顺口喊出名字后,仍忘不了提及救我之事,流露出些许成就感。

听他说的次数多了,我便去找爷爷求证。

"呃,真有这事儿,你一岁半出麻疹,那烧发得邪乎,眼看没救了——"上了岁数的爷爷,对好些事儿记不清了,但对这事心里却明镜儿似的,竟把我起死回生的经过,讲述得险象环生、淋漓尽致,我顿觉先生那瘦小的身影高大起来。

上过省医科大学的先生,早年在县医院当大夫。20世纪50年代末,县里派人支援老区,先生被抽调其中。来前谈话说下到乡级医院,见到乡医院刘院长后,就急着要求分配工作。刘院长说:"不急,等吃罢晚饭再谈工作。"晚饭就安排在医院机关食堂,刘院长破例让炊事员炖了一只老母鸡,喝的是当地产的纯粮酒。酒至微醺,刘院长叹口气说:"近千口人的茹冈村,自从老村医去世后,半年多了没医生,群众缺医少药的情形让人心焦啊!"血气方刚的先生听得真切,那股冲劲儿借着酒劲儿就上来了,一口唾沫一个钉地请求道:"那我就去茹冈村吧!"

茹冈村人听说县里派来了医生,犹如久旱的庄稼遇到了甘霖,纷纷涌向村头迎接。等把人接到后,大伙面面相觑,都愣住了:"咦——咋会派来个白面书生,咱这龟不嫌蛋的穷地方,会留住这细皮嫩肉的小先生?"老支书颔首道:"嗯——俺看这孩子行,可不能怠慢了。"说罢,他连夜带人把支部办公用房腾出来,做了村卫生室。

打那后,先生就成了全科医生。头疼脑热发烧的、腹胀腹痛拉肚子的、皮肤过敏起疙瘩的、打破头碰破脸割破手的,随时会来寻医求诊,包扎治疗,先生就没了固定工作时间。这边正吃饭,那边病人呻吟着上门了,先生把饭碗一放,就着手诊治起来;半夜睡得正香,外面的门被

夜 行

擂得山响,来人急火火地叫唤:"先生——俺娘病得厉害嘞!"先生一骨碌爬起来,背起暗红色药箱就走,等到把病人安顿下,回到住处已是鸡叫时分了。

到了冬春感冒多发季节,先生的案桌前围得里三层外三层,面对孩子哭、婆娘叫,搅成一锅粥的乱象,先生依然不疾不徐接诊治疗。那一次,老庆家的娃儿连日高烧不退,先生弯腰为其做检查时,冷不防被哭闹不止的孩子吐了一身,闹得老庆两口好不尴尬,先生却像没事人似的找块布擦了擦后,便又坐堂开药方了。日子久了,村里婆娘们就议论:"这先生性子咋恁好咧,从来就没见他动过脾气。"

老羊倌疙瘩爷七十岁患上抑郁症,整日茶饭不思,时而发痴,时而叹息,家人要送医,他死活不肯,说要等死哩。先生登门出诊,他躲进内屋关紧门窗。等费尽周折见了面,一番望闻问切后,先生绝口不提治病的事,净说些小时候放羊时的糗事。说到羊,疙瘩爷脸上有光了,话也多起来。先生见机下方子后,嘱他按时服药。半个月后,疙瘩爷便轻松地赶着羊群上山了。

先生案桌前悬挂的那幅烙画上有一个硕大的"德"字,看上去有些年头了。先生说做医生须有悲天悯人、普济众生之心。一个暴雪封门的深夜,做生意亏得血本无归的二柱子,喝农药寻了短见。家人发现送医时,已奄奄一息,值班医生不接收,就劝转送乡医院。望着没膝的茫茫大雪,家人哭爹喊娘跪地求救。闻讯赶来的先生,脚未站稳,就气喘吁吁地命令众人道:"快将人抬进屋,救命要紧!"值班医生拽拽先生的袖子,满是忧虑地劝道:"老师,要三思啊,若是人救不过来,被赖上可就麻烦了!"一向和蔼的先生发怒了:"人命关天,顾不了那么多,有事我担着!"等二柱子脱险,先生累得虚脱在地。多年过去,这样的事,先生也记不清有多少回了。

就听人说,先生这辈子就吃了心眼实的亏。假若当初不下来,早就在县医院成专家了,或许弄个局长、院长的干。先生却不以为然地说:"大夫天生就是治病救人,专家不专家,就那么回事。再说也不是每个专家都能当局长、院长,就是当了局长、院长,也不见得老来会有俺这身板。俺虽老矣,却行动自如,还能坐诊看病,咋还不满足哩?"

说这话时,老人一脸平和。

老姑父

老姑父是个车把式。

认识老姑父时,我还是个懵懂的孩童。那个大雪天,爷爷嫌家里冷,要去找赶大车的老姑父喷空(河南方言,

夜 行

聊天），我就像个小尾巴，跟着爷爷去了马厩边那间屋子。

不大的屋内被跳动的炉火烤得暖烘烘的，见了那个魁梧像铁塔般的汉子，爷爷让我称他"老姑父"，我就怯生生地叫了。老姑夫笑笑后，从旁边麻袋中取出块花生饼，吹了吹上面的灰后递给了我。我躲在一旁慢慢嚼了起来，才知道还有那么香甜的零食，从此就记住了老姑父。

往后，便常见老姑父赶着马车，沿着村边的公路，到县城为村代销点进货送货。

每次出车，只见老姑父挺直腰板坐在辕头，一手牵着缰绳，一手高扬着长长的马鞭，那神情如同出征的将军般威风八面。若是遇见上早学的小学生，也大呼小叫跟在马车后面跑，老姑父便得意地把鞭子甩得"叭叭"脆响。

处在统购统销年代的乡村，村人打油买醋、换酒称盐等日用消费品全靠代销点保障。遇上娶媳妇、嫁姑娘的人家，想买件紧俏物品，就会想起赶大车的老姑父："找柳大个去！"

面对恳求帮忙的人家，老姑父很友善，也很豁达："嗯呐，赊好吧！"一向看重面子的他，对应承下的事，即便弯腰舍脸求人，偶尔往里贴个小钱，也乐此不疲。惹得老姑直数落："你个二百五，你那张黑脸恁金贵啊？"

老姑父几代贫农，两个儿子又在部队上，本是个响当当的人物。可不知为啥，治保会那些人总说："这老柳的脑袋莫不是让马踢过？人又不傻，咋净办不着调的事嘞？"

忽一日，一辆从省城来的红旗牌轿车停在了大队部门口。

那时轿车稀少，山村更难见到。闻讯赶来的村支书，慌忙带着一干人马上前迎接。望着迎上前来的支书，随员介绍着刚下车的中年人："这是省民政厅牛厅长，要见你们村姓柳的车把式。"

省里来的大厅长要见俺村的车把式？这哪跟哪的啊——望着面面相觑的众人，那秘书模样的小伙子又重复了一遍。

醒过劲来的村支书赶忙派人去找，弄得正要出车的老姑父也愣生生站在那里："喊，俺一赶大车的，别说厅长，乡长啥模样俺也没见过！"

不由分说，被人拉到跟前的老姑父，怔怔地望着那位领导。

谁料那厅长一把握住了他的双手："老哥，您可好啊，还记得俺吗？"老姑父怯怯地望着对方，略有歉意地摇了摇头。

"老哥，再想一想，1967年夏天，在槐树湾救起的那个人——"

"呃——"老姑父顿时像被电击了一样，双手局促地搓来搓去。

夜 行

那位牛厅长却带着沉思和感激，陷入了深深的回忆。

当年，被打成右派的我，在洋川五七干校接受劳动改造。1967年夏季某天，突然接到家中电报：八十岁的老母病故了。在求爹爹、告奶奶请下假后，我翻遍口袋找了又找，身上的钱仅够买张火车票。可干校离火车站还有七八十里路程，归心似箭的我，便步行朝火车站奔去。因过度悲伤和劳累，晕倒在路旁，是这位起早进城的老哥将我救起。

当弄清了我的身份，老哥一时作难了。只见他蹲在地上大口大口抽完那袋烟，起身将烟袋锅重重地磕了几下后，一咬牙便将我扶上马车，绕道去了火车站。为怕我路上挨饿，又硬塞给我五元钱，连句话也没留就返程了，我还是从他印有"奖"字的搪瓷茶缸上，记住了你们村子。

厅长的一席话，让在场的人唏嘘不已，看老姑父的神情，也变得大不一样了。

缓过神来的老姑父却站在那里喃喃地说道："唉，俺可为那事纠结了好些年，生怕让人知道又说俺划不清界限哪！"

"咦——这个土老帽，哪壶不开提哪壶，这不是变着法给老子添堵嘛？"躲在人群背后的治保主任，心里不由得暗暗地骂了一句。

一波不平一波又起。时隔不久，突如其来的一件事，又把老姑父推到了人前。村里张寡妇早年跑到台湾的儿子，作为台商回乡省亲了。

那天，在县乡头头脑脑陪同下，那位阔佬儿张姓台商刚下车，就被裹着小脚的老娘，拽到了老姑父跟前。只见老太太使足了劲命道："还不快跪下谢恩，要不是你柳大叔这些年接济俺，你娘的骨头早沤成粪了！"

老太太的这番话，如同一道惊雷，不但震得村干部目瞪口呆，更将尾随着台商娘俩来的那些村民们吓了一跳：早些年，不受待见的张寡妇，连娘家侄子见了都躲着走，可这赶大车的柳大个咋吃了豹子胆？

事后，被人抢了风头的村委会主任感到不自在，对老姑父酸溜溜地调侃道："咦——想不到你这傻大黑粗的人，心里却藏着小九九哩，跟哪个高人学的这先见之明？"

"狗屁的先见之明，俺就是见不得人落难哪！"老姑父不冷不热地回敬道。

生产队里开大会

1983年立春早。过罢年，地里就化冻了。

正月初九，闲置几个月的打谷场上，又热闹开了。

夜　行

多年的规矩,也为图个好彩头,每年这天,茹冈生产队就开大会,很庄重。

往年开会定"盘子",要将这一年种庄稼的事儿,还有别的大事,凑到一块说道说道。这年的会要变样儿。

早早到场的社员,仨一群、五一伙,在悄悄议论着、争执着什么。

"咦,咋不见老'木本队长'哩?"不知谁说一声,弄得场上没声息,不少人皱起眉头,露出疑惑的眼神。

大半晌了,队长梁满囤才拖着两条腿,慢吞吞地朝这边走来。

到场边老槐树下,他随手从干草垛上抓把草,垫在那块拴牛石上,一屁股坐下后,抬眼扫视一圈,见大伙都眼巴巴望着他。

他咽口唾沫,定定神后,想说话。但嘴巴张开了,嗓子却像堵团棉花,不知该咋开口。

"今儿这是咋了?"他挥拳捶了捶胸膛,想出口气儿,却觉得胸口越发堵得慌。

从二十多年前任高级农业社长起,他就稀罕领着大伙儿开会。别看他肚里墨水少,可往拴牛石前一站,就像戏里出将入相那角儿,精气神儿就来了,老理儿新词儿,一套套咕嘟咕嘟往外冒,农活儿铺派得也有章有法,啥时候厌过?

他望着眼前熟悉的场景，零乱的思绪就像初冬的雾，弥漫开来。

其实，他是不藏心眼儿的人。都当爷爷了，还整天干整劳力的活，忙得脚不着地。就为这，队长这位子，像椿树胶一样粘住他，想甩都甩不掉，每次选队长，总满票当选，竟落个"木本队长"的绰号。

不当家不知柴米贵。建队之初，队里没积蓄，三头老牛、一头瘸驴，是全部家当。拴牛石前，他一跺脚，吼道："活人能叫尿憋死？想吃饭的跟我走！"赶上冬闲，他带男劳力到矿上拉脚儿，发动女劳力做豆腐。来年春上，就买回三头壮牛，农具也置办俱全。

他深知挨饿啥滋味，把种地看得金贵。"长溜沟、桥南崖、老荒坡、北大岗……"别看队里粮田瘠薄，可叫起这些地名，他却像慈父呼唤儿女般爱恋："只要人不懒，瘦地也能变肥田。"那些年，队里开会，他三句话不离"吃饱饭"。

夏秋时节，俩街仨胡同里，他敞开嗓门吆喝："起床哎，下地嘞！起床哎，下地嘞——"叫三遍，天未明。有人就纳闷：正是倒头就睡的年纪，咋比鸡打鸣还准时嘞？住在他隔壁的堂弟说："俺哥屋里燃火绳哩！"那年，参加公社"双先会"，奖他一台半导体收音机，却跟人换个马蹄表。有人笑拿肉换豆腐，他却像捡个大便宜："嘿嘿，戏匣子不当饥,还是这准时。"

当队长多年,他就认一个理:庄稼人种地是本分,多打粮食是正道。那年正收麦,上面来个社教组,带着记者找典型,要学那什么庄,搞田间地头赛诗会。他两眼瞪得像铃铛:"赛诗能当饭吃?焦麦炸豆,看谁敢误抢收!"顶得对方下不了台,差点被叫去办学习班。

"以粮为纲"那些年,种什么种多少,上面说了算。为让社员度春荒,他心里留个小九九。每年开春,便偷偷安排在山边沟旁开荒,点种瓜菜,分给社员弥补口粮。那年夏,满坡的南瓜正拖秧,被人发现,当资本主义尾巴铲了,他没少挨批斗,郁闷得大病一场。

…………

过去那一幕幕,就像过电影一样在眼前晃动。

他越想心里越憋屈:这多年,起早贪黑,春耕夏播,麦收秋收,哪曾闲过?也没见存下余粮。怨天、尤地,还是怪人不出力?

头年联产承包抓试点,他脾气倔得像犟驴:"花里胡哨乱支招,承包难道是妙药?"他照旧领着"大呼隆"(形容做事虚张声势,很少实效)干,结果搞承包的生产队,家家户户粮满仓。他那队,收成垫底落埋怨。

"咦,地还是那地,人还是那人,咋一'包'就灵?"他梗着脖子走西乡、串东村,几天下来,服了。

一阵春风拂面，他顿觉脑子清亮多了，抬头看众人，清清嗓子道："大伙莫担心，还是那句话，只要吃饱饭，咋干俺不拦，咱也搞承包！"顿时，场上就像炸开了锅。散了会，社员们欢呼雀跃朝前奔去。

望着大伙远去的背影，守着空落落的场院，梁满囤心里猛然感到一阵失落，泪水不由得流了下来。

麦浪无声

五月天，亮得早，刚微明，喜田伯就在床上翻来覆去地烙烧饼。

"哎，老头子，又犯老毛病了不是？"被他搅和醒的老伴打趣道。

"唉，过了小满就是芒种，俺刚才都听到布谷鸟叫了！"

"净瞎说，这城里哪儿来的布谷鸟儿？八成是你老东西又犯相思病了，咋的，少了你那两把刷子，人家还把麦子撂在地里不成？"

喜田伯知道自己嘴笨，斗不过她那张婆婆嘴，索性穿上衣服，来到阳台上，隔着玻璃朝外张望，可眼前除了高楼，啥也看不见。他回过身来，瞥了一眼笼子里那只上蹿

夜　行

下跳的画眉，叹道："你就省点力吧，你急，俺比你更急，这关在笼子里的滋味不好受啊！"

像蚯蚓一样把头拱在泥土里，干了一辈子农活的喜田伯，做梦也没想到，六十刚出头，就被在城里工作的儿女，连推带劝裹挟进城。

进城那天，把左邻右舍羡慕得眼睛都红了，一街两行围住看，都夸老两口晚年有福。怎料，他却享不惯清福，没几天，就嫌住城里憋得慌，浑身不自在，一天到头想念庄稼地，他觉得庄稼地就是他的命根子。

起初，他腿脚利索，想家了就往回跑。一回到乡下，看啥都顺眼，吃饭香睡觉甜，枯黄的脸也红润了。蹲在地头，抓起一把泥土，凑在鼻子下使劲闻，泥土的芳香游丝般地钻入鼻孔，痒痒的，身子骨就舒坦了。

喜田伯是种庄稼的好手，犁耧锄耙，割麦打场，种瓜收豆，样样在行。生产队时，每年割麦子，都是他打头镰。开镰那天，望着一望无际的麦田，他被社员围在中间，感觉自己像个将军，底气十足地喊一声："开镰了！"顿时，镰刀与麦秆碰撞发出"刺啦刺啦"的声音，响彻田间。他弯腰弓背，挥镰如飞，长长的麦垄，将旁人甩下一大截子。有人就纳闷了：难道他有神助不成？他笑笑道："俺割麦子从不直腰！"那年月，说起茹冈村做农活儿的喜田，方圆十几个村子的人都夸："那是少有的好把式！"

1978年,生产队抓阄分田,东大岗那坡地,分给谁谁不要,都嫌岗陡地薄,他二话不说,接手过去,旁人不解,家人埋怨。他却道:"只要人不懒,孬地变肥田!"他起早贪黑,精心侍弄。为肥田沃土,他饲禽畜、起塘泥、沤绿肥,还自费打一眼水井,硬把岗坡地变成旱涝保收的良田。麦季里,他站在打麦场上,望着堆积如山的麦堆,抿着嘴笑了。

儿女们接他进城前,他把责任田转包给堂侄,不要任何报酬,只求每年夏秋季节,留几垄庄稼,让他过把瘾。

头些年,侄儿还照办,总要在边角留几垄庄稼,等他回来收割。七十岁那年,他倾力想找回当年打头镰的风采。为哄他开心,亲戚邻居都赶来喝彩,怎奈年纪不饶人,一个来回下来,早已气喘吁吁,汗流浃背。众人不忍心,七手八脚上前帮忙,准备已久的"拿手大戏",只得草草收场。

十多年悠然而过,被他汗水浸渍过的土地已经几易其主,曾经使过的镰刀,也都被挂在了墙上,使唤惯了的犁耙锄头除少数进民俗博物馆外,大多丢弃在库房墙角,直至锈迹斑斑地老去。

去年麦前,喜田伯大病一场后,腿脚不听使唤了。出院那天,他执意让儿子开车送他去郊外。在清爽爽的麦田旁,他被扶下车后,竟双膝扑通跪倒在地,捧着将熟的麦

夜 行

穗闻了又闻,不停地喃喃自语,看得儿女们泪花闪闪,一个个背过身去。从麦田回来后,他却奇迹般地站了起来。

今年麦季,儿子经不住他再三缠磨,开车送他回村,眼见路边的麦子都熟了,却没人动镰。老人心急火燎地嚷道:"蚕老一时,麦熟一晌,这麦子都熟过火了,再不收割,麦头还不掉地里?"

迎上前来的侄子笑着说:"大伯啊,那都是老皇历了,如今割麦都是等焦了割,麦粒干,脱粒净,好存放。我给开收割机的师傅发了定位,一会儿就到,一小时弄完,不耽误咱吃午饭。"

说话间,一台联合收割机在麦田边停住,侄子上前把麦田四边指给师傅,就喊着喜田伯父子往树下去乘凉。

喜田伯被搞糊涂了,迟疑地问:"不是来割麦子的,乘啥凉哩?俺当生产队长那会儿,哪年麦季不晒掉几层皮?"侄子笑得更爽朗了:"割麦有师傅,用不着咱伸手,等人家收割完,就把麦子给送到家了。"

望着一望无际的麦田里,一台台大型联合收割机来回穿梭,喜田伯乐得像个孩子一样,禁不住凑上前瞧稀罕,看着看着泪竟流了下来。任凭谁劝,他一步不离麦田。

三炮叔进城

匠人三炮叔,自小食量惊人,发育又快,敦实得就像村口那三座炮台,不识字的父母,只盼他长得结实好下力,便为其取名"三炮"。

看上去膀大腰圆的三炮叔,却精于磨剪子戗菜刀这些细活儿。头三十年里,就靠这功夫,他养活了一家子人,还盖起五间瓦房,有眼热的乡邻戏言,大旱三年饿死老家贼(麻雀),也饿不死张三炮啊。

近些年,上了岁数的三炮叔,虽不再以此撑立家业,但守着这门手艺,大钱没有,小钱不断,吃穿不愁,日子过得倒也知足。

怎奈,前年秋后,不安分的幺儿两口嫌种地挣钱少,非要到省城打工,小孙子由谁带成了难题。本不愿进城的三炮叔,经不住儿孙缠磨,就和老伴也跟着来了。老伴照看孙子兼做一日三餐,他每天除了买菜,别的也插不上手,就嫌这日子过得太无聊。

在家闷得要上火,老伴就劝他出去透透气。在小区门外,他偶遇一鞋匠,听说也是被儿子拽进城的,刹那间,就像遇到了知音。

夜 行

那鞋匠说,这人老了不能闲,尽量找个事干,一来可活动身骨,二来还能补贴家用,也好减轻孩子的负担。

他听着这话很受用,觉得句句说到了心坎里。这不早上听了鞋匠的话后,上午就急着回乡取磨具,没几日便忙着开张了。

谁料心急吃不了热豆腐,他铆着劲儿放出的第一炮,竟哑火了。

当他还像以往肩扛手提那套磨具,走进一巷口摆开摊后,刚扯着嗓子吆喝了一句,旁边小区里就有人不乐意了:"咋呼啥?俺,谁在咋呼咧?"就见两个戴红袖箍的大妈,火烧屁股一样跑了过来,连推带搡撵他走,疾言厉色埋怨:"摆摊也不拣地方,影响了社区'创文',你担得起吗?"

"咦——就你们城里人爱讲究,这是找碴儿讹人吧?"三炮叔嘴上虽不服气,但谨记和气生财,只得扛起板凳走人。

不一会儿,他转到一新建小区前,人还没站稳,小区保安就嚷开了:"哎——那老头,看什么看,就说你哪,没看见这阵子搞卫生大检查吗?这地儿不准摆摊,呃,赶紧走!"刚把流动菜贩撵跑的那俩城管人员也帮腔道:"嗨!要说这乡下人哪,进城只顾挣钱,摆摊设点也没个规矩,从不在乎咱这城市干净不干净、好看不好看。"

"好看能顶饭吃,还是能当衣穿?没人摆摊设点,你们城里人喝西风去？"一天下来，钱没挣到，气却没少受，三炮叔心里窝火啊。晚上回到家，三炮叔抽起闷烟来，等把烟抽够了，愁眉也渐渐舒展开了。

次日上午，他放下行头，便朝商都公园走去。

商都公园是老年人的天地。不出半天，他便与人混熟了，当试探着说出想法后，就有人支着儿，老旧小区对流动摊点管得不严，住的又多是中老年人，去那里磨剪子戗菜刀准有生意。

受人指点的三炮叔顿时感到心里一下子轻松了，猛然觉得回家的路也宽了一大截子。

几天后，城南那片老旧小区内，人们便听到了那久违的吆喝声。

开了张的三炮叔，很珍惜这份活计，他使用的磨具是最原始的那种磨刀石，干起活儿来全是手工操作。有人劝他买台砂轮机，靠砂轮片打磨刀具，既出活儿又省力。他似乎并不认可，说这磨剪子戗菜刀是个细活儿，一道工序都不能省，尤其是刀刃与磨石的角度必须拿捏准确，磨出的刀具才能锋利耐用。

他做工精细，人又健谈，一来二往，就与小区里那些居民混熟了。平时，每磨一把菜刀要五元、一把剪子要三元，也很少有人还价，一天下来能挣七八十元。看他忙得手脚不识闲儿，有居民便从家中拎个暖水瓶放在旁边；有

夜 行

时到晌午他没忙完，有人还从家里给他带些吃的。遇上那些老年人送来的菜刀剪子，他也会少收块儿八毛的。

闲下来时，三炮叔也爱在小区扎堆儿聊天，久了，他觉得这城里人其实挺热络，并不像他想象的那样冷漠，倒觉得自己当初心眼小，误解了人家，渐渐地，他就喜欢上了这座城市。

忽一日，照例出摊的三炮叔，发现几个老旧小区外贴出了巨幅公告，拉起了一道道横幅。

原来，市里要对老旧小区进行大规模拆迁改造。没几日，就见大批的挖掘机开进了那片老旧小区，随着轰隆隆一阵阵巨响，一幢幢老旧单元楼轰然倒下。走在废墟瓦砾边的他，就像失去阵地的士兵，不由得怅然若失。

往后的日子里，三炮叔望着那一座座设施完善、要刷门禁卡出入的新建小区，只能望楼兴叹。飘零在街头的他，在等活儿的间隙，抚摸着陪伴自己半辈子的磨具，禁不住长叹道："这城里待不住，乡下又回不去，以后落脚的地方在哪儿呢？"

夕阳西下，天渐渐暗了下来，半天没有等到活儿的三炮叔，草草收摊准备回出租屋了。孤单寂寞的他，在路灯下的影子，被拉得老长老长。

乡贤赵五爷

在平安镇方圆的村子里,村人多称赵五爷为先生。

五爷少时,曾上过三年私塾,那在当时的乡下就算是有学问的主儿。

乡里人读书少,却素来敬重读书人。每当遇上操办红白喜事这等大场面,总少不了邀请五爷当执宾先儿,这角色好比城市里的司仪,是村里主持红白喜事的头面人物。

说来也怪,尽管五爷对场面上的事驾轻就熟,却极少主持嫁娶类的红喜事,乡邻找上门时,他都推让给村西头执宾先儿张二爷。五爷道:"手里若有一碗饭,就要匀给人半碗。"张二爷笑允:"这个赵老五啊,心里清楚着呢。"

如此一来,主持白喜事就非五爷莫属了。他拿手的有三招:写家祭、待娘舅和陪酒宴。

这家祭犹如官场上的悼词,自然写的都是功德。对五爷来说不过举手之劳,可他从不敷衍,总是搜肠刮肚归纳逝者的优点,征询过主家的意见后,再仔细斟酌遣词造句。五爷说:"人来世上走一遭,混好混差总要留个名声不是?"孤寡老人李三爷生前乐善好施,曾供着十几个贫困人家的孩子上了大学。李三爷走时,五爷憋足了劲为他写

夜 行

家祭，硬是关在屋里一天没出来，时而号啕大哭，时而小声饮泣，家人敲门不应，劝解也不管用，心疼得老伴在室外边落泪边数落："你个死心眼的榆木疙瘩，写几笔尽尽心意就行了，还真拿个棒槌当针使嘞？别没哭活李老三，倒把你个老东西搭进去啊！"等他哭够了，家祭也脱稿了，写出的家祭让全村人听了哭得荡气回肠，昏天黑地。在外打工长了见识的几个后生见此情景，也擦着眼泪拽个新词道："咦——老五爷比张艺谋那大导演还会煽情哩！""看这话说的，"旁边上年纪的人就不乐意了，"这哪跟哪的事啊，情到这分上还用煽吗？五爷这家祭是用心蘸着血写成的，字字血、声声泪，都是戳人心窝子的话啊。"家人透露，五爷写过那份家祭后，伤感得病了好一阵子。

说到待娘舅，五爷曾赌气，我宁愿一口气往犄角岭上的田里挑两担土肥，也不愿在白事场上见一面娘舅，旁边的人听了都点头称是。乡村里规矩多，那娘舅就是一铁帽子王，处理家事说一不二，且个顶个难伺候。那年腊月，铁蛋娘说不行就不行了。平时兄弟仨都把她当累赘，相互推脱不愿赡养。等到老娘奄奄一息时，那几个货却都尿包了。你说为啥？那一溜摆开的五个娘舅，长得就像庙里的凶神恶煞，都是野惯了的主儿，那火暴脾气上来，不把几个小子揍成柿饼才怪哩。人刚咽气，兄弟仨就齐刷刷跪倒在五爷家门前。"早知今日，何必当初啊——"五爷那花白的胡子气得一撅一撅的，末了还得硬着头皮去料理丧事。发丧那天，果然就遇上难劈的柴了。到出殡的时辰了，几个娘舅硬是压着不让发丧，有意让铁蛋兄弟在众人面前丢丑。数九寒天里，费尽周折的五爷，对几个娘舅晓之以理，动之以情，苦苦斡旋，落得口干舌燥，对方依然不依不饶。"动家法——"五爷无奈之下使出撒手锏。随着他一声厉喝，铁蛋兄弟瞬间便被几个壮汉踹跪在老娘舅跟前，捣蒜似的磕头还不算，直到答应把爹孝敬好，颐养天年才算完事。那场面，倒也劝醒了不少人家。

都说文人好酒，五爷自然也不例外。可到了陪酒宴的场面上，五爷却十分谨慎，私下里嘱咐帮忙的人道："大家都放机灵点，这白事宴办好了是续情酒，自然为主宾延续情分；若办砸了就是散伙酒，咱替主家受过事小，有些主宾定会以此为借口断绝来往，万万不可小觑啊。"那年春上，办完张寡妇的丧事，几个娘家人心里觉得亏，就在酒宴上拿执宾先儿出气，要与五爷斗酒。只见几大海碗烧酒一字摆开，面对几位气势汹汹、跃跃欲试的娘家人，坐在酒桌边的五爷气定神闲，再三规劝不下之后，便苦笑着接招了。待到碗空酒下肚，望着被扶出门去的宾客，五爷仍不忘起身相送，而后什么话也没说，回家连睡了两天。

进入新千年后，年逾八旬的五爷就不做执宾先儿了，但每遇场面上的事，仍挂着拐杖前来，指点些礼法习俗。

平时也没嗜好，闲了就爱喝两口，喝多酒话就稠，能从前朝古代讲起，一直讲到当下。五爷嘴里的故事就像村边那汪泉水，总也讲不完，都是得理让人、扶弱济困、教人向善的故事。

去年秋后的一天夜里，做了一辈子善事的五爷如一片风中飘零的树叶，无声无息地去了。家人说，老人没有病，头天晚饭前还要着喝了一小盅烧酒，就是老死的。乡邻们说，老五爷一辈子行善积德，走也走得安稳，不折磨自己，也不折磨儿女，终归是善人有善报啊。

出殡那天，前来奔丧的人排了整整三里路长。

留守的三娘

风乍起，天转寒，燕子又南飞了，留下了房梁上那个空空的燕窝。

房梁下，藤椅上，坐着孤零零的三娘，望着空了的燕窝痴痴地发呆。

三娘老了，真的老了，老得就像村东头那棵老空了树干的槐树。

三娘的家就在老槐树下，老了的三娘守着比她还老的那座宅院。

老宅是座青砖灰瓦的院落,院内房屋廊道相连,雕窗画檐,虽已斑驳老旧,依然显现着当年的辉煌。空旷的院落里,遍地长满了杂草,平时除了三娘进出外,很难闻到人气,看上去尽显凄凉。

守着老宅的三娘,越来越懒得动弹了。

头些年,白天天晴的日子里,三娘还喜欢拄着拐杖到老槐树下去扎堆,和那帮老头老太们唠嗑,听听村里的逸闻杂事,说笑间解个闷儿,倒也打发了些许时光。

可后来能扎堆的人越来越少了,今年又老了好几个。

偶尔走到大门外的三娘,手搭凉棚东看看、西望望,半天见不到个人影儿。除了有时能与隔壁贵他娘打声招呼外,一天里难得与人说上几句话,都快变成哑巴了。

"你们住的这个窝啊,是生俺石头那一年老燕子衔泥垒下的,还是添俺瓦块那年才有的?俺家石头属猪的,虚岁五十八,都当爷爷了。你们燕子啊,也是代代繁衍相传,可谁知道你们是第几代子孙呐——"到了晚上,山村里鸦雀无声,三娘越发觉得孤独,就对着房梁上的那窝燕子说话。

"唉,俺可管你们是第几代呢,反正每年回来的燕子啊,都是来和俺这孤老婆子做伴的,俺都把你们当成自家的孩儿一样亲哩。"三娘对着房梁上那对眨巴着小眼睛的燕子说完后,便呵呵笑了起来。

三娘可喜欢燕子了。她说燕子最念旧情,即便是飞越千山万水,不论到哪里过冬,都能找到回家的路。每到春暖花开的时候,它就会准时飞回来。

每年燕子归来后,头几天里总要进进出出叼泥衔草修补旧巢,那个仔细劲儿,让三娘看得眼热:"连燕子都这么恋家,为啥俺的孩儿们一离开家,就不愿回来了?宁愿在城里日子过得紧巴巴的,也不愿回到乡下来,多好的宅院啊,硬是没有人住了——"说着说着,三娘的眼泪就落下来了。

三娘的几个儿女,只有到年根了,才会举家带口像燕子归巢似的回到她的身边。那几天里,三娘快活得不得了,虽说腿脚不灵便,却总也闲不着,从早到晚就落个笑了。可这样相处的机会太短,一年里就那么几天,还没等三娘稀罕够哩,吃过破五的饺子,又会无奈地望着儿孙们,像过冬的燕子一样一个个又"飞"走了。

也许儿女们与三娘想的不一样,以前,儿女们也曾把她接到城里生活过,可她总觉得住不惯,过不上多少日子,就吵着要回家,不回家头疼的老毛病就会犯。往后,儿女们都拗不过她,就由着其住在老宅里了。

住在老宅的三娘,由这窝燕子陪伴,多少觉得有个依靠。每天清晨,三娘起床做的第一件事,就是将外屋的房门打开,好让燕子飞出去觅食;傍晚,吃过晚饭的三娘关门前,也总忘不了朝着房梁上的燕窝里看看,见到两只大燕子进巢入宿了,才插上门闩。

入夜,坐在床上的三娘,老眼昏花地望着房梁上的燕窝,听着燕子那声声呢哝,心情便如同过年那几天与子女相处一样,感到既温馨又踏实,就觉得屋子里充满了生机,又像个过日子的人家了。

从南方过冬归来的燕子,过不上多少日子,便不停地飞进飞出,三娘知道它们快要孵雏了。果然没几天,就见燕窝里叽叽喳喳露出几个小脑袋来,两只大燕子就更忙了,每次归来,都把捉到的虫子喂给那一只只小燕子。

"唉——都是一样的心情啊!"每当见此情景,三娘就想到了她和那死老头子拉扯子女的不易,心里不免酸溜溜的,可叹老头子没福气啊。

花开花谢,燕来燕归。在燕子南归不久的一天深夜里,三娘就像一盏熬干了油的枯灯。弥留之际,老人那双空洞无神的眼睛,还在吃力地朝房梁上张望着,嘴一张一合的,像是在说着什么。儿女们都以为她还有放心不下的事要交代,一个个赶忙蹲下身子,把耳朵贴在她的嘴边倾听着,断断续续听到的竟是:"来年——谁——给燕子——开门——呐……"

媒婆王三奶

重阳节前,平安镇上贴出海报:接上级通知,拟在全镇评选一名德高望重的老人,报市里表彰。顿时,这座千年古镇又热闹开了。

海报一出,就有人猜测从市里告老还乡的张三爷最有希望。张三爷为官半辈子,见多识广,人脉丰厚,至今还兼着几家民营企业的顾问。

也有人预言,非街西头大槐树下的李二伯莫属。李二伯家两个儿子都是千万富翁,平时没少为乡邻办好事。人都说李二伯教子有方,泽被乡里。

半个月后,评选揭晓,当选者居然是俺家隔壁邻居——"资深媒婆"王三奶。

消息传开,人们欢呼雀跃,奔走相告;还有人自费请来戏班子连唱了三天大戏,把镇子搞得比过年还热闹。

其实,王三奶就是一小脚老太太。一辈子爱做善事,靠说媒成就了上百对夫妻。

自打我记事起,就见她经常踱着小脚,东家来西家去,为适龄姑娘小伙牵线搭桥。就连谁家娃儿闹人了,当娘的也会哄孩子道:"乖啊,听话,等你长大了,咱也让三奶奶给你找个俊媳妇儿。"

遇到邻里夸赞时,老太太还会学着剧中的角儿,有模有样地来上两句:"天上无云不下雨,地下无媒不成婚,做媒要用心牵红绳,才见得双双拜花堂——呀呼咿呀嘿。"

别看她大字不识一个,记性却好得出奇。张家小伙,李家姑娘,年龄多大,性格脾气如何,是否会做家务,可否勤劳能干,为人处世如何等等,她居然一清二楚。十里八村的青年男女,谁家姑娘该上门提亲了,谁家小伙到谈婚论嫁年龄了,她心里也明镜一样。

王三奶做媒婆本是成人之美,却也曾因此遭过厄运。

破"四旧"那会儿,她被打成了"牛鬼蛇神"。公社革委会主任要召开万人大会批斗她,给她头戴纸糊的高帽子,脖子上挂"封资修老妖婆"的纸牌子。就在揪她上台批斗的瞬间,冷不丁冒出一老太太,气冲冲拎着木棍撑上台来,朝着主持会议的革委会主任一顿猛打道:"你龟孙吃豹子胆了,看哪个不要命的斗她试试!没有她,你们这群鳖娃子还不知道在哪儿藏着哩!"说着拽起王三奶就走。

众人一看,原来是革委会主任的娘,是出了名的"难缠婆",顿时傻眼作鸟兽散了。

说起那段经历,王三奶想得很开:"人走时运马走镖,关老爷还有走麦城的时候不是?"

后来环境宽松了,王三奶做起媒来,更是乐此不疲了。

夜 行

刚开放那会儿，不少当爹娘的因看不惯子女打扮得花里胡哨而怄气，这也影响到了婚姻。

本来小伙王大庆与姑娘赵小杏挺般配，怎奈相亲那天，大庆穿了一条时兴的喇叭裤，把个屁股绷得圆滚滚的，当场把小杏爹气了个眼斜嘴歪。小杏那天则进城烫了发还描了眉，又穿得大红大绿，看上去甚是妖艳，大庆娘瞬时就耷拉下了脸。

眼看这桩婚姻十有八九要告吹，大热天里，王三奶就像外交家斡旋一样，挪着小脚穿梭于两家之间，这边点化大庆，那边指点小杏，劝通了大庆娘，又说服了小杏爹，反反复复，如此这般，总算是让两位新人牵手走进了洞房。

进入新千年之后，岁数高了的王三奶本该卸任了，却偏偏有人不让她歇下来，还要高薪聘她"出山"哩。

忽一日，镇东边那座小楼前锣鼓擂得山响，鞭炮震耳欲聋，装饰一新的"老媒红"婚姻介绍所高调开张了。

王三奶的巨幅头像被挂在上方，头衔是名誉顾问，相片下方简介她是天上月老下凡，天生一双慧眼，凡经她介绍的婚姻，家家幸福，户户和谐，生儿育女定能事业有成云云。

看热闹的人上前一问，这婚姻介绍所原是王三奶娘家侄子侯圈开的，他说老人家不日即来坐班。上门来登记的人一看，收费也令人咋舌：凡经其介绍的婚姻，先预交费

2000元,事成后视情再定,还说这如同到大医院挂专家号,且一号难求呢。

不几日,王三奶便听说了这件事,老人摇头未语,却拄着拐杖走出门去。

正在向来宾介绍行情的侯圈,听说老太太亲自上门来了,便三步并作两步出门相迎:"老祖宗吉祥,里边请!"

谁料王三奶脸色一变,厉声斥责道:"小子,你这是臊俺老婆子的脸啊,俺做了半辈子媒婆不假,可从没收过一分钱呐!"

"咦——我的姑奶奶哎,眼下不是市场经济吗?再说了我这生意刚开张,想借你的名气撑个门面,咋还当真了呢?"

"不行!快把俺的照片拆下来,俺都快入土的人了,丢不起这个人!"一个执意要拆,一个苦苦哀求。半天下来,侯圈终究没有拗过老人,气呼呼让人撤下了照片。

时隔不久,"老媒红"婚姻介绍所便停业了。

打那之后,侯圈再也没有登过老人的门。可王三奶道:"这做人呐,啥时也不能亏了良心。"

夜行

陈有道的"道"

20世纪70年代，陈有道在芦河林场当护林员。

林场归芦庄大队管，配俩护林员，以中间渠为界，陈有道看护北片，刘长斗看护南片。

活儿不累，记满工分，着实美差。

刘长斗是荣誉军人，抗战时被炮弹炸伤过，腿瘸，耳背。建场初期选护林员，刘长斗算一个，谁都无话可说。另个选谁？众人像斗红眼的公鸡，争来争去。节骨眼上，陈有道出现了。

表哥卢石头偷掰生产队玉米，被陈有道逮住交大队治保会，护林员职位没有任何悬念地落在他头上。有人就骂："运气来了，屎壳郎都能当将军。"

林场一分为二，地形却不同。北片两面环崖，一面邻河，容易看护，住处又朝阳，门前能种菜。南片地形开阔，看护难度大，又处在山口，遇上大风，黄沙四起，吃饭能嚼出沙子。

当初说好让刘长斗看护北片，可来的路上，陈有道悄悄往场长裤兜里塞了盒烟。

到林场了，陈有道干咳两声，抢先开口道："咳咳，护林这事嘛,虽有分工,也没分家不是?要论公道,还是抓阄,若长斗哥同意,无论抓到哪边,俺都没意见。"场长不语,抬眼望着刘长斗。刘长斗倒也爽快:"俺没意见,抓就抓吧!"结果刘长斗就抓了南区。

俩人守着大片林区,寂寞难耐,隔三岔五,免不了小酌两口。

刘长斗二等伤残军人,政府发有补助,光棍一条,吃喝不愁。陈有道娃儿一群,日子紧巴,虽未断粮,却难闻酒香。自当护林员,酒瘾上来,他就找刘长斗唠嗑,唠着唠着就喝上了。老刘说,朝北区吆喝一声,有道跑得比狗还快。

每逢过来喝酒,陈有道走时不空手,酒桌上剩半盒烟,当然趁着半醉顺走。

那年腊月,西北风卷着白毛雪,飘飘洒洒下了三天两夜,蜷缩在土炕上的陈有道,望着冷锅冷灶叹口气,找根草绳扎住腰,弓身去了南片。见老刘锅里炖羊肉,二话不说,吸吸溜溜喝一碗,随手扯起那件旧军大衣穿上,就再也没有脱下来。

陈有道不懒,门前满园子水灵灵的蔬菜水果,别人却甭想捞根葱,他还惦记别家的菜。那次到南片,盯着门前滚瓜溜圆的俩南瓜,两眼放光瞅了又瞅。酒桌上,一口一个"大英雄""大功臣"地叫,直叫得老刘浑身发热,血往上涌,不一会儿就喝高了。

夜 行

望着醉眼蒙眬的刘长斗,陈有道叹道:"唉,人比人死,货比货扔,看俺这穷日子过的,上吊的心都有啊!"说着,眼泪就下来了。

刘长斗见状,边斟酒边安慰道:"弟啊,有啥难心事,值得掉眼泪?给俺说说,俺帮你想法!"

陈有道就差下跪了:"您真是俺的亲哥啊,不瞒您说,俺家娃子早上为争块熟南瓜,打得鼻青脸肿,真丢人呐!"

"唔,不就是要吃南瓜吗?多大的事儿啊,门前地里有,摘走,都摘走!"刘长斗含糊不清地扬扬手,陈有道手脚麻利,当晚就把南瓜送到支书家,早听支书爹嚷着想吃老南瓜。

那年,有人要拱陈有道的窝。林场场长找他谈话,他不急不躁,指着条几上那瓶酒道:"嘿,你说这鸿海,咋还跟俺客气嘞?昨儿路过林场,还送俺一瓶酒哩!"场长这才看清那瓶原装景芝老白干。

鸿海啥人?芦庄大队二十多年的老支书。

那年代,乡下人谁见过原装酒?老支书竟把这金贵东西送陈有道,场长不敢小觑了。

"鸿海送俺一瓶酒哩!"每逢护林点上来人,陈有道三句不离那瓶酒,在一遍遍重复中,享受村人投来羡慕的眼神。

日子久了,有人信,也有人不信。

"老支书送陈有道一瓶酒?"有人问刘长斗。老刘嘴一撇:"啥酒?俺和他喝酒多年,咋没听他说过?"

有人想从卢石头嘴里套话:"老支书送有道一瓶酒?"

"谁见过?他的话也敢信?那年,他为当护林员,一把鼻涕一把泪来求俺,要俺和他唱双簧,帮他一把。说事成之后,要把他老婆娘家寡妇嫂子介绍给俺,半辈子了,人呐!"卢石头不停地摇头。

多年之后,老支书卸任,陈有道也上年纪回了家,没人再提那瓶酒。

又过些年,刘长斗和卢石头相继病逝。陈有道跑前跑后帮着张罗后事。送殡的路上,陈有道老泪纵横,哭得一塌糊涂。

乡亲看了,都说:"这陈有道还有个人样子。"

顺在左孝在右

新山控股集团董事长柳大川,刚刚将国外的合作伙伴送上飞机,就悄然命我开车送他回老家平安镇陪伴父母来了。

别看柳董在外面呼风唤雨,威风八面,可一见到他那

夜 行

当了一辈子车把式的老爹，就恭恭敬敬变成乖乖儿了。

"石头，又是坐着你那宝马车回来的？"柳董回到家时，老爷子正斜躺在葡萄架下的藤椅上，眼睛半睁半闭地问道。

"是的，爹！""什么宝马、奔驰啊，听着车名牛哄哄的，其实一点也不实用，装不下多少货，也拉不了几个人，比起老子当年赶的那辆马车差老鼻子远了——"老爷子边说边要坐起身来，柳董连忙上前搀扶。

"是的，爹，宝马车和您当年驾的那双辕马车简直没法比！"柳总应声答道。话说到这个份儿上，老爷子的脸上荡漾起了一丝心满意足的笑容："不是吹的，若是倒回四十年，在咱这方圆百里，你打听打听赶大车的俺老柳，谁人不知哪个不晓。就说俺驾驭的那两匹纯种草原蒙古马，连同那辆四个胶轮的大马车，那可是基建工程兵部队支援咱村的，全县独一无二，还是王团长亲手将马鞭交到俺手上的。"

"王团长，知道不？外号'王疯子'，打仗不要命的主儿，顶呱呱的一级战斗英雄！"老爷子越说越来劲，末了伸出拇指比了"这个"。

人说企业家都有个性，身为海归的柳董更是如此。凭着清晰的思路、干练的作风、半军事化的管理，他把一个数万人的上市企业调理得井井有条、蒸蒸日上，就连省部级领导都对他刮目相看,可这会儿,他却酷似个戴红领巾的小学生。

在往老人的茶杯里轻轻添进一些水后,柳董便习惯性地搬个小木凳子,在老爷子的下首坐了下来,面朝老人静静地聆听着那个连我都旁听了N遍,老得都快成古董的故事。

我就想不明白,一个掌管数万人的堂堂董事长,此刻竟如此谦卑,一点儿也不显做作,这要让省台省报那帮小美女记者们碰上了,还不得张开大嘴"哇塞——哇塞"地吆喝?我知趣地坐在一旁,装模作样旁听开了。

论见识,柳董是漂洋过海的留美博士,拿我老家的话说,那是开过洋荤的主儿;而老爷子这辈子到过最远的地方,充其量就是赶着马车进过县城,且他讲的都是陈芝麻烂谷子的琐事,连我都旁听得耳朵起茧子了,可柳董咋就有这份耐心呢?

狭小的院内,透不进一丝凉风,树上的知了仿佛也像听得不耐烦了似的,不停地"知了——知了"地叫着,给闷热的伏天平添了几分热辣。蒸笼似的热浪烤在身上,我早就心不在焉了,抬头看看柳董,他却听得异常专注。

"部队上送来马和马车那天,支书吴老三当着大队那些头头脑脑的面,叉着腰发话了:'这马——比咱屋里的娘们都金贵,往后就由贫农老柳一人负责喂养和使唤,专为咱

夜 行

大队供销点拉货。别的人，哼，不管你长几个脑袋几条腿，谁也别想靠近马一步！'"虽是陈年旧事，老爷子仍讲得眉飞色舞，言语中依然流露出满满的成就感。

"每天早晨出车时，俺坐在辕头上，一手牵着缰绳，一手高扬着马鞭，鞭梢上那红缨迎风飘荡，就像出征的将军那般威武，路上的行人就像看稀罕一样，一直看俺走出老远。嘿，那神情，可比你娃子现在坐宝马车气派多了！"老爷子讲着讲着，已完全陶醉在往事之中了。

这时的柳董，更像是一个没见过世面的人，满是自豪地夸赞道："爹，那时的您就是俺兄弟几个心目中的大英雄！"

老爷子自豪地叹了口气，说道："英雄？你爹不敢当，不过全大队几千口人的日常所需用品，全靠俺这辆马车来保障，隔三岔五就要到县城去进货。那时东西紧缺啊，俺进城前，总有乡亲让帮忙捎东西，俺都尽力去办，从没落下过闲话。"

"这人呐，能耐再大都不能耍大，骡马大了值钱，人要是耍大了可不值钱，你说是不？"望着老人深情的目光，柳董频频点头。

在返程的车上，仗着熟不拘礼，我向柳董提出了埋藏已久的疑问。

他侧过脸微微一笑道："这有啥奇怪吗？咱们在外奔波

这么多年,爱听或不爱听的话,不都全听了?亲爹都老到这个份儿上了,他一辈子就这么点成就感,咱咋就不爱听呢,孝顺孝顺,不顺着老人,咋能叫孝?"

一句话点醒梦中人。从那之后,我在爹娘面前再也不起高腔、尥蹶子,再也不嫌弃父母唠叨起来没完没了了。

老蔡上楼

"我是一个小呀小苹果……"

天刚蒙蒙亮,老蔡就被窗外跳广场舞的音乐吵醒了。

"这群老妖精,早早晚晚就是不让人安生!"他一把扯过被子蒙住了头。

社区组织老年活动队,他被人动员过几回,每回都把头摇得像拨浪鼓:"咱庄稼人侍弄庄稼才是本分,那咋咋呼呼又蹦又跳的,像啥鬼样子,不去不去!"今儿被这高分贝的音乐吵醒,胸膛那股闷火燃得更旺:"上楼,上楼,上这龟孙楼,早晚要闷死在笼子里!"

合村并社区后,晨起没了鸡鸣犬吠、牛哞羊咩,闻不到混着青草味儿的空气,作为回迁户上楼的老蔡,就像不服水土的花木,整天蔫了吧唧的。

夜 行

站在自家六层阳台前，高高矮矮的楼群连成一片，再也看不见田野和庄稼，再也不见当年庄稼地里的人欢马叫。他痴痴地往下看去，去年种白菜的那块地上，塔吊耸立，机器轰鸣，工人忙碌，一幢新楼正在开挖地基。

"那块地呀，被俺侍弄得真肥，一脚能踩出油来，种啥长啥，可没少收获……俺那块地……"想的次数多了，他就变得像祥林嫂，见个人就说那菜地好，见个人就说稀罕种菜。没人搭话便罢，见有人递腔，老蔡就更来劲儿，直说得嘴角泛白沫："四邻八乡谁不知俺会侍弄地，种得一手好菜？县里乡里，这奖那奖，俺啥时也没落下过。"

合村并社区前，村子叫蔡家洼，村民祖辈种菜为业。

十七岁，他下学，爹说："儿啊，人生一世，离不开吃穿二字，咱把菜种好，可比干啥都强。"

他听爹的话，几年过去，成了种菜的头把式。

他能吃苦，头脑又灵活，不甘心传统种植法，远赴寿光取经，种大棚蔬菜，收入翻倍涨。有人来学习，他也不保守，管吃管住管教技术，成了远近闻名的致富能人。

前些年，喇叭里吆喝要合村并社区，征收村庄和菜地。他蒙了，一步就跨到村委会："把地卖了吃啥呀？你们这些个败家子！谁敢卖俺那菜地，俺就和谁拼命！"

命当然没拼成，菜地理所当然被收走，又眼看着高楼一座座起，他感到全身的血都被抽干了。

老伴儿怕他气出病，拽他出门溜圈儿。

往西走出三几里地，一块被圈起长满荒草的地吸引了他。他背着手，围着地走了一圈，又走了一圈，若有所思一番后，他对老伴说："有了。"老伴狐疑地望她一眼："有啥？"他狡黠一笑道："嘿嘿，到时你就知道了。"

回到家，他在储藏室里弄出一堆乒乒乓乓的动静，老伴问："老东西，你拆楼呢？"他伸出脑袋回道："我找几样东西，你甭管！"老伴讥讽他："又闲得抽风哩！"他便不搭腔了。

找出原先的铁锨和耙子，他扛起就走，往那块荒地的草棵里一站，他几乎就成了领主："现成的地，荒了多可惜，先种季蔬菜再说！"

打那，他像上足了发条的钟表，每天汗一身，土一身，泥里来，土里去，浑身有使不完的劲儿。

没过多少日子，种上的时令蔬菜就长成了。素淡的蔬菜清香，一阵阵沁人心脾。累了时，他坐在畦头地边，边吸烟边欣赏一畦畦青菜：亭亭玉立的蒜苗，碧绿如玉的菠菜，苍翠欲滴的小白菜，散发香气的芫荽，还有间或传来的虫鸣，让他找回了久违的田园乐趣。

蔬菜收获多了，自家吃不完，就放到楼前，任邻居们取用。听人夸吃他种的菜干净放心又省钱，心里乐得都不好言说。

那股兴奋劲儿过后,他心头却总会闪过一股朝不保夕的危机感。他知道这样找来的菜地,就像清晨的露珠,失去是一刹那的事。这不,他刚把这季的地整成菜畦,还未下种,一辆辆挖掘机就"突突"开过来了,眼看着软软的菜畦瞬间变成基坑。

往后,他"打一枪换一个地方",变着法儿在圈起的空地上种菜,有时半年,有时几个月,总被塔吊林立的工地撵来撵去,就像败下阵来的士兵,一天天不停地向外围退守。

终于有一天,他被撵到了城市边缘的山跟前。

铅灰色的天幕下,他孤独地望着灰蒙蒙的楼群,禁不住茫然自问:"往后的日子,该怎么打发呢?"

蹲　点

20世纪50年代末,老李还是个毛头小伙子,在县委办公室任秘书。

初次下乡蹲点,跟随县委梁书记——一个抗美援朝回来的老军人,要去蹲点的地方是七十里外的刘家峪。

没经历过农村锻炼的他,把这次蹲点当成大事,临行前就去问:"梁书记,咋去咧?"

"咋去?不是长着两条腿嘛,走着去!"梁书记回答得异常轻松。

"咦——七十多里山路呢,我怕您吃不消。"他心里打着那辆老式吉普车的主意。

"想当年在朝鲜战场上边打仗边行军,在冰天雪地里走上百八十里还不是常有的事?"

他见梁书记态度坚决,也不好再说什么,俩人背起铺盖卷就上路了。

梁书记虽说打了多年的仗,身上还带有旧伤,蹲点却不含糊,一蹲就是俩月。白天劳动在田间,他耪锄犁耙,使唤牲口,样样在行;中间歇息,往田埂上随地一坐,接过老农递过来的旱烟袋,擦都不擦一下,装上一锅烟吸得过瘾。平时吃住就在社员家里,到了饭点,轮到谁家就到谁家吃饭,从来不挑不拣。

那天,俩人走进一邋遢农户家,眼看着女主人用瓢舀了泔水喂猪,又舀清水入锅。等到主人将饭端上来,梁书记仍如以往朝小饭桌旁一坐,与主人边吃边聊,家长里短,柴米油盐,话聊得投机,饭吃得可口,亲热得就像一家人。小李子却觉得肚里翻江倒海,扒拉到嘴里的饭干嚼咽不下,直到梁书记瞅了他一眼,才硬着头皮将半碗米吃下。

回到住处,见梁书记没把刚才那一幕当回事,小李子

夜 行

便吭吭哧哧试探道："农村群众咋这么不讲卫生哩——"

一向和蔼的梁书记听罢此话，顿时收起笑容："小伙子，农村就这个习惯，咱要入乡随俗，要挑三拣四穷讲究，群众会拿咱当外人，这点就难蹲下去了。"

说起那次蹲点，老李至今佩服得五体投地。

17个年头过去，当年的小李子，也就是后来的老李，也当上了县委书记。那些年，上级号召大搞农田基本建设，筑大坝、修水库、架渡槽、建干渠，年年没闲着过。

那年，省重点项目嵩山水库开工建设，老李被任命为指挥长。其实就一挂名的虚衔，他却当真了："指挥长不到一线咋指挥？"自工程上马，他就带领数千民工到工地安营扎寨。他多半吃住在工地上，同民工一样住干打垒工棚，吃杂面窝头。那时施工条件差，大型机械一样也没有，全靠一锤一錾地开凿。为确保工程进度，哪里施工难度大、哪里最危险，他就往哪里去，打炮眼、抬石头、砌石壁处处靠前。

干打垒的房子哪能抗冻，睡到半夜冻醒后，一摸脸冰凉得就像挂了霜。为防民工冻伤，每天晚上，老李都通知各民工队用辣椒和姜熬大锅汤，让民工们喝得酣畅淋漓。每到这时，工棚里就传出了他那虽五音不全却粗犷豪放的唱腔"穿林海跨雪原气冲霄汉——"或"要学那泰山顶上一青松——"，民工们也被感染得热血沸腾。老李说，在冰天雪地里施工，要的就是一股心劲。

年复一年的蹲点，让老李变得耳聪目明，平时老百姓在想啥需要啥，他心知肚明，想问题、办事情、做决策，招数多、方法灵，目标也对路。

尝到蹲点甜头的老李，不仅工作抓得风生水起，还摸索出一套"相马"的真经。他说干部不经摔打磨炼，精神上容易缺钙，骨头硬朗不起来，就难以堪当大任。他用干部也别具一格：凡拟提拔的干部，都要先下一线蹲点，等群众认可了，再考核任职。

老李将此谓之"蹲苗"。果然，经过蹲点提拔的干部，到岗后个个胜任。

后来老李退休了。退休后，他还时常到乡下串访老友，都是过去结下的穷亲戚。可有段时间，再谈及干部蹲点的事，老乡们总支支吾吾搪塞他。看出端倪的老李，心里就感到别扭了。

老李又到乡下访老友，见到两个蹲点的干部从一老乡家里喝完酒出来，面色紫红，走路趔趔趄趄。

老李看罢，心里很不是滋味，心里骂：蹲点怎么蹲出这个德行？

没多久，老李听说那两个蹲点的干部被双规了，心里又很不是滋味起来，惋惜得直摇头。

有记日记习惯的老李，在当晚的日记里写下："廉者，民之表也；贪者，民之贼也。"

夜 行

奇 情

深秋时节，我到移民新村探望孤寡老人杨青石。

尚未走近院门，便听到院里传来一阵唱腔：我本是卧龙岗散淡的人——虽非字正腔圆，倒也听着顺耳。

咦，太阳从西边出来了？是啥事让几个月来郁郁寡欢的老杨，有了这般精神？

见我走进院后，他显得有些局促，却掩饰不住内心的激动。

老哥，心情这么好，有啥喜事？我笑着同他打起了招呼。

不瞒老弟，还真有喜事，要不，你猜猜看？一向直来直去的老杨对我卖起了关子。

我往前凑凑小声逗他，你是捡个金元宝，还是天上掉下个老伴儿？

嘿，还真让你蒙对咧，老伴回来了——老杨笑嘻嘻地答道。

老伴？哎，你不是——望着我满是疑惑的样子，他便朝屋里喊道，黄妞儿，出来见过客人！

话音未落，就见"忽"地从屋里蹿出一条大黄狗，亲热地贴着我的裤腿摇起尾巴来。

好了,退下吧——那狗听了老杨的话,乖乖地退到一旁卧下了。

在院内坐定后,看着我依然好奇的表情,老杨呷了口茶,又看了黄狗一眼,乐滋滋地说道,五年了,我没白养它,本想再也见不着面了,谁想昨天一开门,它竟卧在了俺家门口,俺就纳闷嘞,它是咋着找来的?

倒也是,老杨搬迁至此几个月了,好几百里地,这狗居然能跑着找上门来,简直就是天方夜谭!我不由得啧啧称奇。

黄狗像是听懂了我俩对话,小声呜呜叫了起来,似乎诉说寻主路上的不易。

老杨深吸了一口烟后,饱含深情地说道,唉,俺属狗,这辈子与狗有缘呐。

早先,俺为生产队放羊。那时山里狼多,为防狼祸害羊,俺养了一条叫赛虎的黑狗,那狗忠实,俺走到哪儿,它跟到哪儿,晚上就卧在羊圈边。那年下暴雪,半夜里,就听见赛虎瘆人的狂叫,俺想肯定羊圈遭狼了。一骨碌爬起身后,摸起猎枪就朝羊圈那厢放了一枪。等俺赶到跟前,狼已吓跑了,就见雪地上流了大片的血。赛虎一动不动守在羊圈边上,见俺过来后,咕咚一声倒下了。俺把它抱进屋掌灯一看,满身都是血口子,那血咋也止不住。不一会

夜 行

儿，它朝俺呜咽几声就断气了，疼得俺那心都碎了。

说到动情处，老杨的声音有些颤抖，我赶忙为他点上一支烟。

乡亲们怕俺难过，第二年开春后，又给俺送来一条小花狗。那狗通人性，平时俺上山放羊，狗跑在前面，俺头朝哪边摆，它就走哪条路，还救过俺一命哩。唉，好狗命不长。1958年水库大坝动工，俺村搬迁到几百里外的邻省汉水镇，走时大人小孩装上卡车，任何牲畜却不让带。眼见着汽车发动了，村里那群狗急得发疯了，拼命撵着往前跑。半年后，那群狗找上门来时，瘦得都没样儿了，见到自家主人那天，一条条倒下就没起来。

说到这里，老杨两行老泪流了下来。看着他伤心的样子，我觉得两个眼窝也潮湿了。等缓过劲后，他朝我苦笑了一下说，不怕你见笑，俺这辈子没成家，也没个知冷知热的人，就把狗当知己了。

前两条狗都死得惨，俺发誓再也不养狗了。1978年春，俺申请回原籍后，就在镇上企业当门卫。那个雨天，一条瘸了腿的小狗，在俺门前饿得直叫唤，叫得俺心里不落忍，就把半块馒头扔给了它，这狗就黏住俺了，咋撵也撵不走了，那狗就是黄妞儿。

老杨朝黄狗瞥了一眼说，这次移民搬迁日期确定后，村里乡亲都忙活开了。俺光棍一条，唯一牵挂的就是黄妞儿。俺和外县的表弟商量妥送他喂养。搬迁的头天中午,俺做了一桌菜,还包了饺子,想和黄妞儿吃个团圆饭,就算分别了。可它精着哩,平时扔块骨头,都稀罕得不得了,可这回盛的好饭好菜,它却纹丝不动,紧贴着俺身边,泪水涟涟地看着俺吃饭。唉,俺还能吃得下吗?就雇辆三轮车送它走,它却守在窝里不出来,还是开车的小伙子帮俺拖上车的。到了表弟家后,它拧着身子不下车,几个人费劲将它关进柴房后,那哀求的叫声让人听了心酸呐。

俺搬迁到这半月后,来看俺的表弟说,那狗半夜挣断绳子跑了。打那之后,俺心里就像堵了块石头,连做梦也常梦见俺的黄妞儿。这下好,它自个找上门了。

因还要探望下一家移民,我便起身告辞。在目送我走出一大截子后,老杨仍带着黄妞儿站在胡同口。远远望去,秋日暖暖的夕阳下,一幅人与动物和谐的画面映入眼帘,让人看了从心底涌出一股异样的暖流。

翘 望

过了腊八,在外务工的人便倦鸟归巢般踏上返乡之路。每到这个时节,留守在家的人的念想,就像拔了节的

夜　行

麦苗一天一个样地生长，冷清寂寞了大半年的乡间，人气也旺了起来。

不知从哪天起，村子里那群半大孩子，每到下午放学，就像出笼的鸟儿，叽叽喳喳，蹦着跳着朝村东的狮子冈上奔去。

狮子冈是这一带最高的山头，站在山顶上极目远眺，群山环抱中的一切可尽收眼底。

到了冈上，见天色尚早，他们便把书包胡乱扔在一旁撒欢开了。

一阵疯玩过后，累了的孩子们或坐或站，在那块巨大的卧牛石旁停下来，一个个目不转睛地朝着通往山外的路上望着。

"姐，咱今天能接到爸妈吗？"

最小的那个男孩，撸一把鼻涕甩在脚下的枯草上，脸朝扎着羊角辫的女孩问道。

"只要你听话，别再乱跑，就能接到。"女孩那双清澈的眸子中充满了希冀。

于是，这群孩子中出现了少有的沉默，生怕谁多言多语，惊动了心中的念想。

起风了，呼呼的山风吹过山峦，吹过荒野，吹得周围灌木和野草发出瑟瑟的声响。

寒风把孩子们的脸蛋也刮得红红的，他们边将手捧在嘴边哈着热气，边用手搓揉着冰凉的小脸，却看不出一丁点儿退却的意思。

"你说最远的那座山后边是哪里？"也许为打破这少有的寂寥，有个孩子开腔了。

"可能是广州吧？"那个理着小平头的孩子接上了话茬。他爸爸在广州做工，去年这个时候，就是从那个方向回来的。

"不对——是温州！"扎着羊角辫的小女孩立刻反驳道。她父母都在温州打工，每次回来走的就是这条路。

"是广州！"

"是温州！"

"你俩说得都不对，是郑州！"头戴皮帽子的那个男孩呼地站起身，底气十足地争辩道。他爸爸在郑州做快递工作，曾对他说翻过那座山就到郑州了。

几个孩子争来争去，谁也不服谁，可谁也说不清山的那边是哪里，他们都没有走出过大山。

"鸿雁，你妈回来会给你带啥礼物？"或许是不愿尴尬地争执下去，扎着羊角辫的女孩岔开了话题，把脸扭向穿红衣服的女孩。

"我想有个印着芭比娃娃的新书包，我妈在电话里已经答应给我买了！"那叫鸿雁的女孩满是自豪地答道。

"书包有啥稀罕的？我让我爸给我带回个遥控飞机，等

夜行

学会开飞机后,要是咱们再想爸妈了,我就开着飞机拉上你们去找他们!"坐在旁边的那个小胖子做了个手握方向盘的架势,摇头晃脑地炫耀起来。

"瞎吹,就你能吹!连县城都不知道在哪儿,还想开飞机去大城市哩!"遭到身后那个孩子一顿抢白,颇伤自尊的小胖子白了对方一眼后不说话了。

"我要我爸给我带辆能充电的自行车,明年去县城上中学就不费劲了!"

……

和着刺骨的寒风,孩子们争先恐后地表达着自己的憧憬和心愿。

"曼儿,你想让妈妈给买啥呢?"见身边那个温顺的小不点儿一直未开口,羊角辫儿把她揽到怀里问道。

"我啥也不要,我连妈妈的样子都记不清了,就想妈妈回来后再也不走了!"

小不点儿嘟囔的声音虽小,却让每个孩子听得心里酸溜溜的。

最后一抹晚霞不知不觉消失了,整个天地渐渐暗了下来。在朝模糊不清的路上望了又望后,孩子们心有不甘地背起书包回家去了。

这样的时光持续了半月,小年说来就来了。

零星的鞭炮声,把孩子们内心期盼的火焰撩拨得越发热烈。他们觉得这难挨的等待，比整个冬季还长。

这天的黄昏，怏怏而归的孩子们走进村子之后，只见一只只大小不一的柴狗，又摇头摆尾欢跳着蹿上前来。

"走开——"不知哪个孩子很不耐烦地吼了声，惊吓得几条狗赶忙闪到一旁，有条狗躲闪不及，屁股上重重地挨了一脚，嚎叫着跑远了。

望着这一幕，那些手扶门框、翘首以盼的老人们，不由得长叹了一口气。

入夜，天空却逐渐阴沉下来，一场不期而至的大雪，便悄无声息地划过夜幕，降落在田野和群山上。

晨起的孩子们，望着漫天飞舞的雪花，愈发难以安分。"这鬼天气，早不下雪，晚不下雪，偏偏赶在这个时候下雪了！"对着阴沉的天空，有的孩子表现出一副愤愤的样子。

在大雪封山的日子里，孩子们仿佛一下子变得懂事了。寒假里，他们一会儿盯着电视上看打通道路的消息，一会儿跑到村口张望，没人再提新年礼物的事。一个个却禁不住在心里默默地念叨：大雪啊，可不要挡住爸妈回家的路。

夜 行

盼　年

　　腊月就像个驿站，进了腊月，年的味道就一天天地浓了。

　　在工地上做建筑工的根子和他的工友们，盼着回家的念想，也如同眼前这座即将封顶的大楼，噌噌地往上长着个儿。

　　虽然工地上时常被雾霾笼罩，但这丝毫不影响他们喜悦的心情。

　　冬天的黎明来得迟。一觉醒来的根子，抬头朝窗户边望了一眼后，不由得往被窝里缩了缩身子，又开始盘算起回家的事来。

　　不知从啥时起，外面起风了，板房上的门窗被刮得呜呜作响。

　　这要赶在往常，被吵醒的建筑工们，没准有谁又会爆粗口了。可眼下都被回家的愿望撩拨得心里美滋滋的，人也就变得斯文起来。

　　见离上工还早，没有了睡意的工友们，有的披上棉袄坐在被窝里，有的翻身趴在被窝中，又扯起了那个已说了无数遍的话题——回家过年。

"长庚哥,离家快一年了,不带件礼物慰劳慰劳俺嫂子?"睡在左边上铺的胖子,挤眉弄眼朝右边上铺的中年男子问道。

"谁像你那小气?下雪那天不上工,俺到市里给父母各买了件棉袄,给老婆买了件羽绒服,给两个孩子一人买了双运动鞋,还买了俩书包,花了小两千块呢。"那叫长庚的人不无炫耀地答道。

"铁林叔,给俺婶买的啥好东西?"胖子又朝下铺的老男人问道。

"我只买吃的,不买穿的,穿的我看不准,买不对了又要挨嚷,花钱还不落好,图啥哩——"那老男人自嘲地笑了笑后,朝上铺的胖子反问道:"你只顾查问人家,自己都买了啥?"

"我什么都没准备,俺爹娘都不要我买东西,我把今年挣的钱全部上交,俺那老掌柜还不偷着乐呀?"

"石头呢,你带啥回去?"老男人又扭头朝后边上铺的小伙子问道。

被叫石头的年轻人好像还未睡醒,瓮声瓮气地答道:"切——我最愁的就是过年,俺娘见着我,肯定又求人为我提亲哩。"

"那就带个媳妇回家吧!"大伙异口同声地调侃道。

"哼,俺穷小子一个,在城里上哪儿找媳妇去?如果超市里有卖的,就是借钱也要带个回家过年。唉,俺娘今年又白盼一场啊。"石头叹息道。

见根子一直没说话,胖子欠起身来,朝着右后边上铺故意问道:"根子哥,今年还留下来守工地吗?说的也是,过年不回家,发三倍工资,吃饭还免费,多美的事呀。"

"我啊,今年说啥也不再留守了,有钱没钱,回家过年!"他说这话时似乎加重了语气。

"吆嗨,这是哪根筋不对劲,让根子哥动了回家过年的心思?"也许板房内光线太暗,胖子竟没有觉察根子情绪的变化,继续俏皮地挑逗他。

"啥也不是,就是想俺娘嘞。"根子说这话时,声音变得发颤了。

睡在下铺的老男人干咳了一声后,胖子像是意识到什么,猛地截住了话头。顿时,工棚内变得鸦雀无声了。

根子清楚这难挨的寂静,是工友无意戳到他的痛处,暂时中断了话题,可这能怪人家吗?

自打媳妇因为贫穷离家后,他像是被电击一样,瞬间觉得矮了半头。

往年每到年根,他把工钱让堂哥捎回家后,便请求留下来守工地,除想多挣些钱外,还有那不愿回忆的一幕,像毒蛇一样撕咬着他的心,"堂堂七尺汉子,连媳妇都养不住,还算个男人吗?"他常常这样责骂自己。

可每当工友们过罢年回来,听堂哥说起娘和孩子们眼巴巴盼他回家过年,又没盼到的那种失落的样子,他总要找个没人的地方大哭一场。

也许是离家太久了,那天夜里他梦见白发稀疏、躬腰驼背的娘,拄着拐杖站在门口的拴牛石前,张着没有牙的嘴嗫嚅着:"根啊,每到过年的时候,娘看着一桌子饭菜啊,就是拿不动筷子,感觉少了你就少了半边天呀。再说娘老了,咱娘儿俩还能在一块过几年年?在外挣多挣少别往心里去,一家人平平安安就好,记住今年早点回家过年啊……"两个长高了的孩子也懂事了:"爸呀,每年放了寒假,同学们都争相去村口接爸妈,看到别人一个个都接到了,有的同学说俺俩是没人要的孩子,俺们都难过得哭好几回了,您快回来吧……"从梦中醒来的他,竟抽搐得一脸泪水。

自此,他暗暗地想:"再不能冷落娘和孩子们的心了,回家过年,一定要回家!"趁那天下雪上不了工,他悄悄去市里给娘和孩子们购买了礼物。

过了腊八,回家的念头发酵得越发浓烈,劳作之余,根子和工友们总嫌时间过得太慢太慢。

终于等到腊月二十三,劳累一年的建筑工们,盼到放假了。两天前,务工的单位已清算完工资,当地政府又为他们联系了民工专列,再不用半夜起来排队抢票,更觉得

夜 行

轻松了许多。

次日一大早,随着一声"走啊,回家过年喽——",根子和他的工友们怀揣着返乡的憧憬,背起大包小包踏上了归途。

列车上,他们兴奋地交谈着来年的打算,那些年轻工友的指尖,在手机屏幕上不停地滑来滑去,争相报着路过的站点,离家越近刷屏的次数越频繁。

坐在车厢尽头的根子,看上去就像换了个人似的,在与工友们交谈时,笑声也爽朗了。这时他就感到,那远在深山的小家,虽然只有几间土屋,却是自己最温馨的港湾。

救 赎

东方刚露出鱼肚白,护林员老长泰便肩扛板斧,带着猎犬"黑豹",走在了杂草没膝的山道上。

一条盘旋在路边的花蛇,似乎听见了脚步声,昂头吐着芯子望了望,"簌簌"地爬向杂草深处;卧在草丛中的那只野兔,支棱耳朵听了听动静后,也"嗖"的一下跃进灌木丛中;还有那群被惊动的山鸡,"咕咕、咕咕"地叫着飞向远处。

"咦——瞧恁小样儿，俺老汉又不是妖怪，看把你们吓得——"他边说边苦笑着坐在了那块卧牛石上。

老长泰年轻时一身蛮力气，两三人抬不动的物件，他双手搬起走得呼呼生风；当兵练投手榴弹，出手就是百十米，枪打得也不赖，就因斗大的字不识一升，复员回了家。饭量也大得出奇，一顿饭能吃五六个大饼子，为这家里开春就断粮，快三十了还打着光棍。

那年腊月，鹅毛大雪下得铺天盖地，当人们都窝在家里猫冬时，野狼血洗了生产队的羊圈，一夜之间，七只山羊命丧狼口，看着尚未被叼走的死羊，全队的人都流泪了。

望着哀哀戚戚的人群，女队长萧桂英铁青着脸发话了："还有爷们吗？若有就给我站出来！这狼得逞后，肯定还会来叼羊，谁若能把狼打死，我一分钱彩礼不要就嫁给他！"

犹如石破天惊，大家惊愕的目光投向了眼前的女"掌门"。

醒过神来的小伙子们，立马变得跃跃欲试，可再看那被狼咬得血肉模糊的死羊后，又个个厌得耷拉下了脑袋。就见站在人群后边的长泰，往前挤了挤瓮声瓮气地问道："此话当真？""君子一言，驷马难追，不过你要提死狼来见俺！"桂英怒眉一扬，嘎嘣脆地把话撂给了他。

长泰一言不发回到家后，找了一根碗口粗的枣木，又到村代销点赊了五斤地瓜烧。入夜，他便反穿羊皮袄蹲到了羊圈边。

夜 行

在冰天雪地连守两夜后，第三天清晨，他穿着那件被撕扯掉前襟的破羊皮袄，带着满身的血印，拖着死狼敲开了桂英家的门。

这下，傻大黑粗的长泰露脸了。县长为他披红戴花，奖他一辆金鹿牌自行车，公社奖他一支猎枪，大队安排他做了护林员，女队长萧桂英当然也没食言。

此后，长泰就像威风凛凛的大英雄，每天身背猎枪，带着猎犬，穿林海、跨山峦，长年穿梭在黑虎山涧。久了，他对各类鸟兽的习性，熟悉得就像自己的手掌，平时斩获的猎物，就连村里乡亲也没少一份儿。

可那年秋后，老长泰却像着了魔一样，两眼痴痴地望着远处，嘴里还不停地叨叨："鸟兽也是有性命的主儿，也是拖儿带女的，没了娘的崽儿可咋活啊！"

妻子桂英觉察出异常后，再三追问下，长泰哭着道出了实情。

为防野猪糟蹋庄稼，那个阴雨密布的傍晚，他在一片晚玉米地旁布下了猎套。翌日晨起查看时，不由得惊呆了：两头狍子幼崽在雨中围着那头被套死的母狍子，发出撕裂般的哀鸣。他想起了幼时爹下葬时的情景，心里突然涌起一阵悸痛，懊悔地朝自己身上挥了一拳后，泪水就和着雨水流了下来。打那后，他再也没有动过狩猎的念头。

山中无甲子，寒尽不知年。长年风餐露宿在深山密林里的长泰，在日复一日的巡山中变老了。村里的护林员已换过几任，老伴儿也跟着子女进了城，他却死活不肯下山，说要还那笔心债哩。

记不清从何时起，"野味热"竟像山里人打摆子一样弥漫开来，山下的镇上，远处的城里，星罗棋布的野味馆散发着诱人的浓香味儿，安详静谧的黑虎山便失去了往日的平静。

乡亲们就发现老长泰变得越来越暴躁了，像是跟谁结下仇似的，时常在巡逻的路上骂骂咧咧："挨千刀的王八蛋，作孽吧，总会有一天要遭报应的！"

听说老长泰曾赤手打死过野狼，那天，俩外乡人驾车找上门来，送上两箱好酒和厚厚的一沓现钞后，求他帮助猎杀一头野狼，并说事成后再加倍付款。哪知老人像受了侮辱似的，晃了晃手中的板斧，怒目圆睁地吼道："带上这些破玩意，给我滚蛋！"

那些年，巡山的老长泰不停地与盗猎者周旋，一次次拆除对方布下的猎套、陷阱和细网，仍不时发现被网粘或绳套的鸟兽尸体。

心力交瘁的他，三番五次跑乡里、到县上找领导："再不禁猎，黑虎山上带毛的东西就被猎光了！"

"断人财路遭人恨呐——"老长泰说那次巡山，见一只黄羊被套住了，正要上前解绑，两支火药枪从身后对准了他:"再他妈挡道,就送你老东西上西天!"幸亏猎犬"黑豹"猛扑上去,盗猎者才吓跑了。

后来,成为自然保护区的黑虎山,组建了专业护林队,年近八旬的老长泰也被省政府评为护林模范。

老长泰似乎没拿这荣誉当回事,每天依然在莽莽林区中巡逻。当县里派专车进山接他到省城接受表彰的时候,却见老长泰的窝棚上落着锁,只有眼前满目的青翠和着阵阵的鸟鸣声。

祛 火

在乡下行医多年的尤二伯,晚年被儿女们接到了省会商都市。要说尤二伯在乡下辛苦了大半辈子,这回该享清福了,可他总也闲不住。

尤二伯十六岁开始在药房当学徒,师承当地坊间多个老名中医,一辈子没离开过病人,久而久之,病人就成了他的亲人。每次外出,他最想去的地方就是医院。看到穿白大褂的人进进出出,尤二伯立马就像换了个人似的,眼也不花了,耳朵也不聋了,手脚也活泛了许多。

爱往医院跑的尤二伯,眼神总离不开病人的脸,看得多了，就发现城里人普遍阴虚火旺。从表面上看，患者的病多因内火旺盛引发，常伴有牙龈肿痛、口舌生疮、双目红肿等症状；且城里人娇气，偶有不适就去挂吊瓶，连医院的走廊都加满了床位，就像是给手机充电一样，一人身上吊着一根打点滴的皮管，呆滞得就像霜打了的茄子。

若往深处端详，就会发现城里人焦虑过多，求学焦虑、就业焦虑、蜗居焦虑、养老焦虑……这焦虑多了就容易生怨，胸中怨气积累久了，就像那嗤嗤啦啦往外喷气的高压锅，倘若无处释放随时就会爆炸。

就在刚才那个路口，也就一袋烟的工夫，走在街上的尤二伯，便目睹了两起因情绪失控，导致互相谩骂甚至大打出手的过激行为。

"咦——多大个事啊，犯得着吗？这城里人不愁吃、不愁穿，出门就坐车，上楼乘电梯，再不济也能挤个公交车或骑电动车，比咱乡下人脸朝黄土背朝天，一滴汗珠摔八瓣滋润多了，还哪来这么大的火气？"尤二伯纳闷得直摇头。

毕竟是当过多年的中医，讲究的是望闻问切。从此，他就像着了迷一样，由表及里探究城里人爱上火的病因。

几个月下来，他便号准了城里人虚火上升的病根。

先是居住出了问题。到处林立的高楼，比乡下园子里栽的树还稠密；住在城里的人上班下班、上学放学、交往应酬、吃饭睡觉,都被高高地挂在楼上那格子里,就像鸟儿被关进了笼子,咋不感到憋屈?

再是饮食搭配失调。中原少雨干燥,饮食素以平和口味为主,配以稀饭和面汤。可如今饮食风味没有了地界,火锅、烧烤、麻辣烫在中原各城比比皆是,无菜不麻辣,越吃越上瘾,犹如火上浇油,导致虚火愈发上升。

三是睡眠违背了规律。中医讲究"春夏养阳,秋冬养阴",强调早睡早起。可如今的城里人,尤其是那年轻人,个个成了夜猫子,上网聊天、狂欢到凌晨是常事,生活无规律伤肝、伤肾又伤神。

还有那交通堵塞、住房紧张、环境污染、生态破坏等,哪一样看了不让人心焦上火?就连唱个《小苹果》,还"火、火、火"的没个完。

治病救人是医生的天职。观察已久的乡村医生尤二伯,下决心要为城里人祛"虚火"。

经过精心考察,他看中了儿子在都市北郊建的那大片生态园及旁边那座倒闭的厂房。

听罢尤二伯的打算,起初儿女们没有一个赞成的:"接您来城里本是让您来享清福的,又不缺您钱花,咋能让您再揽下这么大个苦差事?"

尤二伯费尽口舌,难以征得儿女们的支持,便气呼呼地执意要回乡下。儿女们见老父亲主意已定,便个个回心转意，出资的出资，出力的出力，帮着忙活开了。

经过对旧厂房重新改造装修之后，一座主打食疗、兼做心理治疗的"平和坊"开张了。

平和坊坐落在生态园一隅，这里绿树成荫，环境幽静，空气清新，是祛"虚火"的绝好之地。

饱受折磨的城里人，听说城边开了一家平和坊后，都抱着试试看的心态，前来投石问路探个究竟。

只见尤二伯"把脉会诊"后，便开始对症下药。

他开出的第一张处方是"逛"。让来者先在生态园内步行观赏生态农业和自然景观，通过休闲垂钓、赏花观景、种植菜蔬、游园品果等活动，满足体验自然、回归自然的心理需求，使其在舒畅而惬意的环境中，忘却往日的喧嚣，让心情逐步平静下来。

第二张处方是"吃"。在逛罢生态园后，就到了吃饭的时辰。坊内饭菜全由劈柴地锅烧制，地地道道的农家饭特色。且现场制作，菜肴无论荤素，都是原汁原味、清而不淡、香而不腻。各种食材和原料，均从山区农产品合作社定点采购，真正的绿色食品。尤其是那用芦苇根、白茅草根、蒲公英根熬制的三根汤，喝起来清咽利喉。

第三张处方是"自选"项目，可练书法、可对弈、可品茗、可听戏、可与心理师对话。总之，一个目的就是放松自我，给烦躁的心灵一个安放之地。

这三张处方综合施治，功效自然见好。本是抱着寻医问药来此的人们，结果走出平和坊后，一个个顿觉神清气爽，脚步轻松，窝在胸中的块垒烟消云散，人也感到强健了许多。

于是，平和坊开业的消息，没出几日便传遍了商都市的大街小巷，来此体验的顾客络绎不绝，且来了就不想走，走了还想再来，一来二往便成了回头客。

有人见生意如此红火，便劝尤二伯涨价经营，却被他断然拒绝："咱当初就是为给人祛虚火，才开的这家平和坊，怎么刚把别人的虚火治下去，自己的虚火倒升上来了？"

平和坊开业快三年了，依然保持货真价廉、保本经营的初衷。据说最低每人花二十元就可享受全天的休闲、茶水、娱乐和农家饭，至今火爆的场面依然如初。

戒　赌

民国十六年冬，天出奇地冷。

进腊月，一场鹅毛大雪覆盖村野，让这个寒冷的冬天更加寂静冷清。

这时候，蓬头垢面的缫丝匠于老原，一跟头一骨碌回家了。

一家人正围着桌子吃午饭。见老原进家,本挺欢喜,哪知他话也不答,冷着脸进里屋,被子蒙头躺下了。

"是病了,挨欺负了,还是被人劫道了?你倒说个话——"老原妻跟进里屋没出来;在外屋吃饭的人丢下碗筷,一个个大眼瞪小眼。

不一会儿,两个外乡人喊着老原进家,按了手印的字据往桌上一放,粗声大气道:"于掌柜,别叫俺作难,赶紧筹钱,还等着回家过年哩!"

"哎呀,天爷,俺当家出去忙活几个月,脚还没沾地,这欠哪门子账啊?"听说是要账的,老原妻迎出来,惊讶地愣在那里。

"哪门子账?赌账——"来人皮笑肉不笑地回敬道。

于老原躺不住了,低头哈腰觍着脸找人,典当二亩地,才将讨债的打发走。

在鲁中南山区,精通缫丝手艺的于老原,是少有的巧匠。到收完秋、种罢麦,他扁担上肩,一头挑铺盖卷,另一头挑工具篓,外出一冬,腊月进家,进项就够一年开销了。

可眼下,白忙数月,又搭进二亩好地,老原连气带羞,当晚就病倒了。

他躺在床上一会儿干号,一会儿大喘粗气,嚷着没脸活了。家人纳闷:一个咸鸭蛋吃三天还有余的"老抠儿",

夜 行

哪根筋搭错，竟进赌场输得一塌糊涂？老原到底也没吐半字。

连躺三天，摇晃着身子起床后，老原咬破手指立家规：凡我子孙，发现进赌场，打出家门，再不姓于。

也该事儿邪，没几天，就有人冒犯家规了。

老原四十岁得子，名唤崇文，家人当心肝宝贝宠着。一个雪后午间，正玩雪的崇文，被人哄进赌场。

众赌徒见崇文被领进来，顿时眼放绿光，呼啦围了过来："呵呵，小财神来了，快扶上庄！"

赌局押宝，没等首局揭底，崇文被人像拎小鸡似的拎起扔到一旁："吃屎的孩子，这是你待的地方？滚！"众人正要发作，一看是五大三粗的赌棍于三炮，于老原堂弟，一个个噤声了。

崇文进赌场，虽没输钱，却很快传老原耳朵里。当晚，家里杀猪般惨叫响半夜，小屁股被打肿老高，几天不敢坐凳子。

解放后，历经运动，赌博绝迹，崇文子辈没染此恶习，按下不提。

等到孙子辈成长起来，赌博又蔓延开了。

初冬那晚，孙子俊明谎称邻村看电影，深夜未归。崇文起疑心，连夜派人找回，踹跪堂屋地上。

"耍钱了？"端坐正堂的于崇文威严问道。

"嗯——"浑身抖战的俊明,回答就像蚊子哼哼。

"你小子真有种,这是给俺老头子眼里插棒槌,能耐不小啊!"老人辛辣的嘲讽更添几分严厉,俊明把头低得贴着胸口。

"六十年前,我进赌场,被你老爷爷打个半死,你该怎么办?"眼看动家法,一家人脸都吓白了。

于崇文死死地盯着跪在地上的孙子,半晌不语。

寂静的夜晚,凝固的气氛透着凉意。墙上挂钟,秒针嘀嗒嘀嗒的响声,阴森刺耳。刹那间,仿佛万物被抽空了,跪在地上的俊明不由得打个寒战。

"新社会,打人犯法,不让你受皮肉之苦,可也不能轻饶。子不教,父之过,这俩月里,我和你爹陪你每晚面壁思过一钟头,也让你们长长记性!"老人稍显温和的话语仍不失威严,让人闻之一颤。

那俩月,任凭谁讲情,于崇文一个吐沫一个钉,雷打不动陪着面壁,这一招让子孙辈望赌生畏,再也没人敢生邪念。

三十多年过去,于家枝繁叶茂,四世同堂,孙辈和重孙辈出了七个大学生,乡人啧啧羡慕:"于家的孩子个个成才,真聪明啊!"

也有人不以为然,说,于家孩子聪明?那得说咋看。你拿副麻将,拉过来一个于家的孩子,他要能说清一共有多少张牌,每人手里该抓几张,什么叫吃牌、碰牌和杠牌,我头朝下走给他看。

夜　渡

夜色渐深,酒店外停车场一侧,排好顺序代驾的司机,或抽烟闲聊侃大山,或低头扒拉手机瞧稀罕,一个个熬点等候准备接单。

洪海洋也等候在人群中,看上去,他比散落在一旁的代驾司机多了几分淡定,别人看他满是羡慕的眼神。

一支烟没抽完,他望见"老主顾"从大厅出来,忙将手中的烟蒂掐灭,推着脚踏电动车,小步快跑迎上去接过车钥匙。

见他将车子发动,"老主顾"发话:"去北区——""好咧!"他边应答边启动,俩人像一对默契的搭档,开始了夜间"摆渡"。

身材清瘦的"老主顾",见车驶出停车场后,便习惯性地仰靠着车座闭上了眼睛,伴着《白天不懂夜的黑》那首歌曲,车内渐渐响起一声声轻浅的微酣。

虽交往时间不短,黑夜和酒精并没让他们情感升温,彼此之间的关系，说冷不冷，说热不热，客气却又保持着难以逾越的距离。洪海洋全神贯注，手握方向盘，从不多问一句话，也从不多说一句话，看见了什么，听见了什么，都随着代驾结束烟消云散。

三年前，也是一场应酬过后，"老主顾"的车被挡住去路，面对周围手拿凶器的来者，洪海洋沉着冷静，凭着出色的车技，载着"老主顾"左冲右突冲出重围。往后，就成了他的专用"代驾"。

"老主顾"言语不多，低调内敛，一向独来独往。需要代驾时，会提前预约，但不说在哪儿，快要散席时，再给洪海洋发定位。

代驾几年，洪海洋从没有送"老主顾"到达过终点，更不清楚他的住处，每次叫停即停，途中会有人接过车子，他也不多问，更不担心给多给少，"老主顾"不差钱，每次微信付款，给的代驾费都高出几倍，他还起房贷来就轻松多了。

直到有一天，洪海洋被请到缉毒专案组。警察拿着照片问他："这个人，你应该认识吧？"见他沉默不语，警察说："他已被列为侦查对象，有重大犯罪嫌疑。据内线报告，说你经常为他代驾，有这回事吧？"见他还不作声，警察又开口了："你应该清楚知情不报的后果，从现在开始，你必须配合我们的工作。"他这才如梦方醒，神色慌张

夜 行

地点点头,吓得出了一身冷汗。

走出专案组那一刻,洪海洋内心矛盾极了。这些年,"老主顾"待他不薄,这份知遇之恩,他不能不报。在郊外无人处,他焦躁不安地踱来踱去,在连吸了几支烟后,终于下定决心。可就在按回车键发送信息的瞬间,一张痛苦的面孔在脑海闪现,那是他的亲姐夫,因吸毒闹得家破人亡。他顿时清醒过来,狠狠扇了自己两个嘴巴,在心里怒骂道:"你真糊涂啊!"

说来也怪,在这节骨眼上,"老主顾"像从人间蒸发了似的,没了音讯。

那些日子,洪海洋照例排队接单,心里却惴惴不安。接连发生的事,让他心中疑窦丛生。

每晚代驾返回的路上,他总觉得身后跟着一个人,回过头一望,影子却不见了。可当他转过身骑上脚踏电动车前行时,影子又若隐若现跟在身后,想甩也甩不掉。

一个多月后,"老主顾"开始约他了。这段时间的事,对方不说,他也不问,一切就像没发生过一样。

车子在通往北区的道路上,不疾不徐地向前行驶。

夜幕笼罩下的北区,看上去像大片工地,少了白日的喧嚣,路上人少,车也不多。昏暗的灯光下,新建尚未入住的几座小区,显得黯淡又寂寞。

车内鼾声很快响起。洪海洋怕吵到"老主顾",刚要关音乐，后座上传来一个低沉的声音："开着吧！"

夜色深沉，万籁俱寂。路灯发出的光，透过枝叶洒向地面，映出一片片婆娑的树影，为夏日的夜晚增添了些许神秘感。

"丁零零——"一阵清脆的手机铃声响起，鼾声戛然而止。洪海洋一看号码，随手便按断了。

"谁的电话，您咋不接？""老主顾"神色警觉地问道。

洪海洋边摇头叹息，边不无沮丧地回答道："是俺那不争气的表弟，可能又输钱了。"

"您表弟？来，也让我存一下他的号码，又多一个朋友嘛！""老主顾"脸上的表情立马舒展开了。

洪海洋稍微一愣之后，顺手将手机递了过去，却被"老主顾"用手挡住了："呵呵，算了，哪天得闲了，约上表弟一块儿聚聚，当面认识更好！"

车厢内又恢复平静，车子依然不疾不徐地朝前驶去。

没行多远，"老主顾"突然要求改变路线，洪海洋不动声色地转换了方向。

终于到达指定地点，一如往常交接过后，他刚从后备箱取出脚踏电动车，那车便疾速朝前驶去。

刹那间，前方突然闪过一道耀眼的光柱，顿时警笛声四起，警灯闪烁，一辆辆警车将"老主顾"的车围堵在中间。见此，洪海洋不由得长吁了一口气。

他清楚该来的来了,心头猛然一阵轻松,迎着微凉的夜风,爽快地抹了一把脸后,抬脚蹬上脚踏电动车返程了。

如谜往事

我对邻村匠人鲁大有印象,是在五六岁时。

那时,鲁大操持磨剪子戗菜刀的生计。在胡同口常见到他磨刀霍霍的身影。

鲁大人和气,嘴也甜,无论男女老幼,见人说话三分笑,称呼上自矮辈分,一口一个"大伯大叔、大娘婶子"叫得人心暖,占个好人缘。

村人们见了,也主动与他打招呼,没人知道他的名字,都称他"鲁大"。

久了,胡同里那帮光腚孩子,也围在他身边"鲁大、鲁大"地叫喊。那次,我也学着喊他"鲁大",正巧被爷爷撞见,爷爷脸一黑吼我道:"小孩子家,不兴没大没小的!"我当即不敢吱声了。鲁大回头笑笑说:"呵呵,没啥、没啥,看这孩子多听话。"

我渐渐懂事后,听大人们对鲁大身世的议论就多了。

鲁大祖上曾是方圆几十里的大户,数年间,遭土匪烧房子拉票儿祸害穷了,到了他这一代,家道败落,一贫如洗,尚未成年,就成了别人家的羊倌。

那年,八路军来村上招兵,鲁大与东家打声招呼,将羊鞭往东家跟前一搁,跟着队伍走了。

山里孩子泼实。鲁大从小跟着羊群在山上野跑,腿脚灵活,身手敏捷,尤其擅长攀岩,这下派上用场,没等学会放枪,先当上爆破手。

"嘿,每遇攻坚战斗,连长只要瞟我一眼,命令道'爆破手,给我上',我就第一个冲出掩体了!"提起战争年代炸碉堡的事儿,鲁大那语气与眼神里的自豪感,便情不自禁地流露出来。

"其实,不止炸碉堡,我投手榴弹也一投一个准,随着一阵阵炸雷般的响声,手榴弹接二连三在敌群中开了花,那叫一个痛快!"见人听他摆古,鲁大连说带比画就来劲了。

听到最后,有人不解地问:"你打了那么多年仗,咋没见你立过功?看前村王大个子,人家才打一年仗,就成了公家人。"

鲁大这时便低下头去,脸涨得通红,像被人揭了老底,不再言语。

年轻时当过支前模范,解放后当过生产队长,后摆摊卖针头线脑的五爷说,鲁大的话不掺假,有些战斗,他曾

夜 行

支前过。还听人说朐城西部山区有个鲁姓老兵很勇敢,炸碉堡拔据点不含糊,要不是那次战斗震伤头部,也许能在队伍上当个这长那长。

鲁大做营生紧挨着五爷的摊点,多年交往下来,俩人成了无话不说的朋友。

鲁大长年戴顶褪色发黄的军帽,那顶军帽就像粘在他头皮上一样,一年四季不摘下来。那天刮大风,忽地把帽子吹掉在地,五爷帮着捡起时,望着他头上那道长长的伤疤,便激将似的问他道:"老伙计,打了那么多年仗,就没弄个铜疙瘩、红本本(立功勋章、证书)?"鲁大急赤白脸眼一斜:"哼,谁说没有?"当了真的五爷,当即劝道:"那还不找政府,要份待遇,省得风吹日晒受这份洋罪。"少顷,醒过劲来的鲁大憨憨一笑,吭吭哧哧地挤出两个字:"丢了!"五爷白他一眼,不由一声长叹:"唉,亏了!"

鲁大依然不声不响地忙碌营生。他的行头,是一条枣木长凳,看上去有些年头了。长凳一头固定着两块磨刀石,凳腿上,吊着一个装水的铁罐。

鲁大似乎不甘寂寞,常会在干活儿间隙,说些谜语让围过来的孩子们猜。而说到他自己做这活儿,就多了些许诗意——每天骑的是千里赤兔马,磨的是青龙偃月刀。他自嘲已毕,总是一阵爽朗大笑。

旁边的五爷有时也跟着笑,笑过之后,又小声道:"呵呵,你就自个找趣乐吧,本该是骑洋车、坐卧车的命,都怪不操心,落得这般光景。"

话虽这样说,五爷对鲁大还是蛮照顾。

尽管那时都不富裕,但念及鲁大光棍一个,不会炒菜做饭,稀汤寡水地凑合,五爷看不下去,每天中午,老伴来送饭,都让多带一份。

起初,鲁大抹不开面子。见给五爷送来饭,他总扯理由躲开一会儿,五爷就不乐意了:"你几十岁的大男人,脸皮咋薄得像娘们儿?又不请你坐桌吃宴席,粗茶淡饭填饱肚子,咋恁难?"往后,每逢饭时,老哥俩一人端一个碗边吃边聊。隔个半月二十天,还见俩人从代销点弄提子散装地瓜干酒来,也不用菜肴,就那么干喝。喝多了,话就稠,净说那些支前打仗的事儿。

人在世上待,说老就老了。

1978年刚开春,鲁大先走了。生产队为其办完后事,派人拆他老屋的木质隔断墙时,在墙洞里发现一个黑木盒子。队长赶忙派人请来五爷做证,打开盒子一看,在场的人都惊呆了。

"咦,没想到这蔫儿吧唧的人,还是隐功埋名的英雄哩!"

"呀,这么多勋章,要早找上级说道说道,咋也不弄个离休待遇?真傻!"

夜　行

……

望着鲁大这堆遗物,听着七嘴八舌的议论,五爷好一阵子才回过神来。

五爷深深地鞠了一躬,悲怆地说道:"兄弟,硬气啊!"

加　碗

娘说我两岁那年出麻疹,持续发高烧说胡话,一头耷拉下来就没气了,村里的医生过来看了看,摇摇头就走了。邻里百舍的大娘婶子闻讯后,不无怜惜地叹口气:"唉,白胖胖的个孩儿,却瞎了。"

"俺孩儿不会瞎,俺孩儿不会——"娘说她那会子不会哭也不会闹了,只是紧紧地抱着我,除了喃喃自语,一动也不动,不吃也不喝。

家里老人们看着不落忍,便佯装要替娘抱。娘说她虽心痛却清醒,她知道一旦失手,我就会被扔到村南沟里去,村庄里凡夭亡的小孩子都是扔到那里的。娘抱着我跑开,村人们都说娘失心疯了。娘跑到了打谷场后面的娘娘庙,躲藏起来,娘娘庙早已被人推倒了,娘娘的石像只剩下了半拉子，娘跪在娘娘破损的双脚前，乞求娘娘给我一条命，十年二十年，还是一辈子，娘都愿拿她的命来相抵。

"老天开眼，老天开眼——"娘每每说这话时，就像事情刚刚发生一样，娘的惶恐仿佛还没收住，一直觉得眼前烟尘蒙蒙。而我从记事的时候就知道结局了，一位过路的老中医，过来摸摸我的脉象，说是一时闭了气，说不定还有救的。他说："这位小大嫂，你若相信我，就让我扎一针试试，救活是造化，救不活是命数，你看如何？"娘像是见了救星似的，翻身扑倒在地，连连磕头，话也不会说了，只是眼泪长流。老人掏出随身的银针，一针下去，一时半晌，我竟奇迹般活了过来。

从那时起，每年的年夜，娘都要在餐桌上多加一个碗，娘说，这个碗是为当年救我的那个老人家留的。娘虔诚地举起那口碗说："老人家，你是我家娃儿的救命恩人，祝你命长福长，福寿百岁。"

娘是那样溺爱我。夏日的清水塘，小伙伴们像鱼儿一样游来游去，羡慕得我心里直痒痒，娘却从不让我到塘边去，娘说塘里淹死鬼的手，一直都能伸到他看中的小孩子睡觉的床上去。结果，娘一眼没盯住，我上树掏鸟窝右胳膊摔折了，娘心疼得眼睛都哭肿了，娘一直絮叨："怨你娘，都怨你这没用的娘。"我爹都听烦了，背地里踢了我两脚骂道："小兔崽子，你从小就不让人省心啊！"

夜 行

我当兵后,我哥给我写信总是说起娘。他说娘常常半夜里披衣起坐,隔窗朝着南方痴痴地遥望。我忍不住流下泪来,那是我离家的方向。

那年春上,娘患过一场大病后,身体越发不济,娘唯一的心愿就是希望我不要离开她。可自小倔强的我,一心想的是好男儿志在四方,我瞒着娘报名当兵,偷偷做了入伍体检。直到接兵干部要进村家访,我才道出实情,娘的脸当时就吓变了颜色。等到接兵干部进家后,娘却没说半个不字,送走接兵干部,娘手足无措地哭了,我永远记得娘眼睛红红却又不愿意让我看到的样子。只是当时年少,不懂珍惜,一直沉浸在离家远走的兴奋中,对娘的殷殷叮咛总是显得不耐烦。

而今,我亦是年过半百。

哥在信中说,一到春天,娘都要孵一窝鸡仔养着,娘喜欢看一群小鸡跟在母鸡后头叽叽喳喳。哥还说,我当兵走后,每年的年夜,娘也为我多加了一个碗,头锅水饺盛好后,娘先祝那位救我性命的老人家命长福长,福寿百岁,又祈国平无战事,我好平安早归乡。在我离家的几十年中,无一间断。

我暗暗发誓,他年归家,当日日绕膝,好好侍奉,让娘再也不生受离别思念之苦。

只是,待我归来时,娘已故去。

灵棚前,爹看着我两鬓渐生的白发,失声痛哭。他只反复对我说一句话:"儿啊,你娘想你……"

端阳节,是娘的祭日,我想起儿时那个口口传唱的《哭娘经》:

五月里来是端阳,菖蒲药酒配雄黄;

人家吃得醺醺醉,不见我娘上桌尝。

儿时戏言不懂意,今朝已到眼前来。

我扶着已近暮年的爹,爹说:"孩啊,逢年过节,记得给你娘加个碗。"

我说:"爹,我知道。"

"娘,我想你——"

回 望

苗子秋走出楼门,走进淅沥秋雨中,又习惯性回望一眼六楼的窗口,一股悲凉便伴着冰凉的秋雨落进心田。

自从他把娘接进城后,那个窗口就多了一尊雕像。

娘患白内障,眼睛几近失明,听力也差了,却能准确分辨他的脚步,每次开门离家,娘会不动声色地站在他身后,日复一日地重复道:"秋儿,在外边少喝酒,没事早点

夜 行

回家呀——"

起初,他总嫌娘啰唆:"娘,瞧您,孙子都上大学了,还拿我当小孩不是?"他话音里透着不耐烦。娘却不恼:"唉,你就是长到七老八十,在俺眼里,也是那个长不大的秋娃儿。"

他每次下楼,只管径直往前走,从没回头张望过。娘却痴痴地站在窗口。

小时候,他爱让娘带着放风筝。望着空中的风筝一会儿骤然腾起,一会儿又滑翔而下,一会儿打着旋子,一会儿舒缓徐行,飞高飞低,总离不开手中那条线。他不解地问娘:"为啥要用线牵着风筝,咋不把它放开呢?"娘笑着说:"俺的傻娃儿,风筝没有线牵着,就会从天上掉下来,就找不到娘了。"

上学后,他每天步行几里路去学校。放学途中,顽皮的同学约他下塘游泳,或上树掏鸟窝,只要他动念头,娘就如有神助般出现在他跟前,他为这没少和娘赌气。

那年冬天放学后,他趁娘不在家,结伴去村边池塘滑冰,不小心掉进冰窟窿,幸被好心人救起,当夜高烧得迷迷糊糊,觉得自己变成了一只风筝,一会儿腾云驾雾在空中盘旋,一会儿又忽地滑向谷底,他惊叫着找娘。娘边用白酒擦他滚烫的身体,边心疼得落泪安慰道:"乖娃儿,别怕,有娘哩!"

年复一年,伴随着娘的唠叨,他渐渐长大了。

到省城上大学的头天晚上,娘为他整理行李,穿的用的,桩桩件件,交代几遍。沉浸在憧憬中的他,一句也没听进去。

他提行李出门,娘跟在身后,边走边嘱咐。走出胡同,他劝娘回,娘白他一眼;走进车站,他又劝娘回,娘没有挪步。直跟到上车了,还在车下交代:"秋儿,娘说的话,记住啊——"他怕人笑话,赶紧扭过头去。

等车启动了,他扭头一看,娘还站在那里,用袖子擦起眼泪。他不解地摇着头。

后来,他参加工作;再后来,他在城里安家。为便于和他联系,娘学会了使用手机。他每次回乡或返程途中,娘总要一遍遍打电话问:"秋儿,你几点能到家啊?""秋儿,这会儿到哪里了?坐车可别瞌睡。"……听着娘不厌其烦地唠叨,他无奈地苦笑着一次次关机。

多年过去,娘的身体越来越差,小脑萎缩,听力下降,眼神、记性也不好了。可娘放在床头的那只葫芦,却画满了粗粗细细的道道。娘说,粗的是记着他回来的次数,细的是记着在家住的天数。娘想他了,就去摸那只葫芦上的道道,原本是黄色的葫芦,已被娘摩挲得变成深棕色。

那年的一场大病后,娘的腿脚不灵便了,生活难以自理。在他再三苦求下,娘答应随他来城里住。

娘儿俩见面机会多了，娘也像孩子一样爱黏他。每次离家时，娘总要在他身后接二连三地问："秋儿，你去哪儿？""秋儿，你做啥哩？""秋儿，你啥时回来？"

……

他不由得顿生烦闷，没好气地撑道："娘，您天天这样问，烦不烦啊？"娘惶惶看他一眼，不知所措地低下头去。

为避开娘的啰唆，再上班他总是开门就走，不给娘说话的机会，他觉得轻松了许多。

那天也是无意，他走出楼道后，忽然感觉脸上一阵清凉，天下雨了。他仰起头朝上望的一瞬间，竟然发现娘站在六楼自家窗口，一动不动朝下遥望。他鼻子一酸，眼眶湿润了。他想，等忙过那一段后就休年假，好带着娘看景致。娘来城里半年了，还没有走出过小区。

可惜，他依然很忙，转过身就忘记自己的打算。而娘没有忘记他，早上在窗口送他，傍晚在窗口等着他。前年冬天下头场雪那天，娘见他出门忘带围脖，拿起围脖去追他。腿脚不利索的娘，一下子摔倒在楼道里，再没醒来。

娘去世后，他感觉心被掏空了一样。打那起，他养成一个习惯——走出楼门，总要回望六楼的窗口。可窗口是空的，再也不见娘的身影。

那时，他感觉自己像只断了线的风筝，孤独地在空中飘飘悠悠……

野　兔

　　1973年冬月底，罗冈大队中小学开运动会，场地设在村北闲田里。

　　寒意料峭中，高音喇叭播放着入场曲，闲置数月的田里，人声鼎沸，比赶集还热闹。

　　一阵冷风袭来，小学生们不安分地在队列里扭动着身子，冷得跺起脚来。

　　一只受惊的野兔，从不远处老桑树底部树洞蹿出。

　　"兔子！"一个眼尖的小男生，惊喜地叫着冲了过去。

　　几个男生也大叫起来跟着跑出去，队列一下子就乱了，接着大队学生炸了营般散开，追赶兔子去了。

　　顿时，田里跑得跑，叫得叫，你推我，我操你，摔跟头的，跑掉鞋子的，扔了棉袄的，欢呼雀跃，每个人都想抓住那只兔子。

　　按照预定的时间，运动会马上就开幕，不承想却乱成了一锅粥。校长急切地提了高音喇叭喊道："大家注意了，运动会马上开始，运动会马上开始，请抓紧回到各自位置！"连喊几遍，像被大风刮跑了一样，根本无人理会。

　　"于老师，你过去看看，这些学生在弄啥？简直无组织无纪律！"一位年轻老师应声跑开了。

此时的田径场已经变成狩猎场，一只近在咫尺的野兔，对平时闻着肉香就流口水，能吃顿肉就跟过年一样的学生，那超乎平常的渴求，勾起骨子里的野性与冲动，成为一种抵挡不住的诱惑，旋风般狂奔的人群卷起漫天黄尘。

那只走投无路的野兔，箭一样地东窜一头，西窜一头，把追逐它的学生逗弄得大汗淋漓。一些低年级的学生，渐渐因体力不支，干脆歪在地上，呼哧呼哧喘着粗气。

眼见那兔子也越来越慢，一些摩拳擦掌的男老师忍不住也加入了追逐的队伍。

"快追上了！快追上了！"旁观的人群发出歇斯底里的呼喊。

野兔已近在眼前，几个学生左推右搡，争相抢抓。就在一个瘦高个男生扑向野兔的刹那，斜刺里伸出一只手，揪住了野兔后腿。

抢走野兔的正是于老师。在校长的再三吆喝下，"抓野兔"闹剧暂告结束，现场平静下来，运动会开始了。

老支书风风火火赶过来，人没到跟前，他就朝罗校长喊道："校长，校长，过来问你件事，我听人说，你们逮了只野兔？"

校长说："呃——是！"

老支书两手一击道："那太好了，赶紧拿来，我救急!"

拎来野兔,老支书扔下五元钱,急匆匆走了。

老支书拎着野兔进家交给老伴道:"赶紧收拾收拾,先炖一小半,多炖会儿,炖烂点,剩下的腌起来!"

少有的肉香合着炊烟,从老支书家临街的厨房里飘出。

午饭时分,老支书端着食盒,走进村南那座小院。在五保户韩石头床前,他高声喊道:"老哥,有肉吃了!"床上的老人被扶着坐起身后,说:"兄弟,你叫俺心里咋落忍,俺当时就那么随口说一说,权当是说梦话,兄弟你,你咋当真哩……"

"老哥,别想那多,把身子骨养好了再说,只要咱不惜力气地干,总会过上不缺肉吃的好日子……"说这话时,他扭过头抹了一把脸,心想年年都这样宽慰群众,可年年难变样儿,连自个多少日子没沾到荤腥,他也记不得了。

那是一个食品奇缺的年代,村里除过年杀口猪,平时就没人闻过肉香味。老支书听病重的韩石头心心念念想吃肉,就派人到公社肉食店买肉,可晚了一步。正发愁时,听说师生们逮只野兔,就火速赶了过去。

半个月后,韩石头去了。

老人走得很安详。

夜 行

神　秘

　　从树顶上看去,南园子真的很大,树叶发出沙沙沙的响声。两只受惊的黄鼠狼一前一后窜进灌木丛中。灌木丛后,有几间土坯房。

　　树上的知了放开喉咙地叫着,我溜进园子后,爬到树上摘蝉壳。

　　一个奇怪的人出现了,他瘦得像麻秆一样,蓬乱的头发盖过耳朵,苍白的脸上布满皱纹,鼻梁上戴着一副眼镜,一只腿架已经断了,用一根绳子系在耳朵上。

　　快下来,别摔着。那个奇怪的人张着胳膊对我喊。

　　就在这时,刘大喇叭跑来了,他凶巴巴地喊,臭小子,谁让你进来的,还不快滚!我哧溜溜滑下树后,一溜烟跑了。

　　傍晚时候,刘大喇叭慌慌张张跑向村卫生所,跨大门槛还绊一跟头,说南园子出事了,住在园里的那个人晕过去了。

　　村卫生所赤脚医生出诊了,刘大喇叭急得直跺脚,这可咋办?

　　恰巧驻军沈军医背着药箱打此过,问明情况后,跟着刘大喇叭进了南园。

我惦记着树上的蝉壳,便悄悄朝南园子摸去。

就听沈军医对刘大喇叭说,病人身体虚弱,除加强营养外,还要多让他到户外走走。

沈军医和刘大喇叭离开园子不久,我就看见一个熟悉的身影,抱着个小布包,像只灵巧的小鹿一闪进了旁边屋子。军红——我惊讶得差点喊出声来。

军红是沈军医的闺女,是我们小学一(2)班的班长。

没几天,刘大喇叭老婆在骂街,说家里招贼了,走趟娘家回来,家里攒的鸡蛋不见影儿,哪个龟孙偷去吃了噎死他。

军红来找我玩。我说,我知道你那晚去哪儿了,南——

她连忙上前一步,伸手捂住我的嘴。将我拉到旁边夹道,告诉我,妈妈说园子里那个叔叔病得可怜,让我给他送些饼干。

见我没说什么,她问我,咱俩是不是好朋友?我使劲点点头。

那我以后晚上再进园子,你能不能给我做个伴?她见我没动静,又说,你跟我去,我送你水果糖。我咽了口唾沫,说,中!

每隔几个晚上,军红就来约我。

每进园子,让我躲在树后听着动静,她再进屋子。听

夜　行

见有人来，就让我学猫叫。

夜幕下，我站在园子里，总感觉有个人影像幽灵一样，晃来晃去，行踪飘忽不定。想起三奶奶讲的那些无头恶鬼、黑脸妖精的故事，我只觉得浑身一阵阵打冷战，牙齿也吓得咯噔咯噔响。为催着军红快点离开，我几次学猫叫，可等我和军红匆匆走出园子时，却见不到半个人影儿，她笑话我胆小鬼，可我分明听见背后传来骇人的咳嗽声。

那晚一片漆黑，大风把树枝刮得狠命地摇晃，发出咯咯吧吧的响声，像群妖怪在空中狂舞。我和军红又一次走进园子。她进屋前，瞪我一眼小声道，再乱学猫叫，小心我拧烂你的嘴。不一会儿，我望见有个像萤火虫一样的火星在闪动，我壮着胆子往前走两步，那火星逗我似的往后退两步，来来回回，我吓得倒回树旁，急慌慌学起猫叫。军红拉着我跑出园子后，猛地推搡我一把，你个胆小鬼，真没出息！她不知道，我的裤子早被吓湿了。

两年后，园子里住的那奇怪的人落实政策要回城了。赶巧，驻军那天要离开村子，军红和她妈妈也要走了。临走时，那个奇怪的人拉着军红和她妈妈的手，哭得像个泪人，军红妈也不时擦眼泪，还给他煮了一兜鸡蛋，叮嘱他加强营养，尽快恢复健康。

奇怪的是，坐上马车前，那人竟和刘大喇叭拥抱着不放，还放声哭了起来。旁边的人们纷纷投来异样的目光，刘大喇叭窘得脸都红了。

在送走他们后,刘大喇叭站在街头,盯着我看了好一阵,问,小子,啥时候学会猫叫的?还怪像哩。我心里一怔,抬头瞟了他一眼,见他正朝我笑,他笑起来的时候,看着一点也不凶。

过队伍

初秋的黎明,潮乎乎的露水气味儿弥漫了山乡,静卧在凤凰山下的茹村,像熟睡的婴儿般安详静谧。

"砰砰砰",一阵急促的敲门声打破了宁静。旋即,周围的家犬便狂吠开了。

"修之、修之——"村中那座砖瓦结构的门楼前,来人边敲院门,边朝院里喊着。

"谁呀,这么早就来找——"从东厢房走出睡眼惺忪的中年汉子,趿拉着鞋,边往身上穿着褂子,边嘟囔着朝院门口走来。

"修之,保长叫你到村公所去一趟,要过队伍哩!"来人听见院里动静后,在门外搭腔了。

"呃,知道了——"那汉子抬头望了望阴沉沉的天,轻轻叹了口气，回屋交代一番后，便朝村公所走去。

这是1939年初秋的一个早晨，那汉子便是我的爷爷。

爷爷幼时，家境殷实，早早便入私塾读书，成年后不仅识文断字，账目做得也清楚明白。

因了这个缘故，邻里百舍操办红白喜事，总邀爷爷做账房先生。当然，每逢村里过队伍（方言：来了队伍），也少不了被叫去办差。

"唉，为人别当差啊！"爷爷虽识文断字，熟悉礼法，却不热衷办差，即便村上派人来催，也是推三脱四。胆小怕事的太奶奶和奶奶就慌了："去吧，去吧，到那儿少说话，小心侍候。"

爷爷说，那时队伍多，正规军、杂牌军、民团、保安团交错混杂，大小司令多如牛毛。

过队伍就像赶场子。"哒哒哒——"只要村外冷不丁传来枪响，携枪带弹的兵们就大呼小叫地进村了。

每支队伍过来，都说担的是守疆护国、保境安民的责任，进村就要吃要喝要钱要粮草，望着那一支支黑洞洞的枪口，保甲长及办差的随从，早已惧怕三分，一口一个"老总、兵爷"地叫着，处处赔着笑脸逢迎，为的是尽快打发走了事。

村人种的多是十年九旱的丘陵薄地，一年一季打不下多少粮食，日子本就过得不易，却隔三岔五要过队伍，征粮征款就成了顶难办的事儿。

"长官啊,俺村上人大都闯关东去了,实在拿不出那么多东西,请高抬贵手再减点吧。"趁着那些"司令"吃饱喝足之际,给其塞些钱物,村里主事的乡绅头人们就哀求开了。

"屁!豌豆皮还能榨出四两油呢,都他妈哭穷,老子的队伍喝西北风不成?"被连骂带吓威胁一番,交多交少就看造化了。

后来,每每听到"要过队伍了",一些人家便逃进山去。

爷爷说他也想躲,却终究也没躲掉。

那次,保长看出他的心思,一丝冷笑后说:"人家能跑,你跑得掉吗?你可是有房有产有家眷的人,跑得了和尚跑不了庙啊!"

这话扯得远了,咱书归正传。那天早上,爷爷被叫走后,等到过晌了也不见回来,奶奶心里慌得像猫抓似的,踮着小脚出来进去张望,也不见爷爷的踪影。急慌慌跑到对门,央求堂弟去找时,爷爷踏着轻盈的脚步进门了。

这次,他没有像以往办差回来那样沮丧,还有些喜形于色。把奶奶拉进屋后,悄悄告诉她:"这次来的队伍是八路军某支队。这八路真是名不虚传,不论是当官的,还是当兵的,都和那些队伍不一样。支队司令部设在村中观音

夜　行

堂了，俺还见到人称'钱司令'的大官了，人很英武，也很和善，他还夸俺字写得好呢。"

没多久，钱司令就带着队伍在东边莲花山上打了一仗，全歼了从县城来犯的三十多名日本鬼子，并击毙了一百多名伪军，一时威震四方。

爷爷说，打那之后的几年间，村里再没有来过别的什么队伍。八路军先是在村里成立抗日救国动员委员会，后成立抗日民主政府，他也常被叫去，不过不再叫办差，改叫办公了，除了统计征收粮草外，还经常帮着队伍写标语、制会标。

时间一长，彼此就熟络了，一向把读书耕田视为主业的爷爷，就多了个念想。

事也凑巧。那天办完公后，钱司令把他留了下来说："部队马上就要开赴新的根据地了，你跟我走吧？"望着那一脸严肃的表情，爷爷心里怦怦直跳，使劲点头应承下来。

谁料，在这个节骨眼上，太奶奶病倒了，且病得不省人事。

望着老人奄奄一息的样子，身为独子的爷爷犹豫再三，只好放弃跟着走的念头。

队伍要开拔了，钱司令在上马之前，爱怜地看了一眼欢送人群中的爷爷，有些不舍地告诉他："等将来解放了，一定要出来工作啊。"

129

"嗯!"爷爷顿时觉得一股暖流涌遍全身,郑重地点了点头,含泪将脸扭向了一边。

一晃三十多年过去,听说钱司令当了大军区的首长,村人们说,要是爷爷当年跟着走的话,也许能熬个一官半职的。爷爷听了,只是淡淡一笑,什么也没说。

过命之交

隆隆的炮声越来越近了,势如破竹的华东野战军,已对处在胶济线上的这座古城形成合围之势,攻城指日可待。

按照上峰的命令,必须在破城撤退之前,将关押的要犯全部处决。按照宪兵司令部的秘密安排,分队长廖沂山负责执行第三批处决,时间定在翌日凌晨四点。

离处决行动不足六个小时了。做事一向干练的廖沂山从来没有像现在这样迟疑过。在内外室门紧锁的房间里,他焦虑地踱来踱去,手中燃着的烟一支接一支,几次被烟屁股烧到手指了才回过神来。

他反复审阅着这批要犯的名单,第一个就是中共地下党泰北地委书记林海枫,燕大的高才生。被捕以来虽历经严刑拷打或百般利诱,林海枫却不曾有半点屈服。他除了承认自己的身份外,就是滔滔不绝讲革命道理。廖沂山对此人硬朗的秉性着实佩服。

"如果我没猜错的话,听长官的口音好像是鲁中人吧?"记不清哪一次提审林海枫,乘审讯间隙宪兵外出解手,审讯室里只剩下二人之机,似乎为打破那寂寥肃杀的气氛,林海枫主动与廖沂山打起了招呼,可廖却未置可否,端坐在审讯桌后纹丝未动。

"我曾在鲁中H县城教过八年的学堂,县内八大景观驰名海内,那可是个山清水秀的好地方啊!"听着林海枫自言自语讲述的那一处处诗化般的景观,他依然显得若无其事。

"你也是有学识的人,对当前的局势应有一个正确的判断,何必一条黑道走到底呢?"见其没有表现出反感,林海枫话头一转,抛出了这样一个话题。

"请注意身份和场合,莫提与案情无关的事!"他不想落下通匪的罪名,断然截住了林海枫的话头。

"我无意连累你,只劝你为了老娘三思而后行啊!"他听到这里,心里不由得一颤,禁不住狐疑地看了林海枫一眼。

那次审讯过后,他就感觉一个白发苍苍的身影经常在眼前晃动,那是他离家八年唯一的牵挂。

那年恶绅胡一刀见他考取县立师范后,便认为是廖家祖坟地风水好，仗着人多势众霸占过去，单门独户的廖家老掌柜气愤不过，当夜便上吊去了。

为报家仇，廖沂山一气之下辍学跑到省城当了宪兵。

离家之后，他不曾忘记寡母。常托人捎些钱给娘，却听说娘自打他离家之后，整日吃斋念佛，把钱都捐给村南灵岩寺了，祈求菩萨保佑他在外不作恶，平平安安早回家。

隆隆的炮声如同闷雷由西往东滚滚传来，乱糟糟的城内大街上，车鸣马叫，一片狼藉，到处都是逃亡的人群，他听说老上司已换上便衣化装出城了。

一番冥思苦想之后，一个念头在他脑海中产生了。

为防不测，他将别在腰间的手枪子弹推上膛后，找来了随行的行动小组组长和宪兵班长，试探着透露了自己的打算。谁料竟一拍即合，三人歃血盟誓把事做成。

翌日凌晨，像倒扣的锅底一样阴沉的天空，突然响起一声炸雷，瞬间大雨倾盆而下。

事不宜迟，三人带着几个精心挑选的宪兵，全副武装冒雨赶到监狱后，称接到上峰命令提前行动。监狱值班的警察不敢怠慢，按提票上的名字，逐个将犯人叫出监室，对着照片一个个"验明正身"。交割完毕后，廖沂山给行动组长使个眼色，嘴里"快、快"催着宪兵上前捆绑登车。旋即，押解要犯的囚车箭一般朝刑场方向开去。

当车行至市区南郊那片密林时，廖沂山让司机关闭车灯，连忙命宪兵为犯人松绑带下车来。这时，他将一张纸条递给了林海枫："这上面是我等几个弟兄的姓名和原籍住址，你们赶紧逃吧，逃得越远越好，将来等你们得了天下，别忘了为我等兄弟做证，也算留条后路！"

在看着几名要犯跑远后，廖沂山分发了随身带的二百块大洋："诸位兄弟，咱们已闯下逆天大祸，将来是死是活，就看各位的造化了，眼下还是先分头躲一躲吧！"

两天后，这座城市解放了。

在外躲避了一阵子后，廖沂山回到了阔别八年的家乡，过起了一心一意种田侍母的生活。

不久，如狂风暴雨般的镇反运动开始了，廖沂山被以"历史反革命罪"逮捕。他自知已命悬一线，便坦白了上述那一幕。

此时，林海枫已在省城担任要职，专案组深感事情重大，便连夜上报省里核实。林海枫听说后，深知廖沂山罪不该杀，必须赶到前面刀下留人。他火速赶往H县向专案组证实了廖沂山的立功表现。

当晚，林海枫在县招待所宴请了被释放的廖沂山。席间，廖沂山不解地问林海枫："那次在审讯室里，你怎么知道我是H县人，还知道我有个老娘？"

林海枫道："当年，我有一个同监室的狱友，与你是县立师范的同学，在临刑的前几天，他代表狱中党组织要我设法将你争取过来。"

"在那种情况下，你策反我难道就不怕告密，让你罪加一等？"廖沂山追问道。

"为了尽快营救狱中的同志，我别无选择，只有靠此一搏了！"两人相互凝视片刻，不约而同地站起身来，两双大手紧紧地握在了一起。

临别时，林海枫将一个盖有红色印章的物件交给了廖沂山，并再三叮嘱他要保存好。

此后二十多年，虽运动不断，但廖沂山凭着那个物件，都能顺利过关，直到八十八岁那年无疾而终。

梅　痴

没人知道长岭爷为何一直画梅，常常一画就是半天，一幅接着一幅地画。听老辈的人说，钟情于梅花的长岭爷，早年曾在队伍上打过日本鬼子。复员回乡后，乡邻们就发现他脾性古怪，看上去有些疯癫，且尤喜梅花，常常在村南梅岭上一待就是半天。乡邻们便猜想他可能在战场上被炮弹震残了大脑，落下了这般症候。因他极少与人来往，加之父母早逝，又无兄弟姐妹操心，婚事也就耽搁下来。

夜 行

过了花甲之年，仍孑然一身，便入了五保。

入了五保的长岭爷生活无忧了，便开始练习画梅，也许是性格使然，这一画便不可收，终日画梅不辍，画过的草图或墨稿攥了又攥，堆满了斗室。懂行的人看过他画的梅花后，称其画作虽算不得上乘，但下笔不俗，他笔下的梅树枝干坚硬，苍劲有力；错落的梅枝，虬曲灵动，肆意狂放；尤其是那幅残梅，虽主干断裂，枝条残缺，却傲然挺立，显现出坚毅的风格和不屈的灵魂，透出一股拙朴撼人的力量。

有人要收藏他的画作，任凭人家出价不菲好说歹说，他却死活不肯出手。每逢画累了的时候，他便泡上一壶闲茶，边自斟自饮，边摩挲着画作端详自赏："唉，都是有灵性的生命啊，咋能说卖就卖呢——"随之拈起那幅刚画成的黄梅轻轻嗅了起来，就觉得屋子里溢满了清香。顿时，沉寂的思绪，又像长了翅膀一样飞扬起来。

那是七十多年前一个冬日，发了疯的日军向国军守备的某高地发起一轮又一轮的猛烈攻击，战斗已经打了三天三夜，双方仍处于胶着状态。

战斗间隙，坐在战壕里的士兵长岭，疲惫的身子斜靠在壕边的土墙上。由于阵地上已断粮断水，焦渴的他用舌头舔了舔干裂的嘴唇，下意识地环视四周，眼前一亮：战壕边那株被炮火摧残的蜡梅，剩下的半截枝干依然挺立，仅有的几朵梅花仍绽放着绚丽。见此情景，他那被炮火浸淫的麻木已久的心萌动了。

"多么坚强的生命啊——"他顿时忘却了疲惫，呼地起身走向那株蜡梅。也许求生的欲望太强烈了，他贪婪地将鼻子凑近梅朵嗅了又嗅，那股幽幽的清香，冲淡了连日刺鼻的硝烟。从此，这株残梅便走进了这个濒临死亡的士兵心房。

落日凄艳，如血的残阳染红了西边天际。日军更加猛烈的攻击又开始了，眼见着身边的弟兄一个个倒下，再望着将被蚕食殆尽的阵地和蹿上阵地的鬼子，他奋力甩出最后一颗手榴弹后，又望了一眼那株残梅，便纵身跳下了背面的悬崖。

所幸被悬崖下一棵柿树挂住，他幸免于难。

直到解放那年，在外打了多年仗的长岭爷，才背着一个黄布包裹回到了阔别的家乡。从此，他喜欢上了家乡的梅岭，梅花就成了心头挥之不去的情结。

每到隆冬，一簇簇梅花在凛冽的寒风中破蕊怒放之时，长岭爷就会喜不自禁地出现在梅丛中，反复欣赏着那朵朵傲雪斗霜的梅花，也许受其倔强不屈的生命气息浸染，恍惚中，战壕边那株残梅又浮现在眼前。

从此，他爱梅如痴如醉，尤为钦佩梅花那傲寒不屈的风骨。往后的日子里，宣纸上那些造型独特、古朴典雅、花色多样、形态各异的梅花，便成了他终日的精神寄托。

日出复日落，花开复花谢，抗击倭寇的枪炮声早已远去，一幅幅画作消融着岁月的悠长。也许是上了年纪容易怀旧的缘故，长岭爷在作画之余，经常不时地念起战壕边那株残梅："唉，那可是俺打鬼子的见证啊，俺那会可是拼了性命保家卫国的，若能在有生之年，政府承认俺打过鬼子，俺就心满意足了。"每每此时，凝眸墙上悬挂的那幅残梅，老人的目光里流露出渴望与期盼。

癸巳年初秋，长岭爷终于盼来了国家民政部将国民党抗战老兵纳入社会保障范围的喜讯，听说可与八路军、新四军等抗日老战士享受同等待遇时，他埋藏已久的心结终于解开了，不由得喜极而泣："我现在啥也不图，只要国家给我发枚功勋章，我就死而无憾了！"

不久，长岭爷就变卖了所有的画作，并将获得的酬金全部捐给了希望工程。两年后，村里建起了一座希望小学，取名为"梅岭小学"。

旗　魂

"哎，老伙计们呐——走啊，咱们到大槐树下升旗去！"初夏雨霁的早晨，太阳露出了灿烂的笑靥，静谧的大山深处，回荡一个老者那激动而悠长的声音，既像是邀约同伴，又像是自言自语。

刘家凹村头，伤残老兵长安爷，习惯性地整理过身上的衣服后，便手拄拐杖，挺起胸脯，拖着那条装有假肢的左腿，郑重地扛起那面五星红旗，朝前方那棵国槐树下走去。

阳光透过国槐枝叶的缝隙，在幽深的山坳里洒落下片片金黄。少顷，随着长安爷唱的那夹杂着浓重方言的国歌声响起，只见老人边用右手行着军礼，边用左手拉动着自制滑轮，将国旗徐徐升到了树顶。

望着被风刮得呼啦作响的国旗，长安爷咧开没牙的嘴笑了。刘家凹村上了岁数的人说，几十年了，只要不刮狂风不下雨，老长安的国旗每天都会升起，他把那旗看成他的命哩。

长安爷曾从战场的死人堆里爬出来，是死过好几回的人了，他压根就不信命。然而，老人却常唠叨国旗有灵性，说那上面染着杨连长、老班长、大个李和小东北等无数烈士的鲜血。

"冲啊——冲啊！"虽然大半辈子过去了，长安爷的耳边仍时常响起冲锋的号角，仿佛听到那些长眠的战友还像以往那样呼唤着他挥舞旗帜冲向敌军阵地。他总觉得眼前有面战旗在挥舞，这旗就像块磁石吸引着他的灵魂向前涌动，只要看到电视里出现升国旗、奏国歌的镜头，他就禁不住热血沸腾，壮怀激烈，眼前就会浮现出那一幕幕惨烈的战斗场面。

七十多年前的抗日烽火，燃红了神州大地的角角落落。只有百十户人家的刘家凹村，一次走出了八名热血青年，奔向根据地当了八路军，其中就有不满十五岁瞒着母亲报名参军的小安子，也就是后来的长安爷。

也是在一个夏日雨后的早晨，对鲁西南某城日军占领区发起总攻的战斗就要打响，连长把他带到了团长的跟前。大胡子团长望着身材魁梧的小伙点了点头："嗯，我看这小子是块打旗的料，就是他了！"随后，团长从通信员手中接过战旗交到他手中，命令道："人在旗在，部队冲锋到哪儿战旗就要跟到哪儿，只要尖刀队撕开口子，你就要给我义无反顾地冲到前头去，要把我们的战旗插到城头的最顶端！"

"是，保证完成任务！"从那时起，长安爷就成了一个勇猛的旗手。

往后的日子里，只要听到冲锋号响起，他就像一头暴怒的雄狮，高举战旗跃出战壕，迎着弹雨冲向敌阵，直到把胜利的旗帜插上攻克的阵地。

如同手中那一面面千疮百孔的战旗，作为旗手的长安爷，在血与火的洗礼中，身上落下了累累伤痕，还因触雷失去了左腿。

后来，他放弃了进休养所疗养，戴着假肢、拄着拐杖回到了故乡刘家凹。他再也没有走出过大山，带回的那一大包军功章也尘封在了床头柜里，唯一陪伴他左右的是当初离开部队时，特地申请的那面五星红旗。

"把红旗打起来，'人在旗在，旗在阵地在'，信心就在，胜利就在！当年那不可一世的小鬼子都被我们打回老家了，还有什么困难不能克服？"回到家乡担任了村支书的长安爷，又在家乡那座座荒山上摆开战场，带领乡亲们打响了脱贫致富的翻身仗。每一次向荒山进军，长安爷的动员令都会让人血脉偾张。靠着当年那股拼劲，他让全村老少过上了幸福的光景。久了，乡亲们就觉得长安爷与那一面红旗融为一体了。

进入耄耋之年的长安爷，再也爬不上村子对面的犄角岭了，但老人的心劲还在，就喜欢与人"摆古"过去与红旗有关的那些事儿。长安爷每次讲故事总少不了讲"钢八连"。开头便是"那是钢铁的连队、胜利的旗帜……"，每当讲到钢八连的口号是"攻必克、守必坚,打到哪里就把胜利的旗帜插到哪里"时,人们就会发现长安爷声如洪钟、语气坚定,处处充满着自豪感……

一代代的刘家凹人,就这样听着长安爷的故事长大了,有的上了大学,有的参了军,有的外出务工,纷纷离开大山,创业去了外地,但长安爷的故事仍时刻滋养他们的心灵,"人在旗在、旗在阵地在"促使他们砥砺意志,战胜困难,一个个成为行业的翘楚,且口口相传、生生不息,最后就成了刘家凹人的精神名片。

看!长安爷又把那面五星红旗升起来了。

鏖 战

家乡的五爷,是有名的故事篓子。每到夏日夜晚,聚集在村中老槐树下纳凉的乡亲们,便打着赤背席地而坐,将手摇蒲扇的五爷围在中间,听他讲述那一个个扣人心弦的抗战故事。

抗日战争时期,五爷是民兵队长,曾配合八路军打过日本鬼子。五爷讲的故事中,自然少不了抗战的内容。最让他自豪的是配合八路军打莲花山的那场战斗。

那是1939年10月25日凌晨,刺耳的枪声突然就在鲁中南地区一个叫"五井"的镇上响起。此时,驻扎镇子上的八路军山东纵队一支队指战员和镇里的群众都在睡梦之中。

骤然的枪声把支队钱钧副司令员惊醒了。从清脆的三八步枪声中,他当即做出判断,日寇突然袭击了!

故事讲到此处,五爷卖起了关子,只见他不慌不忙地端起身旁那把老掉牙的紫砂壶,吸溜口茶水后问道:"知道钱副司令年轻的时候是干什么的吗?十三岁就入少林寺练习武功,与那赫赫有名的许世友将军是同门师兄弟,是一个文武双全、能征善战的指挥员。"

接着,便抑扬顿挫地讲述起下文。

说时迟,那时快,只见那训练有素的八路军,面对鬼子的突袭,处变不惊,临阵不乱,按照指挥员的命令,很快便集合起来投入了战斗。

枪声是从东面传来的,钱副司令三步并作两步,瞬间就赶到了镇子的东门,与先前到达的一营李营长会合,指挥部队向鬼子进行还击。

可别小看咱镇子东面的这座莲花山,那可是控制镇子的制高点。为此,八路军事先在山上安置了一个班哨和一个游动哨。谁料战斗刚打响,莲花山就被鬼子抢占了。狡猾的鬼子除了在山上对镇子进行火力压制外,还把伪军部

夜 行

署在北门和炮台边，妄图依靠火力的优势，齐头并进，相互策应，要对镇子里的八路军"包饺子"。

"知彼知己，方能百战不殆。"从侦察员出镇子摸到的敌情看，来犯之敌中鬼子三四十人，伪军二千多人，大部集结在莲花山上，并携带着八二迫击炮、掷弹筒和轻重机枪。听完侦察员的报告，钱副司令在仔细分析了敌我双方的情势后，便当场定下了作战方案。

随后，钱副司令继续留在东门指挥战斗，李营长则迅速赶往北门，以机动灵活的战术，辅之以政治攻势，给伪军以猛烈攻击。同时，派出一个排悄悄出北门，向敌侧后迂回。

腹背受敌的伪军很快乱了阵脚，伪军大队长被当场击毙，在此督战的伪鲁南警备军副司令也负了重伤，伪军顿时一哄而散，抱头鼠窜了。

八路军随即向莲花山靠拢，形成了对山上鬼子的包围。

"咦——那些日本鬼子可顽固了，他们借着有利地形进行顽抗。攻击开始了，八路军战士个个就像猛虎，勇猛地向山上冲去。眨眼的工夫，枪声、手榴弹爆炸声声响成一片，把人的耳朵都震聋了。"乡亲们听着五爷的讲述，如身临其境。

"连续的激烈战斗，战士们体力消耗大，急需要补充弹药和水等物资。我带着咱们的民兵啊，就冒着'嗖嗖'呼啸而过的流弹和弹片，一边把弹药和水送上阵地，一边将伤员抢救下来。"

八路军在后续部队的配合下，将来犯的鬼子一个不留地消灭了。当战士们满载战利品回到咱镇子上时，全镇的老百姓就像过年一样高兴，里三层外三层夹道欢呼，欢迎八路军凯旋。

乡亲们满以为故事到此就该结束了，谁料五爷忽然话锋一转道："嘿！精彩的故事还在后边呐——"

战斗结束后，八路军当即组织人员将战死的鬼子尸体用木板抬到路旁，并把对抗战必胜的宣传品张贴或分散在周围，同时给驻县城的鬼子军官送去一封信，上面写道："贵军于二十五日在五井与我军激战终日，贵军官兵全部阵亡，尸体俱全，现安放在五井莲花山庙前，希接函后酌情处理。查日军侵华以来，遭遇中国人民之坚决抗击。我军配合人民，持久抗战，誓死打败日军，收复失地，不达目的绝不休止……"

这一仗着实把鬼子吓得不轻，直到几天后，日本人才调集来三四百人，鬼鬼祟祟来到莲花山前，漫无目标地乱放了一阵枪后，心惊胆战地搬着尸体撤回县城了，走时也留下一封信："贵军人道主义，本军钦佩。留下的尸体完整无损，特致谢意。"

"那真叫一个痛快啊！"

五爷把故事讲得惊心动魄、绘声绘色，乡亲们听得全神贯注、如痴如迷。末了，老槐树下传出阵阵欢快的赞叹声，为乡村的夏夜平添了几分生动。

诺 言

半个世纪前，那个初冬的早晨，入伍的新兵要到公社武装部集结了。

前来送行的姑娘卢桂芳，为新兵姚建华整了整衣服后，依依不舍地拉住了他的手，眼圈顿时红了。

此刻，姚建华的心仿佛被幸福包围着，一股热流涌遍全身。他对桂芳庄重而略带腼腆地叮嘱道："你在家等着俺！"

"嗯，俺等着你！"她闪着泪花点点头后，脸上露出了甜甜的笑靥。

鸿雁传书的日子是甜蜜的。

然而，到了1969年3月之后，桂芳就再也收不到建华的来信了。

起初，桂芳想着部队上训练忙，后来听说东北边防线上发生了战事，她的心不由得一下子揪成了疙瘩："建华，你可要平平安安回家呀！"

秋收后的一天上午，部队上来人，把建华的父母请到大队部去了。

桂芳连忙扔下手中的活儿，一口气跑了过去，一个晴天霹雳般的消息，差点将她击倒：建华在参加边境保卫战中身受重伤，已完全丧失生活能力，现已安排到省城荣军院。

建华负重伤致残的消息，很快传到了桂芳家里。

爹娘说："妮，散了吧。"桂芳哭着不说话。

建华的爹娘是明理人，也劝她："芳，你对俺家建华好，俺们心领了，可建华伤成这个样子，不能再连累你。"

桂芳依旧哭，什么也不说。

没几天，村里风言风语就传开了。

见劝来劝去劝不应，爹娘拉下了脸："傻妮子，你嫁他，难道是想走你三奶奶的老路不成？"

听到三奶奶，桂芳不由得打个寒战。三爷爷在抗美援朝的战场上不幸被冻伤，失去了双腿和右臂。从荣军院接回家后，三奶奶把一辈子的时光搭在三爷爷身上。

漫漫长夜里，她起身走到院子里，隔着那段篱笆墙，痴痴地朝着北方遥望。

"俺等着你！"当初的诺言，清晰地响彻在耳边；记忆的浪潮不时地撞击着她的心扉，送别时的场景是那样清晰，却又遥不可及。

夜　行

"人这一辈子，谁敢保证没个三灾两难？再说建华是为保卫国家伤残的，他图的啥？俺不能做那昧良心的人！"那一霎，她觉得笼罩心头多日的乌云顿时消散，铁了心要去找心上人。

为躲避众人的闲言碎语，一夜未眠的她起个大早，顶着莫大的压力，悄然走出了村庄。

坐汽车、转火车，两天后，桂芳被领到要见的人跟前，尽管她早就有了万千的思想准备，但还是不由得惊呆了——面前这个脸色苍白、头发斑秃、痴痴发呆的人，还是自己朝思暮想的心上人吗？那个英俊潇洒、一开口就脸红的小伙子哪儿去了？桂芳回过神后，上前抱住他："建华、建华，我是桂芳，卢桂芳啊——"可面前的人，没有任何反应。

桂芳擦干泪水，找到荣军院领导，说出了自己来的目的。

老院长鬓发斑白，他沉吟半晌说："姑娘啊，这事关重大，不急，你考虑周全再说。"

桂芳扑通跪下了："大叔，俺心甘情愿照顾他一辈子，您就成全俺吧！"在一次次苦苦请求下，老院长终于答应了，并张罗着为他们举行了一场简朴的婚礼。

婚后不久，桂芳将建华接回原籍，被当地政府安置在城里的房子里住了下来。

尽管卢桂芳把各种困难都想了个遍，但婚后生活的艰难程度，还是远远超出了她的想象。

桂芳是农村户口，没有工作，再说家里也离不开人，两个人每月就靠建华的优抚金度日，吃饭就成了大问题。娘家与她断绝了来往，城里无亲无故，从粮店买回供应的米面不够吃，每到夏秋季节，桂芳就带着建华到近郊农村地里拾庄稼。

建华平日里不知道吃饭，可吃起来又不知饥饱，顿顿都得靠桂芳哄着给他喂饭。有时刚把一锅饭做好，还没来得及喂，建华顺手就把饭菜掀个底朝天。无奈，她刷锅洗菜，重新开火，这样的事记不清有多少回了。

孤独的滋味不好受。每逢看见周围邻居们成双成对地出入，那种持久的孤独感，如同浓重的大雾，把她包围在里面。三奶奶虽苦，但跟前还有个唠嗑的，可他陪伴的这个人，整天痴痴呆呆，连句囫囵话都说不出。

韶华易逝，转眼已是半个世纪。

"没有花香，没有树高，我是一棵无人知道的小草……"偶尔有一天，头发花白的桂芳，搀扶着同样白发的建华，走在街心花园的甬道上。旁边商店里传出这支歌曲时，她不由得放慢了脚步，听着听着，她的眼泪哗哗地流了下来，喃喃地说道："这是唱我哩，这是唱我哩——"身边的建华，也像听懂了似的，嘴里发出了"嗯嗯、嗯嗯的声音，只是朝她笑。

望着建华愉快的样子，桂芳含着泪笑了，她笑起来的样子很好看，仿佛又回到了她二十岁时。

远　望

夜半三更哟，盼天明；寒冬腊月哟，盼春风。若要盼得哟，红军来；岭上开遍哟，映山红……

二十多年前，我在伏宁山镇政府挂职时，时常会听到隔壁郎中陈爷家的小院里飘响起这支歌曲。每当歌声响起时，就见镇子里的老人们叹口气，不无爱怜地说："唉，老郎中两口子又起念想了啊！"

看着我初来乍到纳闷的样子，镇政府的老门卫给我讲了一段杜鹃泣血般的故事。

20世纪30年代一个风雪交加的冬日，在伏宁镇外的黄土岗上，北上的红军与数倍于我军的敌人经过一场殊死恶战后，迅速进入伏宁山战略转移了。

那天，被东乡张大户家请去给老娘看病的陈郎中，在回来的路上，便听说了黄土岗上发生的战事。因家里开有药铺，他不便在外停留，只好硬着头皮往家赶。还没走到黄土岗前，尚未散尽的硝烟味儿已刺鼻而来，他不禁停下了脚步。直到傍晚，才沿着土岗边的小路朝家奔去。

忽然，他听到岗坡杂草丛中传来轻微的呻吟，不由得头皮一紧，随手解开了缠在腰间的铁鞭。寻声望去，发现不远处那棵柏树下，一个衣衫褴褛的红军小战士抱着枪斜躺在那里。他迟疑了片刻后，疾步赶了过去，轻轻地抱起那名小战士，小声地喊道："小伙子，你醒醒，你醒醒啊！"可那小战士这时却没了反应。他定睛一看，战士的头部和胳膊上都负了伤，鲜血已将他单薄的衣服浸染成了红色。他将手放在战士的鼻子下，感到还有微弱的气息，随即打开药箱，简单做了包扎后，却禁不住犹豫起来。大战刚过，那些白狗子肯定还没走远，镇上的保安团、乡公所整天把镇子闹得鸡犬不宁，若这时候把一个红军战士弄回家去，无疑会引火烧身。可是，这是一条性命啊，况且又是咱穷人的队伍，绝不能见死不救。看看躺在怀中的小战士，他咬了咬牙后，做出了一个决定：事不宜迟，救人要紧！他迅速背起小战士，沿着荒坡朝家中奔去。直到深夜，他才踏着积雪，回到镇子边的家中。

到家后，他一边为小战士清洗伤口，一边让老伴熬姜汤给他驱寒，守了两天两夜，小战士才慢慢醒了过来。为防万一，他们夫妇将后院的仓库腾出了半间，让小战士住在里面，并将通往后院的便门加了锁。每次都等到药房无病人时，才装到仓库取药，将饭放到药篓里送进来。

经过一段时间的调养后，小战士的伤口痊愈了，身子骨也结实了许多，恢复了原本粗壮英俊的模样。

从小战士口中得知，他也姓陈，名叫陈二伢，家住大别山区，父母早亡，已无亲人。那时，没有子嗣的陈郎中夫妇，有心想把小战士留下来做儿子，可小战士执意要去赶队伍，郎中夫妇只好作罢。

为让小战士安全顺利地赶上部队，陈郎中利用几个晚上，教其识别中药，并让其装扮成进山收药人。临别的那天夜晚，望着这对善良的夫妇，小战士扑通一声跪倒在地，泣不成声地叫着："爹、娘，你们就是我陈二伢再生的父母，儿子一定记住你们的恩德，等将来红军胜利了，再回来报答二老的恩情！"

从那时起，陈郎中夫妇就心生了盼儿归来的念想。

那年8月，听到日本鬼子投降的消息后，陈郎中夫妇心中积存已久的念想萌发了：小日本被打回老家了，俺二伢该回来了。俩人将挂在梁头上的腊肉取下来洗净了，将腌了半年多的咸鸡蛋开封了，早也盼，晚也盼，可盼来盼去，却传来了又起内战的消息。

又过了三年，终于盼到伏宁山区彻底解放了。欢天喜地的老两口，听说镇南的公路上过着解放军的队伍，每天都到路边寻找儿子。他俩见到南下的解放军就问："认识不认识俺家二伢,他叫陈二伢,高高的个,黑黝黝的脸?"匆匆南下的解放军望着两位寻找儿子的老人,或是默默地摇摇头,或是无声地摆摆手。

"俺家二伢可能在队伍上忙,等到哪天有空了,肯定回来看望俺的……"往后的日子里,只要有空闲了,郎中陈爷和陈奶便相互搀扶着,站在镇外的金刚台上,痴痴地朝着北方远望,陈爷记得那天晚上,他就是在这里送二伢上路找队伍的。

就这样盼啊盼,等啊等,眼盼着东边日出西边落,眼盼着映山红花开花又谢,直盼到俩人老眼昏花,仍没见到二伢的影子。

后来,老两口行动不便了,就在家中用收录机一遍又一遍播放着那首《映山红》,延续着心中的那个念想。

若干年后,当我再次回到伏宁山镇政府,提起这段往事时,那些老同事们告诉我,两位老人相继过世那会儿,都是念叨着二伢的名字走的,就是石头人见了那场面也会落泪的。

末了,有同事猜想,或许二伢在某次战斗中牺牲了。

夜 行

号 兵

　　山雾笼罩下，绵绵秋雨中，我伫立在那块铭刻着军号的墓碑前，追寻着一个号兵的故事。红军司号员程铁娃的形象，一下子就鲜活起来。

　　刹那间，他手中高高举起的那把飘动着红绸带的军号，顿时发出了"嘀嘀嗒嗒"撼人心魄的强音，伴随着高亢激进、气势磅礴的冲锋号声，红军战士英勇杀敌的壮观场面便浮现在眼前。

　　时光追溯到1932年冬天。在镇上铁匠铺里当学徒的程铁娃，因跟着师傅常为红军打制刀具，接触了不少红军战士。每当听他们讲起英勇顽强打白匪的故事，他想当红军的愿望就越发迫切了。

　　不久，他当红军营长的叔叔恰巧带队伍从镇上路过。铁娃听说后，惊喜地把手中的铁锤一放，给师傅打了声招呼后，便飞也似的追叔叔去了。

　　望着眼前长得敦敦实实的侄子，叔叔觉得他是一块当兵的料，与并肩行军的教导员一碰头，事就定下来了。终于圆了红军梦的铁娃，乐得一蹦老高，惹得旁边的战士都笑开了。

半年过后，一场战斗打下来，望着缴获的枪支弹药，正踮起脚尖站在队伍中等待发枪的他，却被叫到了当营长的叔叔跟前。

"小子，这段表现不错，有点红军战士的样子了。因此呢，营党委决定交给你一项重要而艰巨的任务，你敢不敢答应？"也许是刚打过胜仗，一向黑着脸、说话像打雷的叔叔，言语中似乎多了些和气。

"只要是打白匪，什么样的任务，俺都不怕！"铁娃拍着胸脯答道。

"好，像咱老程家的种！"叔叔夸奖过后，就把任务布置下来了："咱们营里缺少号兵，决定选你们两个年纪小的战士学习吹号。"

"啥子？吹号——我不干，我要拿枪上战场打白匪！"

那阵子，程铁娃做梦都想有条枪，眼看着这枪就要发到手了，却让他去当号兵，当即委屈得哭开了。

"刚才是咋向我保证的，怎么一眨眼就犯浑了？要知道你现在是一名红军战士，首先要服从命令听指挥，懂吗？"瞬间，叔叔也变得凶巴巴的了。

眼看着这叔侄俩僵持不下，教导员过来了，使个眼色支走营长，拉着铁娃坐在了大树下："娃子，可别小看了这把军号，它能量大着咧！军号声一响，呼唤四面八方，指挥调动千军万马，关键时刻声震敌胆，就是十挺重机枪、十门山炮也比不了它啊!"

教导员的这番话果然奏效,铁娃愉快地接过了那把军号。从此,当上号兵的他,每天黎明即起,直吹得朝霞满天,傍晚收号,又吹得星星眨眼。渐渐地,他就成为一名出色的司号员了。

那时三天一大仗,两天一小仗。铁娃又是在以善打险仗、恶仗著称的"先锋营",打仗就像吃饭一样寻常。在一次反"围剿"战斗中,为了打破敌人的包围圈,让主力部队北上,他们与数倍于己的敌人展开阵地争夺战。望着冲锋受挫,一批批倒下去的战士,营长的眼都打红了,铁青着脸命令道:"司号员,吹冲锋号,不能让敌人停歇,必须在天黑前拿下对面的山头!"

冒着呼啸的弹雨,铁娃迅速跃出战壕,跑到最高处的一条土坎上,奋力吹起冲锋号。忽然,一颗流弹射中了他的左大腿,鲜血顿时染红了裤管,他全然不觉,直到夺下对面阵地。

好钢靠锻,硬功靠练。身经百战的铁娃,竟把军号吹出了一种非同寻常的"魔力":只要那激昂的军号声从号膛里破空而出,就会犹如霹雳弦惊,激发得战士们血脉偾张,勇往直前;却让敌人闻风丧胆,不寒而栗。

后来,这把被吹到了极致的军号,陪伴着他走完二万五千里长征,走过抗日战争、解放战争和抗美援朝战争的战场,他也从司号兵、司号目干起,一直干到司号长。

若干年后,一位曾参加过朝鲜战争的美国将军在回忆录中写道:终生难忘中国的军号声,那是一种颇具震慑力的精神战,让我方许多人听得心惊胆寒。

住在军休所的红军老战士程铁娃听说此事后,抚摸着那把伴随他大半辈子的军号,禁不住自豪地笑了。

乙未年春,这位手握军号的红军老战士停下了脚步。临终前,他再三嘱咐,要将自己葬入当地烈士陵园,与战争年代牺牲的战友同眠,再在墓碑上铭刻一把军号,让军号声永远响彻在祖国强大的征程上。

听!那嘹亮的军号声又吹响了!

老 兵

将军老了,将军更爱怀旧了。

转眼又是盛夏,绿树葱翠,蝉鸣阵阵。坐在藤椅上的将军戴着老花镜,摊开那张磨得发毛的地图,手中的放大镜在图中沂蒙山一带来回逡巡,生怕漏掉任何一处疑点。

看着看着,将军的眼睛就湿润了。

1947年夏,解放战争进入战略大反攻阶段。七月,华

夜　行

东野战军向敌王牌师主阵地发起总攻。仗打得异常惨烈，阵地反复争夺，双方都打红了眼。

将军那时是名年轻参谋，他临危受命到某连接替指挥。激战中，一颗炮弹突然在他身边爆炸，巨大的气浪将他掀翻在地，顿时他全身血肉模糊，当场昏迷过去。

战地卫生员为其简单包扎后，将其抬下阵地，由支前队员老杨负责，向战地医院转移。

大雨没日没夜地下，天就像漏了一样。泥泞的路上，老杨深一脚浅一脚，一步一趔趄推着木制独轮车往前奔。

傍晚，终于赶到一个山村。几个当地老乡帮老杨将他抬进屋后，望着他奄奄一息的样子，都心疼得唏嘘不已。

"他受这么重的伤，都两天没吃东西了！"老杨焦急地说道。

"谁家有鸡蛋，谁家——"村主任连喊几遍，面带愁容的乡亲们，都禁不住低下头去。

"娘，您抱会儿栓儿！"只见那位挽着发髻的大嫂，将孩子递给婆婆后，拿碗走进里屋。

"柱儿媳妇——"大娘仿佛明白什么，紧跟进里屋叹道："唉，老天爷啊，这没吃没喝，喂着栓儿，又要……也真难为你了！""娘，这位兄弟伤得恁重，救人要紧！"大嫂边说边用力挤着奶水。

在喝下少半碗奶水后，他终于苏醒过来。望着大娘怀中嗷嗷待哺的婴儿，他的眼泪哗地流下来。

"这名伤员伤得太重，抓紧送后方医院吧！"战地医院做必要处理后做出决定。

后方医院路远，沿途沟壑纵横。土匪、兵痞、还乡团活动猖狂，稍有不慎，就可能有杀身之祸。为防不测，老杨推着他白天藏身，夜间赶路。

那晚，在爬上一个陡坡后，望着呕吐不止、累瘫在地的老杨，他心如刀绞，想自己伤得重，后方医院又远，便不愿再连累老杨。趁着下坡，他从独轮车上翻滚在地："杨大哥，不要管我了，您快走吧！"老杨一下惊呆了，哭着劝着将他扶起："好兄弟，您是为俺老百姓打仗才受的伤，只要能治好您的伤，俺就是豁出命也值！"

趁天色未明，老杨推着他敲开山中一户人家的门："大嫂，这位兄弟是咱解放军，在前方打仗受了重伤。"老杨边望着四周的动静，边朝门里小声说道。

"快，快抬进屋来！"大嫂喊醒男人，将他抬进屋后，藏进厢房的夹壁墙里。

为防不测，大嫂半夜里熬小米粥喂给他吃，把唯有的那只下蛋母鸡宰了熬成鸡汤；打来井水加上盐烧开后，给他冲洗已感染的伤口。经悉心照料，他的体力渐渐恢复。几天后，老杨终于将其送到后方医院，他伤愈归队，重返前线。

夜　行

新中国成立后，他征尘未洗，就奉命奔赴西北边疆剿匪，后又隐姓埋名投身国防基地建设。

等到准许通信时，他急切地给沂蒙山区的当地政府去信，查询救命恩人的下落，可政府给他的一次次回函都是：查无此人。

岁月悠然而过，他一步步成了将军。成了将军的他，时常站在大漠深处朝着东方遥望，眉宇间充满了无尽的期盼。

一个春意盎然的季节，从领导岗位退下来的将军，驱车数千里，踏上寻亲路。在沂蒙山区，他走村串户，见了上年纪的人就打听。半个月过去，却未能如愿。望着他满脸失望的表情，那些白发苍苍、满脸褶子的老人们拉着他的手安慰道："兄弟，别找了，这事在俺们沂蒙山太多了，那年月，前方打仗，后方支援，谁没救过咱队伍上的人呢？"

将军的眼里噙满泪水："老哥哥、老姐姐，沂蒙老区人民的救命之恩，俺永世难忘啊！"他面朝那些老人深深鞠躬后，几步一回头地离开了。

从那以后，沂蒙山区希望工程办公室，每年都会收到署名"一个老兵"的汇款。

突　围

在一座农家小院里,我见到了老英雄李子良,看上去就是个非常普通的老农。可县退役军人事务局负责信息采集的人说,他极不平凡的经历,足够写一本书。

尽管老人言谈清晰,一听说我要采访时,他一句"比起那些死难的战友,俺没有啥好显摆的"就让我吃了闭门羹。

眼看采访要冷场,我忙给陪同的乡村干部使眼色。在大伙恳求下,老人用一双布满老茧的大手,从床头柜里取出个黄色布袋,将一枚枚荣誉勋章一咕噜抖在方桌上。在场的人不由得啧啧称赞:"了不起,真是名副其实的老英雄!"

"俺不是英雄,廖国栋才是真正的英雄!"老人情绪激动,眼含泪花,陷入了深深的回忆。

那是1942年冬天,日本鬼子调集重兵向鲁中抗日根据地发动了大规模的"扫荡",企图一举歼灭根据地党政机关和主力部队。

战斗在傍晚打响,八路军某营凭借险要的地势顽强地进行阻击。敌人利用炮火优势向我方阵地发起一阵阵炮击,

夜　行

阵地变成了一片焦土。空中呛鼻的硝烟还未散尽，山下集结的日伪军，又蝗虫般地向山上蠕动。

苦战多天，坚守在前沿的某营营长报告，全营只剩下十几个人，且弹药几近消耗殆尽……面对敌众我寡、异常严峻的情势，军区首长和地方领导紧急磋商，决定立刻分路突围。

天渐渐昏暗下来，夜幕终于降临了。一阵刺骨的寒风迎面吹来，吹得残留的灌木叶子瑟瑟作响，我不禁全身颤抖了一下。

这时，就觉得一个宽大的巴掌拍在我后背上。回身一看，是保卫干事廖国栋。他将我拉到一旁，小声命令道："一会儿突围开始，你跟机关转移，我随营掩护！"

"不，我是一名战士，我要留下掩护！"我握紧了手中的汉阳造。

"你个犟驴子，这时候还跟我较劲？忘了谁带你参加八路军的？"他声音虽不高，却带着几分严厉。

"廖老师——"望着他那严肃的面孔，我仿佛又像以往见到学堂里威严的廖先生一样，含泪轻轻叫了一声，将头扭向一边。

"听话，都是八路军战士了，还掉眼泪？"他上前替我擦了擦眼泪后道："我是共产党员，必须坚守到最后！"

他又为我紧了紧身上的衣服后，神情严肃地叮嘱我：

"突围时要跟紧，千万别掉队！""嗯！"我抬头凝望着他，一股难以名状的离别滋味，顿时涌上心头。

"不用为我担心，我好歹兄弟三人，有个三长两短，还有人为爹娘养老送终。"他说到这里，深情地望着我道："李大叔为打鬼子献出生命，李大婶就你这根独苗，将来仗打完了，要好好孝敬她老人家。"说着，他掏出一张纸条和一支钢笔，塞到我手中："这是我家的地址，将来有机会了，替我回家看看双亲。哦，革命成功别忘了学文化，要积极向党组织靠拢，争取早日成为一名共产党员啊！"说完，他一把夺过我手中的枪，趁着夜色冲向阵地最前沿。

突围开始，首长铁青着脸命令营长："我现在带着机关突围，你带战士们坚守阵地钳制敌人兵力。我们走后半个小时，你们也迅速撤离！"

营长郑重地举起右手，敬了个军礼："请首长放心，我们绝不放过一个敌人！"

一阵密集的枪炮声过后，首长带机关突围的方向，渐渐平息下来。

在连续进攻失利后，敌人以数倍的兵力，疯狂向阵地上逼压过来。营长带领战士们边打边退，最后被敌人紧逼到悬崖顶上，为了不当俘虏，他们纵身跳下崖去。

老人讲到这里，已是泣不成声。过了好一阵子，他缓过情绪后道："仗打完了，全国解放了，俺做的头件事，就是去拜望廖干事的父母。费了好大劲,才在深山区的廖家坳找到他的家。"

老人说着,眼泪又不由得涌了出来,说:"唉,直到这时,俺才晓得,他哪有兄弟三人?他也是个独子,家里就剩个老娘,他是用自己的命换来了俺的命啊!"

老人顿了顿,呷了一口茶后道:"若是说战争年代里'生死'是一面镜子,国栋就是俺身边最好的镜子。大半辈子了,俺没有忘记他嘱咐俺的话,入党后处处照着他的样子做。俺本来在部队已提为排长,可考虑再三,还是申请复员,在廖家坳安了家,一是要替廖干事尽孝,二是要带领乡亲们战胜贫穷过上好日子。"

老人讲完这段往事,又在旱烟袋里按上烟丝,重重地吸了一口烟后,长叹一口气,说道:"相比那些年纪轻轻就牺牲在战场上的战友,俺还有什么值得炫耀呢?"

听了老人质朴的话语,我们不由得肃然起敬。

血 脉

1941年的仲冬,寒凝大地,一片萧瑟。

交了三九,呼啸的寒风刮在脸上像刀割一样,漫天的大雪下了一天一夜，还没见停的迹象。

被皑雪覆盖的山村，滴水成冰，寒气逼人。

黎明时分，村北那座低矮房舍里的灯亮了，菊儿娘坐在被窝里，一边抱着啼哭的孩子摇晃，一边哼着摇篮曲，望着怀中慢慢睡着的孩子，不无爱怜地说道："俺的乖儿啊，这么小一点就离开了亲娘，咋不让人心疼嗷。"她顿了顿，听着窗外呼呼的风声，不由得叹口气："唉，这又是风又是雪的，也不知你亲娘转移到哪儿了？"

披衣坐在床头的男人，望了他们娘儿俩一眼道："孩他娘，趁孩子睡着了，你也赶紧再睡一会儿，自打这孩子进了咱家，你也够累了。"

那盏忽明忽暗的油灯熄灭后，一切都归于了宁静，外边的雪下得更大了。

半月前，菊儿娘怀的第二胎出生没几天就夭折了。

那天，村妇救会主任进家来，一边好言安慰，一边低声告诉她："嫂子，前村八路军有个女干部刚分娩，就赶上部队要紧急转移，带着孩子咋能打仗？俺想抱过来让您来养活这孩子。"

"共产党八路军是咱们老百姓的救命恩人哪，打鬼子，搞减租，帮助咱们穷人翻了身。八路军把孩子交给俺，是信得过俺，俺愿意！"她眉头也没皱一下，就应承下来。

当晚，妇救会主任便将孩子抱了过来："这孩子叫石

夜　行

柱，就交给您了！"那柔和的眼神里充满了信任。

"您就放心吧，俺只要有一口气，就不会让孩子受委屈！"菊儿娘送走妇救会主任后，望着怀中瘦得皮包骨头的小石柱，不由得轻轻吻了一下他的脸颊，心疼道："可怜的孩儿啊，从今往后，俺就是你的亲娘！"

由于日寇封锁扫荡，加上连年旱灾，家里的日子已难以为继。那天，眼见盛粮的面缸见底了，再瞅家里能卖的东西所剩无几，菊儿娘索性撸下手腕上的镯子递给男人。男人的手像被烫着似的缩了回去："孩他娘，这可是菊儿她姥姥留下让你到关东找她姥爷的信物，咱们可当着老人的面起过誓，无论如何都要保存好它！""哪还顾得了恁多？看村里共产党员赵大叔，上个月为掩护乡亲们转移，连命都舍了，咱这点东西算啥。再说人家八路军拼死拼活打鬼子又是为的啥，咱要连个孩子都养不好，良心上咋过得去啊！"

在一家人百般呵护下，小石柱会站立了，会挪步了，当听到他奶声奶气喊"娘"时，菊儿娘心里一暖，欣喜的眼泪哗地流了下来："俺的乖儿啊，这要让你亲娘听见该多好啊！"

又一年寒冬来袭。疯狂的日军加紧了对抗日根据地的封锁，敌机隔三岔五地轰炸，据点的鬼子三天两头扫荡清乡。

为躲避搜捕轰炸，乡亲们在深山里凿挖山洞，鬼子来

了就跑上山躲避。那些日子，菊儿娘整天提心吊胆，一步都不离小石柱。

有天傍晚，正忙做晚饭，村子里忽然有人喊："鬼子来了，跑鬼子（方言：躲避鬼子）。"接着，村东响起了枪炮声，村子里顿时就像炸了锅。裹着小脚的菊儿娘，一手抱着小石柱，一手拽着菊儿，拼命朝丈夫挖好的山洞跑去。眼看着鬼子越来越近，菊儿却瘫在地上跑不动了，还哭得上气不接下气。菊儿娘心一横，一把将菊儿推进灌木丛中："妮儿，听娘的话，老实待着别动，娘一会儿过来接你！"匆忙拔了几把荒草盖在上面后，抱着小石柱跑上山去。

晚上，举着火把搜山的日伪军，鬼影似的窜来窜去，菊儿娘紧紧搂着小石柱，心里急得像火烧一样。一夜没有合眼的她，好不容易挨到天亮，等鬼子走后，就像发了疯了一样，跌跌撞撞跑向菊儿藏身的地方，拼命扒开灌木和杂草，看到菊儿浑身颤抖不止的样子，她使劲捶着自己的头，对菊儿道："妮儿，别怨娘狠心，柱儿要是有啥闪失，娘良心上过不去啊！"

解放了，上级下达指示，所有乳儿必须回到亲生父母身边。听到这个消息，菊儿娘的心就像要被人摘走一样，难过得茶饭不思，夜不成眠。可转念一想，孩子本来就是人家的，人家亲娘不更想孩子吗？心里转过弯子的她，赶忙把家里仅有的一点布头拼起来，连夜给小石柱做了一件衣裳。

临走那天，菊儿娘一边给孩子穿衣一边哭，小石柱也仿佛懂得了什么，紧紧抱着她不松手："娘，俺不走，俺不走——"娘儿俩脸贴着脸，哭成了一对泪人。

小石柱走了，菊儿娘的眼也哭花了。多年过去，人们依然见她挎个篮子，盛着小石柱爱吃的煎饼果子，站在村东那个土坡上，痴痴地翘望着通往远方的那条小路。累了，就坐在旁边石头上，轻声哼起那首不知哼了多少遍的歌谣："藤缠树，树缠藤，青山树藤脉相连……"

驼　铃

不知是纷飞的雨点渲染了离别的气氛，还是滚动的泪水浸湿了干燥的天空，每年初冬那一天，军人就不吝惜眼泪了。

霏霏阴雨中，走下哨位的士官班长廖成刚，心情就像被雨水浸过，感觉湿漉漉的，稍微一碰，就会触痛泪腺，眼泪忍不住滑落下来。

"你小子咋恁没出息，整天吆喝'流血流汗不流泪'，这阵子厌了？"他在心里暗暗责备自己。

退伍前夕，军营里离别的气氛渐浓。"退伍不褪色"之类的大红标语已贴上墙，反复播放的《驼铃》《老班长》声声撞击心扉，别有一番滋味。除上岗外，连队不再安排老兵工作，新兵似乎成熟许多，争先恐后把活儿抢着干了。

廖成刚不习惯这种氛围，带着微微泛起的酸楚，他默默走向训练场边，望着眼前的一切，心底翻腾开了。

下连是在冬季的傍晚。团里那辆东风牌汽车沿着崎岖山道跑上山，将新兵甩到营区后，车屁股冒着黑烟溜走了。

夜幕降临，群山隐没进夜色，营区就成了一座孤岛，周围一片寂静。望着哭得一把鼻涕一把泪的新兵，黑脸连长发话了："想哭，今晚就哭个痛快，等明早起床后，都给我打起精神，拿出咱猛虎连的血性来！"

翌日晨起，全连被拉到训练场进行会操，身手不凡的连长、排长和老兵，动作精湛得让新兵们服服帖帖；等到新兵上场，连长站在一旁，一个个看着过关，哪怕一丁点儿不标准，连长也大声命道："重来！"末了，全连站立在勒石前，由值星排长领诵标语："掉皮掉肉不掉队，流血流汗不流泪！""进来是块铁，出去就是钢！"上百人热血沸腾的吼声，如咆哮霹雳，震得山间嗡嗡回荡，也在新兵心中打上深深烙印。

初次参加5公里山地武装越野，跑到极限时，他感到快撑不下去了。连长却对他吼道："廖成刚，别装屄，你给老子跟上!"说着就朝屁股上给一枪托,他在心里暗骂:"简直是个法西斯!"

400米障碍由8组障碍物组成,每组都是一道关口。第一次过独木桥,从小恐高的他走到中间不敢迈步,连长拿根长棍在下边敲打:"堂堂男子汉,咋像个娘们儿?大胆往前走——"他被逼着通过独木桥后,脸上分不清是泪水还是汗水了。

开春后超强度训练,他吃不消了。趁着那晚下雨,他悄然翻越围墙,朝火车站方向跑去。刚跑出山口,竟被抄近道抢先到达的连长拦住去路:"好小子,想当逃兵不是?要是有种,给我回去!要当孬种,你看着办!"

"哼,龟儿子才当孬种哩!"他扭头转身气冲冲跑回连队。

身上不乏血性的廖成刚,回来后较上劲了。为争第一、当尖兵,他哭过、笑过、怒过、吼过。当兵一年,成全团训练标兵,第二年就当班长,并入党、转士官。"嗨,要不是遇上连长,俺那晚当逃兵才丢人!"回想与连长相处的日子,他觉得连长就像邻居家大哥,就连那张不怒自威的黑脸,也觉得蛮可爱了。

思绪如脱缰的马儿,不停地向前延伸。他不由得又想起与四班长罗闯子"顶牛"做出的那些鲁莽事儿。当新兵两人是对手,当班长两班比胜负。那年,为代表全连参加师军事全能比武，俩人不惜雪地摔跤一决雌雄，被连长刨得直冒汗。想起两人握手"言和"那场景，他含着眼泪笑了。

……

眨眼间，就到了离队那一天。

雨霁，雾散，雨后的太阳格外耀眼。"向军旗——敬礼！"随着一声洪亮的口令，所有退伍老兵举起右手，向军旗致以最后一个军礼。伴随着铿锵有力的誓言，一张张洋溢着青春的脸上，晶莹的泪珠儿扑簌簌落下。

老兵在军营最后一顿饭吃得漫长。吃什么已不重要，别离之情占据所有空间。禁酒令后，老兵退伍的"离别酒"换成茶水，气氛却一点不减。不论新兵老兵，手捧茶杯，壮怀激烈，或一对一碰杯，或一人对一桌举杯，一声"干了！"一仰脖颈咕咚就把一杯水全干了。

茶不醉人人自醉。饭桌上，聊不完知心话，擦不干情感泪。"连长，若有来生，俺还是你的兵！""嗯？不怪我严厉——""俺求之不得！""拉钩！"连长与廖成刚们拉住的手久久不愿松开。

"闯子，再来当兵，你还是我手下败将！""呸，你就吹吧！"廖成刚与罗闯子茶杯碰得响亮，水喝得精光，拥抱得更紧。以往的过节和恩怨，早已消失得无影无踪。

"送战友、踏征程，默默无语两眼泪……"《驼铃》的

夜　行

旋律把离别之情推向高潮。老兵要登车了，抑制不住伤感的官兵，双手握了再握，拥抱再拥抱，要走的兵，留队的人，眼泪一串一串往下落，彼此却谁也怕笑话。

"再见了，军营！再见了，战友！"在此起彼伏的告别声中，载着退伍老兵的车，驶出了留队战友的视野，远去了。

回　炉

初冬寒夜，冷风嗖嗖，山野寂静。夜幕下，茹雪岩沿着崎岖的山道，向山坳间哨位走去。

突然，一声怪叫划破夜空，猫头鹰在路边树上憋足劲叫开了。望着黑黢黢的荒野，初来乍到的他，顿觉毛骨悚然，不由加快了步子。冷不防，一只受惊的野兔"嗖"地从脚下窜过，他惊叫着跳起来。随同查哨的战士小廖安慰道："茹干事，受惊了吧？这常有的事，慢慢适应就好了。"意识到失态后，他脸上一热。

在团机关任宣传干事的茹雪岩，下连代职锻炼，去向是驻山区的连队单独执勤点。

从高校硕士毕业入伍的茹雪岩，早盼着能有"回炉"

的机会。虽说学历不低,笔杆子不赖,可总被人说没兵味。他不服:"我军装都穿两年了,还没兵味?"渐渐地,他就感觉到与当过兵的"老机关"比,自己身上少种东西。

下来前,他听说小点上的兵"战味"足,训练不含糊,大小比武没遇过对手。

次日晨,哨声响过,当他以最快的速度赶到室外时,隐约看见五公里武装越野的队伍,已消失在山路尽头。见其边跑边系纽扣,留下来等他的战士小于忙接过水壶和挎包,一同朝前追去。刚跑过半程,到达终点的队伍已返回了。"茹干事,这次越野比上次又提前了30秒——"迎上前来的班长曹峰兴奋地报告道。他赞许地点点头后,脸红了。

几天下来,紧张有序的生活作息,高强度的体能技能训练,累得他浑身像散了架,被汗水浸透的衣服湿了又干,干了又湿,身上汗味也重了,可训练成绩仍差一大截子。

"一个干部有没有兵味,一看军姿,二摸老茧,三闻汗味,如果没这三样,那就不像个兵!"当初,团领导上面讲,他下面小嘀咕:"这还不容易吗?"在碰了硬茬后,他心里默默地鼓劲:坚持,别退缩,没有什么是不可能的!

相处久了,他发现那些兵训练都有绝活儿,心里开了条缝:"嘿,取经之路在身边,何必西天万里遥?就拜他们为师!"

夜 行

哪知兵们推来推去，都不愿收他做"徒弟"。

他急了，把带来的那条烟一分十份，不管会吸不会吸，一人一盒："这里没有硕士、干事，只有战士！"

兵们见他没架子，就没了距离感，帮教就开始了。长跑冠军小张每天陪一个五公里；"体操大王"小李成了单双杠教练；"俯卧撑达人"小刘教他增强臂力……

几周后，他训练跟得上趟了。

冬天黑得早，群山隐没进夜色，营区就成了孤岛，周围死寂一片。他寂寞得发慌。走进班里后，却丝毫看不出孤寂：喜欢收藏的小张摆弄着从河床捡来的鹅卵石；爱好绘画的小吴素描群山峭峰；报考军校的小刘抱着书本看得入迷；足球迷小谢和小胡在侃世界杯……班长曹峰看透了他的心思，打趣道："茹干事，寂寞了吧，明天要不释放一下？"望着满面疑惑的他，曹班长抿嘴一笑。

次日一早，他留下值守，队伍上山了。站在顶峰举目远眺，战士们像出山的猛虎，对着山谷狂吼："哟吼——吼——吼——嘿！""哟吼——吼——吼——嘿！"吼声在空旷的山间回荡，受到感染的茹雪岩，内心变得豪壮起来。

曹班长告诉他："小点生活单调，人不能蔫，上山吼过瘾，就添了坚守的勇气和力量。"后又说："在点上当兵，就要敢打敢拼，能吼能叫，有一种虎虎生风的兵味！"他不禁朝这位年龄相仿的士官班长投去敬佩的目光。

寒风呼啸，夜色朦胧。"茹雪岩，上哨！"值班员叫哨。来点上后，班长照顾他上营区自卫哨。两周下来，他已熟悉了周围环境，坚持要上目标哨。班长曹峰也不再劝阻，副班长梁小虎却要陪他上第一班哨。望着岗楼外漆黑的山峦，听着呼呼的寒风，梁小虎问："茹干事，武松打虎的故事家喻户晓，点上老班长打狼的故事，你想听吗？"不待他回答，小梁便开讲了："有年冬夜，老班长刘虎臣下哨归来，猛然听到营区旁边露天猪圈里的猪在嚎叫，借着月光走近一看，原来是两条狼在猪圈边上。刘班长大喊一声，拎起木棍就追了过去，吓得狼朝后山窜去，他一气追出几百米，狼钻进灌木丛不见了。往后，刘班长打狼的事就载入了咱小点的历史。"听他绘声绘色讲完后，茹雪岩问："你见过刘班长吗？""没有，这都是老兵带俺上第一班哨时讲的故事。"在明白其用意后，茹雪岩会意地笑了。

一晃两月余，代职结束，望着送别的战士难分难舍，他心里涌起一股热流，觉得身上有了浓浓的"兵味"。

夜 行

嬗　变

　　房地产老板苏鸣放夫妇见到独苗儿子苏一戈，是在连队的菜地边。

　　苏一戈入伍离家一年多了。苏老板夫妇是日日思、夜夜盼，一有空闲便念叨：部队训练任务重，乖乖可曾受得了？在家吃饭爱挑食，连队大锅饭对不对口味？夜里睡觉爱翻身，被子掉地可咋办？从小没有干过活，衣服脏了谁给洗？……如此这般，搅得夫妻俩心神不宁，早就想到部队探个究竟了。

　　怎奈苏一戈倔强得就像头小鹿："那可不行，你们以为部队是幼儿园啊，想来就能来？我可不愿被人说成是娇惯的富二代。"

　　直到一年后，经过电话里再三沟通，苏一戈才算松了口："来部队探亲可以，但有三个条件：一不能坐家里那辆豪华进口轿车；二穿着越朴素越好；三住的时间不能长。"

　　苏老板这头就像小鸡啄米似的频频点头："行！行！行！只要能见到你，就是三十条，爸妈也答应！"

　　终于看到儿子了！苏一戈正在忙着为头天夜里被风雨刮倒的蔬菜搭架。

初秋的阳光下,那矫健挺拔的身材、强健有力的臂膀和被晒得黑里透红的脸庞,外加一套已洗得褪色的作训服,透出一股英姿飒爽的豪气。

望着眼前高出自己一头的儿子,苏老板夫妇相视一笑:"嘿嘿,这部队真能锻炼人呀,才离开家一年,儿子壮实得咱都不敢认了!"

举目望去,连队菜地里郁郁葱葱,种植的茄子、番茄、黄瓜、豆角、南瓜等蔬菜生机勃勃,丰收在望。再往脚下看,那块十米见方的菜畦格外引人注目。这倒不是里边种的菜特殊,而是菜畦边竖着的那块木牌,让苏老板兴趣盎然——木牌上写着"成才田,管理人:苏一戈"。

"咦——小子!这片蔬菜难道是你种的?"苏老板半信半疑地问道。

苏一戈底气十足地点了点头。

"呀,真不简单,当初送你来部队真是来对了!"苏老板眼睛有些湿润。

知子莫如父。刚满19岁的苏一戈,是含着金钥匙出生的,自小有两个保姆照顾,上学有专车接送,父母对他有求必应要什么给什么,就差上天给他摘星星拽月亮了。

入伍前别说种菜,就连蔬菜长得什么样他也没见过。可眼前,苏一戈却把蔬菜种得枝翠叶绿,硕果累累,在苏老板的眼中胜似一道美景。

夜 行

看着父母喜出望外的表情，苏一戈没有自我陶醉，却讲了几件以往的糗事。

第一次参加连队劳动是在茄子地里拔草，他竟草苗不分，手过之处，幼嫩的茄苗不见了，唯有青草和野菜在地里"亭亭玉立"。

过了没多久，他看到连队菜地里豆角秧生虫了，急得火烧火燎，就放弃中午休息时间，主动到菜地里打药。从未干过农活的他，哪知道打农药需要按比例稀释，便把药原汁原味地喷洒在了豆秧上。等下午课间休息，再跑到菜地里一看，糟了——豆角叶子全卷了起来。

那几天，"惹了祸"的苏一戈整日忐忑不安。

而连队干部对他的劳动"才能"，既没有嘲笑，也没有责怪。"这毕竟是含在嘴里怕化了、捧在手里怕摔了的一代啊，五谷不分又有何怪呢！"连长就像是在说自家的孩子一样感叹道。

"要想使这些没有吃过苦，从小就生活在富足年代的独生子女成才，就必须因势利导，从最基础的生产生活常识教起。"指导员一语中的，赢得了连队干部的赞同。

过了些日子，连队给苏一戈等每个新兵在菜地里划出了一块块"成才田"。

别说，这次苏一戈还真当回事，当天便请假到书店买回了《蔬菜种植常识》《蔬菜的病虫害防治》等一摞子书，一有空就读。在老兵们手把手的调教下,他对"成才田"精耕细作,照着书本上学到的知识育苗、浇水、施肥、打药、治虫。

渐渐地,辣椒苗长高了,豆角、黄瓜爬秧了,随之开花、结果了。看着自己的劳动果实,苏一戈心生一种从没有过的成就感……

听着儿子的讲述,苏老板夫妇露出了满意的笑容。

离开连队前,这对夫妇又特意到"成才田"里摘了几根豆角,揪下几个辣椒,用手绢包好装进了手提包里,这是儿子最令他们骄傲的作品。

信 守

一夜春雨且住,烈士陵园里碧草青翠,繁花灿灿,鸟啼声声。

罗毛头用他的衣襟仔细擦干墓碑上的水渍,双手颤巍巍地抚摸着上面的名字,深情地倾诉:"又到清明了,这么多年过去,俺这心里啊,总算是头一回踏实了……"

他凝望着矗立在陵园后面的巍巍青山,思绪又回到当年的峥嵘岁月。

夜 行

罗毛头幼年就成孤儿，靠沿街乞讨度日。

一日，饥寒交加的小毛头打摆子（对疟疾发病时一种形象的描述）晕倒在街头。打此路过的董郎中把他抱进药铺，喂水喂药，守候大半夜，直到小毛头苏醒过来。又见他无依无靠，便将他收留下来。

董郎中无家眷亲属，孤身一人生活，行踪却很神秘。每次离开药铺前，叮嘱罗毛头留神来人守好家，至于他去哪儿，何时返回，却从没交代过。

时间长了，董郎中会给他讲一些把鬼子赶出中国去，让人们过上好日子的话。罗毛头也很懂事，慢慢地知道了许多革命道理。

1940年腊月的一天，大队鬼子汉奸趁大雪要偷偷围剿县抗日民主政府。得到情报的董郎中，为尽快掩护县政府机关干部转移，只匆忙对罗毛头说："天黑我要是回不来，就到鹰嘴崖下找我！"

鹰嘴崖山高林密，离县政府所在地不远，他经常来此采药，对地形熟悉，便于脱身。

他开枪将敌人引至鹰嘴崖边，面对步步紧逼的敌人，弹尽后纵身跳下崖去。

罗毛头在崖下找到了董郎中的遗体。

他将董郎中就地秘密掩埋后，哭着说："老董叔，你先在这里住下，等把小鬼子打跑了，俺一定给你好好安家。"

那年八月,解放了。欢庆的人群中,却不见罗毛头。

罗毛头找乡里,找县上,"那个董郎中,个子不高,白净净像个教书先生,他是为掩护县政府干部转移,把鬼子引开牺牲的"。

原来,董郎中是受上级党组织指派,担任地下交通员,一直靠单线联系,因交通站遭敌人破坏,上线同志牺牲,党组织关系中断,竟无人知晓董郎中的真实身份,也没有人相信一个小孩子的话。

董郎中身份成谜。

他生前从未跟罗毛头透露过家乡何地,家中还有什么亲人,甚至连真正的名字也未说过。

罗毛头就跑市里、跑省里,甚至跑到了北京,一趟又一趟,一封信又一封信。可是,由于缺乏翔实的材料和组织证明,董郎中的烈士身份无法确认,一时进不了县革命烈士陵园,这成了他难以释怀的心事。

在罗毛头心目中,董郎中就像说书人口中的岳飞、戚继光那样的大英雄。他除了不停地向上申请追授董郎中为烈士,还在鹰嘴崖下立下一块纪念碑,请石匠刻了"英雄董郎中之墓"几个大字。

几年后,鹰嘴崖一带建林场,罗毛头自愿申请当护林员。

罗毛头自此吃住都在山中,鹰嘴崖时时在望。他一边护林一边守墓，从毛头到毛头叔到毛头爷爷，这一守就过了大半辈子。

他在董郎中的墓地周围栽下的玉兰、雪松、杉柏，早已枝繁叶茂，春开玉兰，夏绽芍药，秋放金菊，冬现墨绿，把个鹰嘴崖打理得就像个花园。

山中人稀多寂寥。他闲下来时，就爱坐在董郎中墓前，絮絮叨叨地对着墓碑诉说："当年还是你教俺识字，俺写俺的名儿给你看呀。"就找了一根树枝儿，在地上一笔一画地写他的名字"罗毛头"，他写着写着眼泪就掉下来，"这么些年了，俺一直在找你当年的组织，你告诉俺，你到底叫啥名儿啊，你的家乡在哪里，你好歹也托个梦给俺呀……"

那年，就在罗毛头收拾行装又要上乡上县的时候，当地有关部门在一份解密的档案材料中发现了有关董郎中的信息记载：董郎中，真实姓名叫董大同，生于1915年8月，太行山区某县人，牺牲于1940年冬季反扫荡中，生前任某地下交通站交通员……

革命烈士陵园内，白发苍苍的罗毛头再一次热泪盈眶……

那年那兵那段情

脱下军装二十多年都已升为爷爷辈的徐二黑,至今仍不原谅自己当初的选择:一个连队百十号人,咋就显得你娃子能,那么爽快就答应了为连队放羊的事?

那也是个冬季。做梦都想当兵的徐二黑,刚下连队没两天,就被指导员叫去谈话了。

他不知道为什么找他谈话。但听着指导员那一连串的夸奖,心里甜丝丝的。

末了,指导员交给他一项光荣而艰巨的任务——为连队放羊!

当兵——放羊——这哪儿跟哪儿啊?乡里出来的孩子实诚,架不住指导员一番思想工作,就答应了。

放羊这活真寂寞,半天碰不上一个人。他寂寞了,就和羊"对话",再寂寞了就唱那首唱了 N 遍也不着调的《小草》。他说那不叫唱,那叫吼,吼给羊儿听,吼给大山听,也吼给自己听。

最不该的就是吼歌了,你娃子五音都不全,还猪鼻子栽葱——装大象哩,若不是因为吼歌,也不会有后来的那些事。如今过了知天命之年的徐二黑，还常常这样埋怨自己。

那天，就在他对着羊儿吼过《小草》之后，对面的山上竟也隐隐约约飘来了歌声："如果没有天上的雨水呀，海棠花儿不会自己开，只要哥哥你耐心地等待哟，你心上的人儿就会跑过来哟嗨……"

这歌是对面山上那个放羊的姑娘唱的。也不知他那会哪根神经不正常，竟壮起胆子，吼起了才学会的那首《妹妹你大胆地往前走》……

这一吼不打紧，俩人就你唱我和开了，放羊的距离就拉近了。他知道了她叫桃竹，属羊，比自己小三岁；她也知道了他姓徐，就称呼他"徐大哥"。

渐渐地，两群羊就混放在了一起。

一直没有出过大山的桃竹，从徐二黑的口中知道了山外面的世界很大，大得让她站在山顶也望不见边呢。

徐二黑也从桃竹的口中也了解到，她打记事起就没有了娘，是爹和哥一把屎一把尿地把她养大，初中没上完就辍学了。

她还说自己爱唱歌，攒住钱了就喜欢到镇上去买录音磁带。对着家里的那台录音机，她学会了好多流行歌曲。

有时，她说着说着就不由得唱起来了，唱够了就笑。歌声伴着那银铃般的笑声，清脆悦耳，如山间那跳跃的小溪，溅起层层涟漪。

站在草木郁葱的山坡上，和着徐徐的清风，徐二黑觉得与桃竹在一起，就会有一种发自内心的愉悦感包围着全身，心情也豁然开朗。

终于，有一天，桃竹向他大胆表白了心愿。

不料徐二黑却垂下头来："俺部队上有规定，战士不准在当地谈恋爱哩。"

"那俺就等着你，等你哪天不当兵了，俺就跟着你走！"

眼见着山间的树木吐新芽了，眼见绿叶变金黄了，老兵退伍的季节就到了跟前。

那一天，徐二黑又去放羊，却没有见到桃竹和她的羊群。直到太阳落山了，也没望见她的踪影。

兴许是她在家有事呢——徐二黑感觉心里空落落的。

又过了几天，依然没有桃竹的音讯，小伙子就耐不住了。

他见到山村里出来的人就打听，后来听一上山砍柴的大嫂说，桃竹她爸发现了她与放羊那兵相好的事，生怕她被人拐走了，便死活拽着她去相亲，是换亲。要用她换那家的女儿，给她那三十多岁还未成亲的哥哥做媳妇，桃竹不同意。听说那男的大她十几岁，还是个二傻子。

过了几天，就传来了骇人的消息，听说桃竹跳崖没

夜 行

了……

从此，徐二黑就像霜打了的茄子，每天赶着羊上山后，就两眼呆呆望着远处，像在祈祷着什么。

一晃老兵退伍就开始了，当连队干部带着退伍老兵去十里外的火车站送站时，却不见了徐二黑。直到火车启动，也没有见到他的身影。

后来，听进山采药的人说，见到个背黄背包的年轻人，翻山越岭朝山坳里的一座新坟奔去。

此后，每年清明节或寒衣节，山村里的都会见到那个外乡人，会早早来给山中的那座孤女坟烧纸钱……

隐 痛

早晨，顺子妈将饭菜端上桌后，就坐在了一旁。

"顺儿，你大舅家的事，办得咋样了？"

"顺儿，你三姨也不来电话，不知她腰疼好些了没有？"

……

忙着要上班的顺子，边往嘴里扒拉饭，边划拉手机看信息，面对妈的唠叨，头也不抬"嗯嗯啊啊"应付着。

"顺儿，我问你话呢？"眼见儿子起身要走，顺子妈面露愠色，眼睛眨也不眨地盯住他。

"呃呃，我听着呢——哎哟，要迟到了，晚上回来再说哈，妈。"儿子朝她做个鬼脸，拎起包急匆匆跑出门去。落个没趣的顺子妈，不由得一声叹息。

娘家在遥远的乡下。三十年前，她随军到省城，上班没几年企业破产，下岗了。不久，丈夫急病不治身亡。那会儿，她觉得天都塌了。望着孩子惊恐无助的目光，她擦干眼泪，紧咬着牙用柔弱的双肩撑起这个家。儿子上班了，看着人高马大的儿子，她欣慰之余有些酸楚：唉，当初多么听话乖巧的孩子，咋就变得不爱听她说话了呢？

"唧——啾——"一声燕鸣，阳台上那群小邻居"喊喊喳喳"欢叫开了，她侧耳细听，心里敞亮了许多。

她没有串门的习惯，更不爱凑热闹，忙完家务，就喜欢到阳台上来，看老燕子衔泥筑巢、孵雏育子；听小燕子细语呢喃，婉转吟唱。今儿这声声燕鸣，大概是雏燕该出巢了，她突然惆怅起来，眼圈就红了。

傍晚，顺子拖着一身疲惫进家后，妈那婆婆嘴又闲不住了："顺儿，今天市场上的鸡蛋，便宜了两毛呢。"

"顺儿——"喋喋不休的唠叨像根火柴，把顺子心中的火划着了："妈，您还叫吃饭不？便宜两毛也值当说啊。"

"咋哩，两毛就不是钱了？"

夜　行

"老妈，您知道不，眼下连街上打发乞讨的，最少还是一块呢！"

儿子不爱听，她索性闭上嘴巴。

一会儿，她又想起什么说："哦，顺儿，楼上老王家娃儿谈对象了，我刚巧在楼道碰见，那妞儿长得叫个漂亮。你什么时候也把女朋友领回家来？"

"看看，又来了，跟您说过多少回，该领时肯定领，您就别瞎操心了好不好，老妈？"

夜幕悄然落下，室内的气氛降到了冰点，话不投机的娘儿俩，一个在卧室掉泪，一个在客厅郁闷。

在民企工作的顺子，忙得像个陀螺，压力又大，回家再听妈唐僧般的唠叨，就觉得心里的火噌噌往上蹿。

顺子升为部门经理，比以往更忙了。爱唠叨的顺子妈，也更爱黏人了。每到傍晚，她就站在窗前朝楼下张望。此时，她厌烦短信提示音，每每听到短信铃声，连看也不愿看，摇摇头，望着满桌的饭菜，发呆不语。

好不容易盼着顺子进门了，聒噪的手机铃声，让她更加不解："顺儿，你整天就恁忙？"

"妈，这个月任务重，我要和客户沟通哩！"顺子说这些话时，眉峰几乎拧成川字。

"沟通一次，能挣多少钱？要不，你把妈也当成客户，每天给妈十分钟，妈给你掏钱！"她像是赌气道。

正要发作的顺子,看到妈那乞求的目光,顿时心软了下来:"妈,忙过这一段,儿子就陪您好吗?"

如同流水般的日子哗哗而过,顺子的话到底也没顾上兑现。

这天,顺子不经意间,在写字楼拐角处,猛然看见一个熟悉的身影一闪而过。他揉了揉眼,摇头自嘲地笑了笑:"妈怎么会出现在这里?一定是看错了。"

一天,从外边办事回来的顺子,与妈在楼道拐角处碰面了。妈像个做错了事的孩子,低着头喃喃道:"顺儿,别生气,妈就想多看你一眼。"他的脸顿时红了。

不知从哪天起,顺子察觉妈絮叨少了,说话却变得语无伦次,还忘事。忽一日,妈失踪了。焦急万分的顺子,突然发现微信圈里传出帮助迷路老人回家的信息,望见图像上那熟悉的身影,他辗转联系赶到现场后,一把抱住了妈。妈却惊恐地用力推开。他突然梦醒,老妈得了老年痴呆症。

在侍候妈住院的日子里,他苦苦哀求:"医生啊,救救我妈吧,只要她能好起来,让我咋着都行——"

望着医生那严肃的表情,顺子悔恨地垂下了头。这时他才发现,妈真的老了。

夜 行

雀 儿

阴沉沉的天越来越暗,光秃秃的树枝被朔风吹得嗖嗖作响。树丛间、草坪上,成群的麻雀叽叽喳喳蹦着、啄着,在四处觅食。

"要不赶紧点,鸟儿可要挨饿了。"入冬后首场降雪的天气预报刚发布,匆匆结束行程的卢董事长,顾不得舟车劳顿,就带着我们几个随员,上山为越冬鸟儿投放食物去了。

到达目的地后,熟悉鸟儿习性的他,穿山越岭,攀岩登壁,仔细选择每处投放地点。事毕,他竟累得一屁股坐到山坡上,望着萧瑟的山野,如释重负地长吁了口气。

"区区小事,何劳大驾?"在返程的车上,我向卢董事长提出了埋藏已久的疑问。

他侧过脸没有正面回答。旋即,却声色凝重地讲了一个故事。

从前,鲁南山区柳河村有个孩子叫雀儿,他是村东卢老爹的孩子,确切地说,是卢老爹捡来的孩子。

鳏居了大半辈子的卢老爹,晚年靠拾荒为生。那年冬天,起早进城拾荒的他,隐约听到有婴儿微弱的哭声,连忙循声找过去,在医院一侧的花坛边,发现了一个被布裹着的男婴,抱起来一看,原来是个患先天性唇腭裂的婴儿。

望着他奄奄一息的样子,平时见个流浪猫都怜惜的卢老爹,当即揣进怀里抱回了家。

望着哇哇啼哭的婴儿,卢老爹难为得不知所措。好在锅里还有熬好的小米粥,他就舀出些米汁儿,口对口地喂了起来。

婴儿渐渐止住了啼哭,脸上也有了血色。"嘿,这法儿挺管用哩!"顿感轻松的卢老爹乐了。

恰在这时,一只麻雀飞到外边的窗台上,好奇地朝屋里张望着。满心欢喜的卢老爹抬头看见了那只麻雀,笑嘻嘻地对怀里婴儿道:"咦——宝贝蛋儿,你快瞅啊,麻雀也看你来了,对!你就叫雀儿吧,雀儿好养活!"

有了雀儿后,卢老爹便不再外出拾荒,除侍弄门口那片庄稼地外,全身心地照料着雀儿。

等到雀儿满地跑时,卢老爹觉得能腾出手了,每天早晨喂饱雀儿,交代一番后,再往院子里撒些麸皮,引来鸟儿和雀儿做伴,就又到附近拾荒去了。

一晃几年过去,长成半大小子的雀儿成了卢老爹的开心果儿。每逢老爹空闲时,他就缠住老人讲故事,老爹讲的都是祖辈爱鸟、行善积德的故事,入迷的雀儿就会唱起"麻雀儿,地里滚,叫你的哥哥不买粉……"或"小喜鹊,

夜行

尾巴长，银白项圈套脖上……"之类的童谣，望着他那副天真活泼的样子，卢老爹布满皱纹的脸就笑成了一朵菊花。

那天，照例外出拾荒的卢老爹，直到天黑也没见影儿。

雀儿就慌了，沿着卢老爹每天归来的方向，边喊边摸黑一路寻去，终于在村南的沟边，发现倒在路边的卢老爹。

雀儿撕心裂肺的哭声惊动了村人，大伙七手八脚将卢老爹抬回村里。

在办妥卢老爹的丧事后，由老支书做主，村里出钱出粮，村民轮流供养雀儿。

依山傍水的柳河村，家家房前屋后的树上和屋檐下，都筑满了鸟巢，却从没人惊扰搭巢的小鸟，更没有人伤害鸟儿，村子俨然成了鸟儿栖息的天堂。

从小与鸟儿为伴的雀儿，就像入群的鸟儿，走东家、串西家吃起了百家饭。雀儿可喜欢鸟儿了，经常到村边麻地里捉虫子，丢在树下喂鸟儿。每逢遇到下雨天，他就会问那些大娘婶子："下雨了，鸟儿身上淋湿了怎么办？"直到听人说"鸟儿有羽毛，不怕淋的"，他才安下心来。

那年夏天，一场暴风骤雨过后，早起上学的雀儿，突然听见不远处传来阵阵哀鸣，原来是一个鸟窝从树上掉下来了，望着鸟窝内两只嗷嗷待哺的小喜鹊，雀儿连忙将书包放在一旁，一只手举着鸟窝，一只手扒着树干，将鸟巢重新安放到树杈间。谁料，雀儿在下树时不慎掉了下来，腿摔骨折了,在老支书家里整整养了三个月。随后,老支书又多方申请,带他到市医院免费做了唇腭裂修复手术。

雀儿也不负众望,十八岁那年,考取了京城重点大学。临行前,老支书发动村民你五元、我十元,为他凑齐了学杂费和路费;那些大娘婶子们,还连夜为他赶制了新衣服和新被褥。

离家的那天早上,双眼噙满泪水的雀儿,望着聚在村头的乡亲们,不由得跪倒在地上,把头深深地磕向地面。老支书连忙将他扶起,郑重地叮嘱道:"孩子,是柳河村的百家饭把你养大了,记住无论将来到了哪里,都不能忘了咱们'崇德向善'的村风啊!"

这么多年过去,知恩图报的雀儿,除了定期为柳河村的老人们寄钱寄物、到敬老院和儿童福利院做慈善外,为野外越冬的鸟儿投放食物,便成了他挥之不去的情结。

讲到这里,卢董事长已泪眼婆娑,我们几个随员心情也沉重起来。

至此,我终于明白了每年秋末冬初,公司派人收获企业大院的柿子时,卢董事长为什么总交代要留些柿子在树上。

夜行

一碗汤

肖家胡辣汤老店的生意很火,每早来喝胡辣汤的人络绎不绝,餐桌上客人用过的空碗剩筷,往往不用店里收拾,后边等位的人就会抢着帮忙端走,好占住空出来的位置。

这胡辣汤辣味醇郁、汤香扑鼻,尤其适合北方人的口味,河南人都好这一口。有人比喻河南人爱喝胡辣汤,好比重庆人爱吃火锅、兰州人爱吃拉面、广东人爱吃河粉。每逢来客,无论是官方迎宾,还是私家待客,都免不了推荐品尝胡辣汤。

每天早上,一碗热腾腾的胡辣汤,再配上一根油条或者几个水煎包,便成了众多河南人的首选早餐。因此,在商都市的餐饮界,开胡辣汤的早餐店生意兴隆,且不论春夏秋冬,从未出现过淡季。

有道是人一阔脸就变。处于市中心的肖家胡辣汤老店生意火爆后,老板、厨师、服务员脾气也随之大长。先是老板肖土娃嫌名字太土气,找到省会一取名公司,将名字改为"肖一圭",喻为锋芒所向,天下无敌;他觉得让人称呼肖老板不过瘾,自己又在肖姓后面加上了"总"字,命员工见面必称"肖总",并蓄起了长发,戴上了金戒,穿起了洋服，配上了秘书，从此不再下厨，俨然一副阔佬儿模样。铺面经过装修之后，甚是排场，两边悬挂的一副用黄花梨板材精雕细刻的对联，上书"从未被超越，经常被模仿"，显得古色古香，煞有派头。上行下效，没有了老板的监督，厨师的心思也不在做汤上了。或许是觉得快了萝卜不洗泥，往后做出的胡辣汤或稀或稠、忽辣忽咸，全然没有了当初的味道；服务员也个个像受宠的花孔雀，把头扬得老高，对顾客带理不理，粗言相待……

忽一日，对面新开的一家胡辣汤店，装修完毕要开张了。起初，肖家老店从老板到员工压根就没将其放在眼里。接到前台打来的电话，老板肖一圭正在陪麻友搓麻。听了电话里的报告，他连眼皮都没抬："大路朝天，一人半边，不理他……"心想：鲁班门前弄大斧——自不量力，俺家是百年老店，从俺爷爷的爷爷那辈在此开店后就没挪过窝，哪来的无名小辈竟想跟俺过招？

次日，对面那家胡辣汤店果然开张了，取名"无名小店"。由于店铺不大，没有请军乐队奏乐，也没有鸣放鞭炮助威，只是简单地举行了剪彩仪式，宣布开业五天内免费品尝，就请顾客进店落座了。

店内设施虽说不上高档，但干净整洁。开店的是一对夫妻，年龄三十岁上下，雇佣的员工，除大厨外，一溜小年轻，不仅干净利落、眼明手快，而且谦虚和蔼、彬彬有礼。在服务的空间，每见顾客把胡辣汤喝完，就迎上前去征询意见。次日顾客再来，就会发现有新的变化，觉得来此喝胡辣汤就成了一种享受。

好事也会传千里。一传十，十传百，人们奔走相告，"无名小店"就有了美名，顾客慕名而来，满意而去，人气越积越旺。

没几天，肖家胡辣汤店的生意就冷落下来。眼看着顾客都往对面店里去，老板肖一圭头摇得就像拨浪鼓，打心眼里不服气：乖乖，一不留神，小小蛤蟆也成精了嗨！是什么魔法让对面的"无名小店"声名鹊起？

望着接踵而至往对面去的人群，肖一圭终于坐不住了，便也不声不响地走了过去。他进店落座后，要了一碗胡辣汤仔细品尝起来。初尝第一口倒没觉得有什么特别，第二口便感到一股清香和微麻慢慢袭来，等喝第三口时，就感觉麻辣鲜香冲口而出，一碗喝下去，便觉得口中麻辣过瘾，且回味无穷，与喝自家胡辣汤的感觉迥然不同。

回到店里后，肖老板当场宣布了一项决定：从明天开始，每三人一组轮流去对面店里喝胡辣汤，回来后都要说个一二三。

谁料等员工轮流喝过一遍汤后，肖老板又突然叫停业三天。

正当全店厨师、服务员个个面面相觑、不知所措的时候,肖老板发话了:"咱们过去在这条街上是独一份的生意,现在有人要想分杯羹,大家说说怎么办?"

咦,原来老板是想与对面店里过招哩!只见男领班忽地一下站了起来:"肖总放心,这不过小菜一碟,回头我领几个兄弟去把对面店门给堵了!"见老板没有反对,大厨也开腔了:"何必费那大劲,我找人损损他,就说那汤里配料用了大烟壳,谁喝谁上瘾,想戒都戒不了,看谁还敢去喝!"听着员工们七嘴八舌献的"妙计",肖一圭不由得脸色一沉道:"鼠目寸光,尽想些下三烂的招数,怎么就没人想到吸取人家的长处,在咱们祖传汤料的基础上加以改进,以质取胜赢得顾客满意呢?"

接着,肖一圭摘掉了那副黄花梨板材的对联,卸下了那身价值不菲的行头,又重新穿上了干净朴素的工作服。全店的厨师、服务员望着他,一个个也不敢再马虎了。不久,人们便发现肖家胡辣汤老店的就餐环境发生了变化,不仅做的胡辣汤味比以前更加醇厚,而且对顾客的态度也好了许多。

从此,比邻而居的两家胡辣汤店经营上各具特色,服务上花样翻新,颇具竞争之势。两年之后,一家把胡辣汤店开进了西部诸省,另一家则把店开到了东南亚一带。

夜 行

狗这玩意儿

　　这世上什么事都有。我等三人在李家峪驻村一年归来，除了皮肤变黑了，手变粗糙了，体重没增一斤，补助没领一分，却多了一个头衔，你说叫个啥不好？偏偏就落了个"狗不咬"的绰号。猛一听，还以为是那道天津名吃呢。

　　年初，受局领导指派，我和张甲、赵乙作为驻村干部，坐着局里那辆老式越野车，沿着弯弯曲曲的山道，经过多半天的颠簸，来到李家峪时，竟让龇牙咧嘴狂吠着的群狗拦在了村口。

　　幸而闻讯赶来的村支书马山将狗王"大黄"呵斥走，群狗才四处散去。

　　我们大小也是城里来的干部，初来乍到这龟不尥蛋的地方，就让群狗来了个"下狗威"，心中好生郁闷：真是狗眼看人低，什么玩意啊！

　　"对不起，真对不起，这些狗东西不懂事，让你们受惊了！"马山忙不迭地上前道歉。

　　"没关系，没关系，权当是村里组织犬类仪仗队欢迎俺们哩！"爱开玩笑的张甲打趣道。

　　"呵呵，也是，也是，狗这东西通人性，将来你们在俺村里住久了，保准对你们亲着哩！"

其实，处在大山旮旯里的李家峪，是一个不足五十户人家的村子。兴许是为防野兽侵害禽畜，家家户户都养狗护院，群狗齐吠就成了山坳里的一道风景。

山区的夜晚一片静谧。一路劳乏的我们匆匆吃过晚饭后，顾不得洗漱，便倒在了床上。

夜半时分，不知村里谁家的狗惊叫了一声，接着一只、两只……

此起彼伏、声声入耳的狗吠，吵得令人心烦。让久坐机关，神经本来就衰弱的我们更是难以忍受：唉，什么狗玩意啊，连个安稳觉也不让睡——仨人索性起床斗起了地主。

次日清晨，我们刚起床，就见狗王"大黄"领着它的麾下，探头探脑地在我们住的院门前观望，试探性地观察着院内的动静。

也许是因为夜里被狗狂吠吵醒不满，也许是童真未泯，爱搞恶作剧的赵乙，像是要与这群不速之客开玩笑，猛地将门拉开，一个箭步跳到室外。

门外的那群狗，被惊吓得忽地一下子散去，有几条狗还边跑边回头狂叫，像是责备这"来犯者"不友好，露出一副愤愤的样子。

接下来的日子，我们就像报纸上、电视里报道的驻村工作队那样接地气。

起初，入户认家门时，我们走到哪家，哪家的狗就会蹿到门口狂吠，尽管主人再三呵斥，可那狗却显得不依不饶，大有拒"敌"于家门外之势。

村支书马山感到难堪，便通知村民在天亮之后务必用链子将狗拴住，以免影响工作队入户开展工作。

有道是"接地气、聚人气"，随着入户串巷多了，不仅乡亲们不再把我们当外人，每家每户的狗见了也不再生分，还像遇到熟人一样摇着尾巴打起了招呼。

渐渐地，我们对村里的狗也不再感到那么厌烦，竟把晚间群狗齐吠当成了催眠曲。

人狗和谐，日久生情。每到傍晚，狗王"大黄"会准时带着那群毛色混杂、大小不一的狗，到工作队住所的院子里嬉闹，就像是到邻居家串门一样熟络。

生性活泼的赵乙又多了项任务，每次轮到他做饭，总忘不了炖排骨，好把吃剩的骨头留作逗狗。

一来二往，村里的那群狗居然也把我们当成了朋友。我们每次下到修路或打井的工地时，那群狗就像保镖一样不离左右。

有时偶尔到市里开会或办事，几天不见，回到村里时，"大黄"准会带着它的麾下，到村口摇着尾巴上蹿下跳来迎接我们。

村里人说：这般"待遇"，再大的款爷掏钱也买不到。

每每见此，村支书马山就会羡慕地笑着说"你看，俺村的狗都把你们当成自家人吧？往后还会亲着哩！"

一晃就到了年底。

市委组织部门要对驻村工作进行考核了。对李家峪考核的这一组，带队领导是组织部的姜副部长。为此，局领导三番五次来电话交代：姜部长是一个台阶不落提拔起来的"老组织"，对基层工作了如指掌，各项准备工作一定要做到滴水不漏。

为了迎考，我带着两员干将挑灯夜战，连着熬了两个通宵，补齐了各种材料。

谁料考核组进村后，并没有像以往那样听汇报、看登记，而是直奔工地看了即将完工的几个项目后，就让我们带路到老百姓家里走走。

刚走到靠近村边的张老根家院外，院内就传来一阵狗叫声。柴门开了，躲在一旁的那条花狗一看来人，顿时停止了叫唤，还摇着尾巴，贴住我的裤脚哼哼唧唧地亲昵起来。

再往前走，就到了村民沈老憨家，卧在院旁槐树下的那条大黑狗，警惕得毛发倒竖起来，看清来人后，居然忽地一下立起身，炫耀般地伸出两只前脚"作揖"，引来众人一片笑声。

当我们走出村民马二孬家时，他家的那条老灰狗还摇着尾巴送了老远一程。

"看来村里的狗对你们都挺有感情呀。"姜副部长意味深长对我说道。我们禁不住嘿嘿一笑：唉，狗这玩意啊！

回到村委落座后，我刚要展开汇报稿，姜副部长摆摆手笑道："不用了，该看的我们都看到了，你们这地气接得不错。我常说，驻村干部是否称职，既要看老百姓的脸色，听老百姓的口碑，也要看老百姓家狗的态度，像今天这样'百姓笑脸相迎，家狗摇尾相送'，就是对你们工作最有力的肯定。"

后来，听说姜部长向市领导汇报时，就说了李家峪的看家狗见了驻村干部摇尾作揖的事。市领导当场就封了我们一个"狗不咬"干部的称号……

事后，每当别人提起这档子事，总免不了与我们调侃一番，末了，大家哈哈一笑：狗这玩意啊！

梦若在，心就在

有戏拍的时候，他整天跟着剧组跑龙套；没戏拍的时候，就去街头摆摊卖些针头线脑，这就是住在宋都御街的邻人强子哥三十年来生活的写照。

也许是御街上的人生活在皇城根下太久了，在街坊邻居的心目中，强子哥做的这叫上不得台面的营生。有人就疑惑了，说强子这么聪明个人，咋会做事就"一根筋"，撞了南墙也不知回头，就那么一条黑道走到底，真可惜了。强子哥却不以为然："人心本是痴，不悟不成佛，只要功夫深，自有铁杵磨成针。"嗨——，这倔劲又上来了不是？

谈及强子哥的性情，御街上了年纪的老人们常说：一岁看大，三岁看老。这孩子"倔"，周岁抓阄时，就看出来了。

据说抓阄那天，他望着桌子上摆满的笔墨纸砚、印章、算盘、英语词典等无动于衷，却偏偏哭着闹着非要放在茶几上的那支笛子不可。结果惹得在场的人哈哈大笑，都说这孩子将来是块演戏的料。

有道是男怕选错行，女怕嫁错郎。平时最看不惯咿咿呀呀哼唧唧唱小曲的爷爷，看着三代单传独苗孙子的举动，心里不由"咯噔"一下：咦——莫非俺这孙娃儿是少爷身子戏子命？屈才了，屈才了——气得胡子一撅一撅地走开了。

二十年后，那个喜欢笛子的孩子，也就是后来的强子哥，果真"不负众望"，从省艺校毕业后就进了C市京剧团，扮的是花脸，曾扮演过张飞、李逵、焦赞和盗御马的

夜　行

窦尔墩。

后来剧团不景气，他干脆连想也没想就"跳槽"跑到江南影视城当起了"龙套演员"。他说这叫"物竞天择"、纯属爱好。

因做邻居多年，我与强子哥时有来往，在他没戏拍的时候，常在一起聊八卦。

强子哥说，当一名龙套演员相当不容易。三十年下来，他演过下人、装过太监、当过刺客、还扮过日本鬼子或汉奸。总之，三教九流、五行八作、九老十八匠，凡是人能演的他都演过。

某日，我俩坐在他家院内的葡萄架下闲聊。

对面破败不堪的围墙上长满了绿苔，几只觅食的蚂蚁爬来爬去，数次滑落又反复上爬。

强子哥突然盯住我发问："如果再给你三十年，让你坚持只做一件事，你会成为什么？"

"那我就学德力西集团苏南总公司那个经理，你看人家用三十年青春打拼，从干泥瓦匠的小学徒做成了今天的大老板。"

为了不驳强子哥的面子，我把上午刚从报纸上看到的一则案例说给他听。

强子哥却不置可否地摇了摇头，我知道他的心里在想什么。只要我一提起"影视"二字，他的双眼就会贪婪地发亮，说起话来也像换了个人似的。

入一行就知一行的不易。其实，强子哥也清楚靠跑龙套成大腕的概率微乎其微。他说别看整天在镜头下跑来跑去，其实顶多露个脸儿，或远远出现个背影，或许忙活半天什么也见不着，反正卸了妆就拿钱走人。

他也听人说过娱乐圈的潜规则——贵人提携顶万金。怪只怪自己命运不济，至今也没有遇到贵人，才不甘心放弃。

赶上那天有个剧组的副导演心情好，听说强子哥过去演过戏，就趁拍摄间隙拿他取乐。为博得一次出特写镜头的机会，他便使出浑身的功夫，唱、念、做一丝不苟，腰腿功更是了得，脚步、转场、起霸、走边甚是熟练，直打发得那位副导演心花怒放，连声叫好。于是，就给了强子哥一个五秒钟的特写画面，外加被刺刀刺中时"啊——"的一句台词。

这是强子哥做梦也没有想到的事。该剧播出前，他早早就打电话发短信告诉了家人和亲朋。结果直到剧终，也没有找到他那张并不出众的黑脸。

但强子哥不气馁，凡是有拍戏的机会仍然乐此不疲。

"只有小人物，没有小角色，只要功夫到了家，总会有成功的机会。你看《亮剑》里的和尚、《天下无贼》里的傻根，不就是从群众演员做起，成了影视明星吗？"强子哥

夜 行

说起他们的经历，自信得就像剧组是自家办的一样。

风花雪月、物换星移，岁月催人老。一晃三十年过去，强子哥也从一个毛头小伙走到了知天命之年。

眼看着街坊邻居一家家搬进了新房，一个个自驾车悠然自得，再想想自家仍偏居在御街一头的老院子里时，老婆就气不打一处来，挖苦、嘲笑加讽刺便一股脑地向他发泄过来。

强子哥自知理亏，也不争辩，就拿周润发、伍卫国等众多偶像当年也是跑龙套的来说事，劝慰老婆一定要坚持住，他说人到了最困难的时候，就是离成功不远了。

当然，没戏拍的时候，强子哥照例会去街头摆地摊，或到酒店去当保洁员。他说："毕竟画饼不能充饥，空想代替不了现实，演戏的事要紧，肚子的事更大。"

但只要一接到拍戏的电话或短信，他毅然背起行囊就走。

也许，心中的那个梦发酵太久了，强子哥说那天晚上做了一个梦，梦见自己以最佳男主角的身份站在了领奖台上，顿时就被林立的话筒包围了，那些镁光灯像闪电一样，在他身边咔嚓咔嚓地响成一片，主持人笑容可掬地走上前来，请他发表获奖感言，新闻媒体的记者也纷纷请他谈成功的经历。

"我的妈啊，咱哪见过那大世面的呀，心惊得猛然打了个哆嗦,结果倒把自己弄醒了。"强子哥不无遗憾地说道。

后来揉揉眼一瞅,原来是老婆在看央视直播的《星光大道》,主持人正在让获得周赛冠军的选手发表获奖感言,他苦笑着摇了摇头。

老婆侧身狐疑地望了他一眼,撇撇嘴揶揄道:"怎么,又做美梦了?"

强子哥仰脸看看天花板,讷讷地说:"有梦就有希望,梦若在,心就在。""瞧你那小样,就凭这点本事还想成精哩,那叫心若在,梦就在——"老婆依然没给她好脸。

"是,你说的不错,但那是对刘欢,对我那就是梦若在,心就在……"

不知是被电视里的节目吸引住了,还是觉得与这样的人抬杠无趣,老婆不再反驳了,卧室里又恢复了平静。

狱警老邵

这是发生在二十多年前的一个故事。

那时狱警老邵还没有退休,在苑北监狱担任管教。

其实,老邵的经历很平常。论官职,充其量就是一个股级老警察,从毛头小伙熬到两鬓斑白,也只是熬了一个

夜　行

监区分队长；论模样，除了个头魁梧一些、脸庞略大了一点，那也是人堆里的人。

老邵工作的那座监狱，坐落在苑城市北郊，确切地说就是一大型石料场，三面高墙上电网密布，迎面壁立的山崖边架设铁丝网，监区两端的对角岗楼上有荷枪实弹的武警放哨，围墙边有手持电警棍的狱警值勤，身穿囚服的犯人们每天上工开山碎石，为山下的水泥厂备料，周围看上去颇为森严。

人说狱警是"守老虎笼的人"。干了半辈子狱警的老邵却不认同："没那么可怕，犯人也是人，只要给其以尊严、真情感化他，绝大多数犯人还是能够悔过自新、重新做人的。"

也许是老邵入警前当过两年民办教师的缘故，他常把自己比作特殊的园丁。

愿做园丁的老邵有一嗜好，就是爱揽"闲事"。凡是其他监区不肯接收的"刺头"，他都一一收留。老邵说："咱这就是改造人的地方，越难管教越需要教育，教育好了能成人才，放任不管就成了废人，甚至可能走上重新犯罪的道路。"

久而久之，揽"闲事"多了，难免就会揽来麻烦。那年夏天，邻监区接收了一诨名"滚刀肉"的犯人刘三，他自认为量刑过重，入监后对立情绪重，经常装病磨洋工；谁提醒他，就与谁对抗，成了人见人烦的"滚刀肉"。

有人说，交给老邵管教吧，兴许他有办法。监狱领导果真就找老邵谈话了。老邵二话没说，就把"滚刀肉"接了过来。

"人活一张脸，树活一张皮。你还年轻，有病咱治病，没病别装尿，只有自己看得起自己，才能让别人看起你！"初来乍到，老邵这番话让常遭人白眼的刘三心里不由得一阵抽搐，胸中郁结的那层冰块似乎松动了。

俗语道：人怕敬，鬼怕送。自小出来混江湖的刘三，一身坏毛病，没少给警察添堵。说来也怪，他每见到一脸平和的老邵，却心虚得不敢抬头。

老邵对队里人说，我观察刘三这小子虽顽劣，但心不毒，能改好。有同事就抬杠了："试玉要烧三日满，大话不要说早了，就凭他那野性，不定哪天会给你捅出篓子来。"

结果一语成谶。没过多久，这"滚刀肉"果然就爆了个冷门：趁收工路上骤降暴雨脱逃了。

狱方迅速组织警力设卡布控展开搜捕，一个昼夜过去，仍不见踪影。正当增派警力，扩大搜索范围时，他竟乖乖地回来自首了。

按照狱规，刘三被立马关了禁闭。任凭狱方如何审问越狱动机，他就是耷拉着脑袋装聋作哑，摆出一副死猪不怕开水烫的样子。末了，提出一个请求：想见一见管教他的邵队长。

夜 行

老邵被人找来了。刚进审讯室尚未落座,刘三便扑通跪倒在他跟前,把头磕得砰砰山响,声泪俱下说着"对不起邵队长",老邵上前拉都拉不住。

越狱动机弄清之后,老邵就像家长接回在外闯了祸的孩子一样,又把刘三领回了队里。

打那之后,老邵就发现,每天上工时,刘三只是一个劲地埋头干活,整天不说一句话;回到监室更是闷闷不乐,郁郁寡欢。

老邵心想,这小子准是遇上解不开的疙瘩了。事不宜迟,便单独为他开起了"小灶":"我是你的管教,只要你相信我,就把心中的不快说出来,有什么困难咱们共同解决!"

面对这位老警官的诚意,少言寡语的刘三突然泪流满面:"就连我自己都把自己当成鬼,只有你把我当人看。"于是他和盘托出了心中的忧虑。

自打他入狱后,媳妇带着孩子一去不归,老娘又急又气病倒在床,全靠邻居们接济。了解到家庭变故后,他心急如焚,便趁着那天傍晚突降暴雨,越过监墙逃跑了。

在跑出百余里地后,累倒在一座山包前。等他喘过气来一想,却后悔不迭:假若就这么逃跑了,肯定会给邵队长添麻烦,那就太不仗义了——犹豫再三,他才返回监狱自首的……

"莫再胡思乱想,你现在要做的就是努力改造,争取表现突出减刑,早日回家孝敬老娘,剩下的事由我来办!"老邵随手递上擦泪的湿巾后,再三叮嘱道。

两天之后,旮旯凹村的乡亲们,就见一位身材魁梧的汉子,自称是刘家多年未走动的表亲,推开了村头那座破败小院的柴门,后面跟着被找回的刘三离家多日的妻儿。过了没几天,那汉子又带着救护车接走了卧床不起的刘三老娘。

待到来年布谷催春的时候,刘三因表现突出立功减刑,提前半年出狱了。临走出监狱大门的刹那间,自诩为硬汉的他,禁不住泪如泉涌,是忏悔、感恩,还是憧憬,溢于言表。但他记住了那位老警察的嘱托,朝着远方的路迈开了重生的脚步。

老货郎

多年前,在鲁中太平镇上,货郎秦爷是个有名的人物。

那时乡村物质匮乏,秦爷经营的针头线脑、顶针纽扣等物品,就成了乡亲们过日子的依赖。

秦爷是外乡人,说话有些蛮("蛮"指说话有外地口音），几时来这镇子的，没人说得清。

也许上了岁数的缘故，秦爷的经营方式有些不同。别的货郎多是游走四方，以收废铜烂铁、鸡毛畜骨等废品为业；他则长年固守着镇子，用针头线脑等物件换头发，赚些薄利为生。

货郎鼓也极少用，喊一声"拿头发来换针使吆——"，就把爱做针线的婆娘们的心撩拨得痒痒的。

听到吆喝了，左邻的大娘约上右舍的婶子，前院的嫂子拽上后院的小姑，三三两两，带上积攒的头发，说笑着朝老货郎走去。慈眉善目的秦爷做起生意似乎有些古板——虽说尽是老顾客，任婆娘们巧言令色，缠来缠去，却难多拿半根线头，以致那些脾气刁钻古怪，爱占小便宜又未如愿的主儿便愤愤道："老爷子，出来进去光光一根棍的主儿，攒钱留给鬼哩！"秦爷听了也不恼，抿嘴一笑就过了。

若遇上哪家分派孩童来换东西，秦爷却很当回事儿，给足给够不说，再用纸包好，嘱咐孩子道："乖，把东西拿好，回家交给娘后，再出来玩哈。"

鳏居的秦爷稀罕孩子，摊点前那群吵吵嚷嚷的小顾客，总是好奇地东看看、西摸摸，可他却很耐烦。那次，五福儿摆弄货郎鼓，一不留神掉在地上摔坏了，吓得当场就哭了起来。他爹正巧打此路过，气得顺手扇了一耳光。谁料却把秦爷惹急了："一个货郎鼓值当吗，下手没轻没重的，打坏了孩子咋办？"

没生意的时候，秦爷就爱拉孔融让梨、孟母三迁等呱儿给孩子们听。听完了，再让其站成一排，对听话的孩子奖赏一把爆米花儿。每到这时，那一双双小眼睛都巴巴地望着呢，肚里的馋虫也不知搅动多少回了，可要吃上爆米花就得学好。乡邻们都夸老货郎有法儿，他抿嘴乐道："好孩子要靠调教哩！"

善言善行的秦爷，在兴起"割尾巴"那年却遭了厄运。那天，只见公社革委会刘主任带领十多个民兵，来到货郎摊前，勒令秦爷道："老货郎，你这是搞投机倒把行为，俺们今天就是来割你这资本主义尾巴的，命你立马交出东西，回乡参加集体劳动。"

秦爷一看这架势，吓得一屁股坐在地上哭开了。就在刘主任指挥民兵强行将他架上拖拉机准备遣返原籍时，三奶奶出现了。

三奶奶是镇上第一任"妇救会"主任，响当当的支前模范，在镇上颇受尊重，说话比公社那些头们都管用。

"你们一大群人，欺负他一个孤老头子，这是行的哪门子法啊？"三奶奶厉声责备道。

"他搞投机倒把，是复辟资本主义，我们就是要割掉他的尾巴！"有个不识相的民兵顶撞了她一句，竟被刘主任狠狠地白了一眼。

夜 行

"切，不就是卖个针头线脑吗？还能翻天不成？把他撵走了，咱镇子上家家户户缝缝补补，找谁买针线去？"看三奶奶动真儿，刘主任讪讪地带人走了。

为怕再有人难为秦爷，三奶奶就将自家临街的偏房让给他住，愣是把他保护了起来。

就连秦爷缝补浆洗的活儿，三奶奶也全包揽了。闲暇时，老姐弟俩就坐在院中唠嗑儿。三奶奶说她当年领着镇上妇女做军鞋、筹军粮，就不知道啥叫累。秦爷说他参加儿童团，在村头放哨，给武工队送信，也不晓得啥叫怕。末了，俩人都说："那还不是为让咱老百姓能过上好光景呗！"

秦爷虽说零钱不断，平常生活却很简单，一天就吃两顿饭，每天就是白水煮面条或开水泡面馍。除了偶尔煮个鸡蛋，肉很少吃，蔬菜吃得也少。每逢见他用开水泡面馍，三奶奶便嗔怪道："都这个岁数了，也不知省啥哩？"

镇子里的人也都知老货郎抠门，对别人抠，对自己也抠，哪知他济危救难，一点儿也不吝啬。

有年春上，镇东头春晓娘突患急症，肚子疼得在地上翻来滚去，公社卫生院不敢接收，让赶紧转往县医院。

那时各家都紧巴，春晓借了半条街，仅借到十元钱。正当他愁得抱头痛哭时，秦爷闻讯赶来了，将手拎的布兜塞给春晓道："赶紧拿上，往县医院送人！"春晓就像见了救星，边磕头边恳求道："爷啊，这是多少钱？给俺说个数,以后好还您!"

"你个棒槌啊,都到这份儿上了,还问多少钱干吗?救人要紧啊!"事后,镇子上的人说,多亏老货郎相助,才夺回春晓娘一命。

岁月蹉跎,轮回辗转。那年麦收前,善良而仁慈的三奶奶先走了,秦爷因悲伤过度病了好一阵子。等痊愈后,人们就发现他说话不着调了,一会儿说"三嫂别走恁快,等等俺老秦哪",一会儿又说"该回去看看了,这把老骨头就是化成灰,也要埋在老家的土地上"。

此后不久,秦爷就离开了太平镇,就像他何时来的一样,几时走的也没让人发觉,等到人们没见他出摊,再去临街的那间房寻找时,门上已经落锁了。

那几天,下地劳作回来的人们也在议论,这不年不节的,三奶奶坟前哪儿来的那满地飞舞的纸钱呢?

家常饭

吃铁都能消化的年纪,肖万春的胃却出了问题。一到饭点就没胃口,吃啥东西都感觉没味。一日三餐,变成负担,这事让谁摊上不心烦?

夜 行

他心里抱怨道:"我咋这么背运?当年狼吞虎咽地想吃,却没条件吃,也没东西吃。如今想吃啥都能如愿,却啥也不想吃了。"

四十五年前,他出生在一个偏远的山村。从记事起,家里口粮总也接不上,吃饱饭成了他幼时最大的心愿。

那时,他特别羡慕村里叫二狗的那傻子,天天不用拾柴,不用割草,也不用放牛,没事就在村里闲逛,谁家婚丧嫁娶摆酒席,就去混吃混喝,从不怕人笑话。他却没这福分,那年对门堂叔娶媳妇,爹和娘都去帮忙,他要跟着去,爹把脸一黑:"别丢人现眼,在家待着!"他委屈得哭了半晌,几天不与爹说话。

那段日子,每到饭时,他抓起块窝头,便悄悄闪进旁边夹道。久了,娘纳闷:"这孩儿,越来越没正形,不吃饭,跑啥哩?"终于有一天,娘发现了秘密。隔壁退休职工廖五爷,原是矿上的厨师,每到饭时,廖家炒菜,油香味就飘进夹道。面对娘哀怨又责备的眼神,他说闻着油香味,吃饭咽着就顺了。娘听到这里,泪水哗地流了下来,哽咽着喃喃道:"俺可怜的孩儿,你咋不托生在富人家哩?"

咸菜拌饭吃腻了,他盼着过上廖五爷家那样的生活。那年秋天,闯关东的舅爷退休回乡省亲,嘱咐他父母:"日子再苦,也要供孩子读书,考大学端上铁饭碗,就省心了。"

"端上铁饭碗,有肉吃吗?"他迫不及待地问。

"只要好好学,还愁没肉吃?就怕你肚子小嘞!"听着舅爷爽朗的笑声,他暗下决心。从那起,他没白没黑苦学,成绩噌噌往上蹿。几年后,他考入省城重点大学,毕业后留在省城工作。

拿到头个月工资,他先跑去买只烧鸡,晚上躲进宿舍,吃得满嘴流油,直打饱嗝,觉得满屋子都是幸福。

十多年后,他有了自己的公司,应酬颇多,觥筹交错中,他心里极为满足。

不知不觉中,他腰粗了,肚子凸了,身体也报警了。可餐桌前,哪能经住诱惑?依然来者不拒,天天落个肚儿圆。渐渐的,反酸胃胀、胸闷灼烧等症状袭上身来,吃半月西药不见效,朋友推荐一名专治胃肠疑难杂症的名老中医。

他慕名前往。老中医望闻问切,了解他的病情症状后,边切脉边问:"老家是乡下的吧?"他点头称是,老中医便道:"你回老家住一段吧,半月后,再来找我!"

他只得退出身来。回家的路上,他百思不得其解:看病不开药方,却让回老家,这老中医葫芦里卖的是啥药?

路过小区门前修车摊儿时,只见修车的老师傅正抱着饭盒,吃老伴送来的浆面条,呼噜呼噜地吃饭声,离老远都听得见。眨眼工夫,就见饭盒底朝天,而后把嘴一抹,满足极了。

瞬间,他眼热了,想起娘做的手擀面,顿时口舌生津,又有了久违的饥饿感,对妻子说:"走,咱们回老家!"

他携妻进家后,惊得爹娘一愣:"儿啊,你总说忙,接个电话都没空,这不年不节回来,出啥事了?"望着二老惶恐的表情,他自责和愧疚涌上心头,忙宽慰道:"我这不是好好的,就是想吃娘做的手擀面了!"

"哎哟,老天爷,俺儿没事就好,想吃手擀面还不容易?"娘说着就去和面。

那顿葱花手擀面,他吃得有滋有味,一连吃下几碗。

看着他吃的那股酣畅劲儿,爹欣喜地说:"家常便饭最养人。抗战那年,武工队刘队长负重伤,被安排在咱家养伤。你奶奶天天给做葱花面。俩月后,刘队长痊愈归队时,拉着你奶奶的手说'大嫂啊,俺的伤恢复这么好,多亏您做的葱花面啊!'"

见他听得仔细,爹顿了一顿又道:"俺常寻思啊,你虽说进了城,可这根还扎在咱这山窝里,往后有了空闲,就带上媳妇孩子回家来,吃吃家常饭,踩踩禾下土,接接咱老家的地气,包你们百病不生。"

为调理身体,他借机休了年假。

在老家那半月里,他陪着父母喂鸡种菜聊天;带着妻子走童年拾柴的路,蹚幼时游泳的河,爬村子旁边的山;坐在自家小院里,吃家常饭,品野山茶,与父老乡亲拉家常、问收成、谈希望，心里舒坦，身上的病也见好了。

往后，他在外少应酬，每天下班走路回家，业余时间打打球，看看书，重拾爱好。过了一段时间，身上赘肉消失，体检指标恢复正常。

几年过去，他虽然常路过当初求诊的中医院，却再也没去见那名老中医。

飘儿的梦

"拆！""拆！""拆！"……一连串用红漆喷成的硕大"拆"字出现在街道两旁墙壁上，房租婆喋喋不休地下达着最后通牒：限三日内腾房走人！

W市最后一个都市村庄要拆迁了。蜗居在此的"都市一漂"李子阳，便像春天筑巢的鸟儿，又开始寻找下一个权作"家"的小窝。

在W市读完大专后，不愿回乡的他，便当起了"漂泊一族"。

租房是"漂儿"的头等大事。在搬离都市村庄前那段日子，李子阳骑着淘来的二手自行车，又是跑中介，又是看街头小广告，人累瘦了几圈，才终于找到"做窝"的

夜　行

地方。

把"窝"安顿下后，又开始为生计奔波了。几年下来，他干过装修、送过快递、做过文秘，每天像狗追骨头一样，伸着脖子东奔西窜。尽管如此，囊中羞涩的他，对城市里雨后春笋般拔地而起的住宅楼，依然只有兴叹的份儿。他更清楚如此漂泊下去，在城市的屋檐下，不知猴年马月才能有安居的份儿。

在遍尝了背井离乡的滋味后，想家的念头不由得涌上心头。家乡虽地处偏僻，但山清水秀，盛产石榴、苹果和山楂等果品。每到春季，就成了花的海洋，秋季则变成果的世界。丰收时节，处处呈现红彤彤诱人的果实，在果林间忙碌的乡亲，荡漾在欢声笑语中……想起这熟悉的一切，他的眼眶禁不住湿润了。

不久，一个几番酝酿的计划在他心中涌动起来：自己上大专时读的是营销专业，具备专业知识；在外漂泊数年，积累不少经验；家乡盛名的石榴、苹果和山楂，市场优势凸显。若通过打造电商平台，把这些果品资源推介出去，既可解决销路不畅的问题，又可提高果品的附加值，何乐而不为呢？

"走——回乡当创客去！"他毅然辞掉了公司文秘的职位，拖起拉杆箱走在了回乡的路上。

不久，设在村头的一家名为"香飘万里"的有机果品店，便在淘宝网上注册了。

然而，机遇之神像是有意考验他似的，开张伊始，就让这个信心百倍的新创客吃了闭门羹。

习惯于坐等商户上门采购的乡亲，听说足不出户在网上就能卖果品，一个个把头摇得像拨浪鼓："这个不着调的愣头青，在外上大学上傻了吧？就靠握在手里那个叫鼠标的黑疙瘩，摇着电脑就能把山货卖出去，没见过！"就连亲爹也劝他："儿啊，别再胡思乱想了，天上不会掉馅饼的，你这些年折腾还不够吗？还是实实在在干点事，娶个媳妇过日子吧。"

"我非把电商做下去不可！"他那认准了的事八头牛也拉不回的犟劲就上来了。

"张叔，您家去年的苹果获得丰收了不是，咋会堆在家里卖不出去？那是吃了信息闭塞的亏啊。""李伯，您家的无籽石榴个大籽饱肉多，口感又好，怎没卖上好价钱？还不是因销路不畅给耽误了。"那些日子，他硬是厚着脸，挨家挨户宣传电商的优势。

为了赢得信任，他索性免费做起网上销售业务。尝到甜头的乡亲们，渐渐地认可了他的"果品飘香"网店，愿做代理的农户竟一时排成长队，订单也一摞接着一摞。

"咦，这回可把咱家这头'犟驴'给拴住了——"父母正这样寻思呢，可从北上广深考察回来的他，又不安分了：

夜行

"虽然咱这盛产石榴、苹果和山楂，可不能有皇帝闺女不愁嫁的思想，为啥在一线城市的超市和果品专卖店里，见不到咱们产的果品？那是缺少高端果品的领军品牌啊！"面对众乡亲那一双双信任期盼的目光，他提出了未来的规划和设想。

不久，他把省农大教授聘请到村传经送宝，引导果农推广使用新技术，并逐渐形成了农产品特有的绿色产业链。在把当地果品终于做成知名品牌，推向首都果品专卖店的那一刻，他由衷地笑了。

去秋果品飘香的时节，事业有成的他就像一块磁石，将一批大学同学吸引到村子里观摩。他们有的具备高端果蔬深加工技术，有的从事农副产品营销，有的曾负责企业管理，李子阳创业成功的案例，激活了他们回乡创业的一池春水。

穿梭在一望无际的果林间，描绘着未来发展蓝图的李子阳，望着同学们赞许的脸庞，随即向其发起强攻："回来吧！为了把家乡的果品业做大做强，为了使父老乡亲的生活更加富裕，我们携手开创一片新天地。"

谈及今后的打算，李子阳透露了一个秘密，说那些大学同学很快就来与他会合。到那时，就办一家集研发、生产、销售为一体的高端果品深加工企业，把家乡的果品远销世界各地。

秋收过后，信心十足的李子阳正在为果品线上线下销售而忙碌，这个大男孩看上去显得更加阳光，还时不时地哼唱着那首歌曲：……经过风雨就有阳光，梦想带我展翅飞翔，即使梦想无人欣赏，坚信胜利就在前方……

糟糠夫妻

乮旯村的张老嘎打年轻时就好酒，见了酒就像蚊子见了血，每次不喝得酩酊大醉不算完事。

虽说老嘎醉酒后没有惹是生非，但失态的事常有，有些事还以不同的版本在坊间流传，成了乡邻闲谈的笑料。

老嘎的女人很厌烦，常常叹息自己哪辈子缺德，遇上这么个酒鬼。

虽厌虽烦，虽恼虽怒，却从没有见她对醉酒的男人甩手不管。

每逢男人在外喝酒，她便不由自主地到路口相接。遇上男人醉酒被人送回，或使性子坐在地上不走，她会连哄带劝扶回家。

望着女人的举动，子女们百思不得其解。平时说起这酒鬼老爹，她恼怒得恨不得要掘他的祖坟，什么难听的话

夜　行

都骂了，什么样的毒誓都发了，可再遇到老爹醉酒的时候，怎么骂过、嚷过、赌咒过的话就不算数了？

都埋怨老娘心软，都怪老娘不长记性，都说这酒鬼老爹嗜酒、醉酒、酗酒，是让老娘惯得。

任凭孩子们不依不饶、埋怨纷纷，女人却从不反驳，照例会到路口去等那酒鬼，依旧扶回家好生服侍。

其实，女人年轻时，脾气可没有这么好。

过门不久，她就发现丈夫嗜酒，先是委婉相劝，男人也口口声声要戒酒。然好景不长，她就见男人常扯理由外出蹭酒。

乡里乡亲的谁家办红白喜事或来个亲戚，只要有酒场，总会看到他猥琐的身影，日子久了就落下一大堆闲话。

"你个没脸没皮的丢人贼啊，不喝酒能憋死你吗？干脆让那马尿灌死算了！"女人觉得在人前抬不起头，每次生拉硬拽把老嘎拖回家后，便声嘶力竭，咬牙切齿，骂得他狗血喷头还不解恨。

那时，家里日子过得着实紧巴，上有年迈的爹娘，下有像葫芦一样摆着的五个娃儿。口粮常常接不住茬，全靠在乡下的娘家隔三岔五送些杂粮来接济。

过惯了苦日子的女人，对钱抠得很紧，一分钱恨不得掰开花，对男人勒得更紧，以致让老嘎对烟酒断了念想。

没有了酒的日子，老嘎就像丢了魂一样，整日面黄肌瘦，无精打采。又加上大病一场，不能下地劳动了，每天就搬个板凳，坐在家门口的槐树下，吊着个脸发呆。

也亏得老天眷顾。别看这老嘎行事不着调，五个娃儿却是个个有出息，有的靠读书进城当了国家干部，有的经商办企业成了老板。老两口不愿跟着娃儿们享清福，就把临街的两间房做门面，经营起了日用百货。几年过去，老嘎的身体也慢慢壮实起来。

日子顺了，手头宽了，人也活得精神了不说，断了二十年酒的老嘎，居然酒瘾也上来了。

兴许是上了年纪的缘故，爱喝酒的老嘎常常才小抿几口，还没湿到胃边呢，人可就酩酊大醉了。起初，女人还劝一劝、管一管，后来见劝了管了也白搭，也就随他便了。

往后，每逢中午或傍晚上，旮旯村的人会经常见老嘎歪歪斜斜走在街面上。

每逢老嘎醉酒进家，或醉卧沙发或斜躺在床，女人照例会端上一杯蜂蜜水或酸奶，让他解酒。当然，少不了一顿数落，尽揭老底。老嘎却像做错事的孩子，任其唠叨。末了，女人会说："这是最后一次，再喝醉酒可没人管你，就睡大街上得了！"

然而，老嘎照喝不误，女人该接还接，从没见他睡过大街……

夜 行

泥瓦工老田

老田并不老，四十出头的年纪，因长年累月做泥瓦工，每天超负荷劳作，使得他面相看着比实际年龄苍老了许多。再说，咱是一下苦力的，人家能以老相称，也算瞧得起咱不是？老田这样想。因而，他并不忌讳那个"老"字，别人称呼他"老田"，他也就感到自然了。

老田是从事房屋装修的进城务工人员，说得通俗一点就是"泥瓦匠"。从十八岁出道离开老家至今，在外做活已经二十多年了，他曾三下东北，两进山东，最后落脚河南。这二十多年来，他就精于一套活路：铺砖和贴砖。

很多人都说，装修中木工和砖工技术最能看出房屋装修的品质，看老田铺砖和贴砖，就会感到什么叫"术业有专攻"。初上门来，只见他把铲、盘、抹、刷、锤、尺、线、电动切割机等十八般兵器，往地上一摆，便开始摆兵布阵。先进行基层清理，接着弹线分格、设立标志挂线、刷浆、垫层、铺贴，待终凝后洒水养护、自检，直至勾缝。一套活路做下来，纹丝不乱，一步到位，甚是精准，基本不用纠正翻修。

犹如影视明星出场，身价高低决定着出场费的多少；

在装修界，务工人员技术水平不一，收费自然也拉开差距。老田做活很精细，但他要价高，别的工人铺一平方米砖要价十八元，同样的面积他要价二十二元，即便如此，找他做工的人仍然络绎不绝，有时需要提前一个月预约。据我所知，在我购房的这个小区里，请他干活的业主不在少数，却从来没听说他做的活被谁家挑剔过。为此，老田言语之中略显自豪："一分价钱一分货，咱是靠质量吃饭的。"

虽说老田在要价上不让步，但为人实诚，也很谦和。在给我家做活儿的空闲，与老田聊起在外做活儿的经历，发现他很健谈。他说自己十几岁就跟着大人出来搞装修，整日里干的就是铺砖和贴砖的活儿，因技术过硬、活儿干得干净利落，无论在东北、山东还是河南，找他铺砖的业主长年不断，收入也比较可观。

他是带着媳妇外出打工的，媳妇儿多数时间是当小工，快到晌午时要为他在工地上做饭，晚上收工时俩人同乘一辆电动车，有说有笑返回租住的房子，两口子看上去很恩爱。

他说自己有两个孩子，大儿子已经读高一了，在老家由父母照看着；小儿子一直跟着他们在外生活。去年市里放宽了农民工子女入学的政策，又托人找关系帮忙，小儿子就上了一所条件很不错的学校，已经读小学二年级了。说到孩子，老田的脸上洋溢着幸福，自豪地说："孩子们挺懂事，都知道学！"这时，他媳妇却悄悄将脸背了过去，也许是想在家的大儿子了……

说起老家的事，老田却流露出几分无奈："村里的青壮年都外出打工了，离村子稍远点的稻田撂荒了不少，想起来感到真可惜。可是只靠种粮食，一年下来又落不下几个钱。"我问他有没有在城里买房的打算。他摇摇头："穷家难舍，趁还能干得动重活儿攒点积蓄，过几年还回家乡去，还是在老家生活方便。"

话虽这样说，老田却不甘心再让两个孩子回到家乡去。在给我家装修完后，我们互留了手机号码，以便今后联系。春节刚过，老田果然打电话告诉我，老家那边的县高中教育质量一般，凭孩子的成绩将来只能勉强上个二本，若是将孩子转到市区来，弄好了也许就能考上个一本。因而，他要我帮忙询问，若将在老家读高中的孩子转到市区读高中，都需要哪些手续，需要找哪一级的领导才能办成事，并让我帮忙参谋参谋。

我知道，老田这些年搞装修，认识了一些有门路的业主。再说，给孩子转学也并非天大的难事。于是，作为朋友，我便如此这般地和他说了我的看法。电话那头的老田似乎认可我的主意，一个劲地"嗯哪、嗯哪，是的喽、是的喽……"

又过了些日子，老田又打来电话说，孩子转学的事有点眉目了,如果下一步办得顺利,秋季开学后就能来市里上学了。在聆听他喜形于色的叙述中,我分明感受到他言语中带着希冀与渴望。我仿佛受到感染,在分享对方快乐的同时,也默默地祈祷,祝愿这位农民兄弟一帆风顺、好梦成真……

搜 索

当年经常乔装打扮深入敌占区、侦探敌情的侦察英雄毕老爷子,进入暮年之后,却越来越犯嘀咕:如今的年轻人是咋了,怎么一个个都像我当年一样,变成侦察兵了?

瞧那一个个的神情,或行走在下班、放学的路上,或坐在书房的电脑前,或围坐在周末家庭聚餐的餐桌上,个个眼睛瞪得直勾勾的,旁若无人地摆弄着手机或平板电脑,手指在触摸屏上来回滑动,所有注意力都集中在手中发亮的方寸屏幕。有时居然如痴如醉,神秘兮兮,偶尔嘴里蹦出个词来,竟是他当年常用的行话:搜索!

搜索?搜索什么——每每至此,老爷子总是不解地摇摇头。

当明白了这"搜索"的用意后,老爷子却认真起来:

夜 行

"搜索、搜索，遇事不用心思考，不加分析和判断，一味图省事靠搜索，吃惯了别人嚼过的馍，将来是要吃大亏的！"

世上的事就这么邪，老爷子的一席话竟一语成谶。

那是夏日一个周末的夜晚，一场百年不遇的破坏力极强的飓风突袭了毕老爷子所在的C市，所到之处树倒屋毁，网络瘫痪。瞬间，C市成为一座信息孤岛。

次日清晨，大大小小、男男女女习惯了上网的"网虫"，一个个像是被飓风吹傻了眼，顿时陷入了茫然不知所措的状态……

"这可怎么办？我的老天爷啊，这可怎么办呐！"毕老爷子的孙子毕生华急得抓耳挠腮，在书房里踱来踱去，呼天号地直跺脚。

头天下班前，他接到局长从省里打来的电话，授命尽快撰写一篇利用新能源解决大气污染问题的汇报稿，急等着向省厅主管部门汇报以便争取资金。本来昨晚就该加班的，谁料刚拟出题目，尚未上网搜索资料，一铁哥们就像中大奖似的打来电话，说晚上要与一位从省城来的通天人物的亲戚共进晚餐。

作为市里确定的后备干部，他做梦都想遇见贵人，便匆匆赶了过去，因贪了几杯酒，加班的事自然就泡汤了。

本想次日早早起床赶写，谁料却上不去网了。

从上大学起，他就有了网瘾。一旦遇到不会的问题，只要开机上网搜索,一切信息便手到擒来。如此这般,总能妙笔生花,把各类材料写得头头是道。就是凭这一"能耐",他成了历任局领导御用的"笔杆子",并担任了局综合科科长。

随着阅历的增长,他竟越来越离不开网上搜索了。

此时,在这个家里,郁闷、沮丧的远不止他一个人。

作为一家合资公司主管会计的毕生华之妻,本来要在这天通过网络将报表报集团公司的,结果网络瘫痪了,她也急得直冒冷汗,因为这天是当月报表的最后期限。

还有他刚上小学三年级的儿子,正在为造句找不到合适的句子而愁眉苦脸。要是在以往,他准会问妈妈,若是妈妈说不出时,就会告诉他:"上网搜索一下。"然而,飓风的出现,也让这个认为"搜索"无所不能的孩子,知道了网络也有"逃课"的时候。

在这个四世同堂的家庭里,唯有毕老爷子坦然自若,对晚辈们那一个个焦虑的面孔不屑一顾。"怎么,没有网络了,就办不成事了?我看这网络偶尔停一停也不是坏事,人留着脑子长期不用是会变笨的!"

望着大家不解的样子,老人继续说道:"搜索、搜索,不能事事都靠搜索;就像我当年搞侦察一样,获取敌人的情报除了靠搜索,还要实地侦察一遍,甚至几遍,要不情报有误,那是要打败仗死人的。现在的网络虽是个好东西,

夜 行

但不能处处都靠搜索，该记的东西还要用脑子记！"说完，老人不由地又回忆起当侦察兵的岁月……

六十多年前，刚满十八岁的他，已在解放战争的战场上当了两年侦察兵了。起初，他走村串巷探听敌情，一次情报有误，差点被团参谋长罚去喂马。

"不入虎穴，焉得虎子。"侦察科长告诉他。

此后，他经常苦练侦察本领。当过放羊娃的他，虽然没有进过学堂，记忆力却出奇地好，侦察一圈回来后，就能指着地图口述敌人军事目标的位置及行动路线，就连多少个碉堡，分别部署在什么位置，到达敌人阵地要经过哪些沟沟坎坎、村村落落，需要多长时间等，他都能说得点滴不漏；无论白天晚上，对东南西北方位的判断，也丝毫不差，就连在一旁一边听他口述，一边在地图上标记敌方工事设置的参谋人员，也都对这个小个子侦察兵刮目相看，他也为此落了个"活地图"的美称。

"其实，我的脑子也不灵光，关键是咱没有学问，就要笨鸟先飞，人家用笔记，我是用脑记。再说打仗是要死人的，怎敢马虎？"

也许是老人的经历让大家受到启迪，也许晚辈们感到老人说得在理，或许是这场飓风让他们长了记性，从那往后，毕老爷子就很少再听到晚辈们张嘴合嘴使用"搜索"这个词了。他发现晚辈们有了些许变化：孙子孙媳不再沉洒于电脑上的游戏，又捡起了记笔记的习惯；就连一向做数学题习惯用计算器、语文造句靠搜索的小重孙，也主动放下了计算机，还经常背诵一些好词好句。

余　热

在省直坐了近三十年机关，当了十多年厅官的梁副部长退休了。

办完退休手续，他心里猛然感到轻松了许多，终于能有机会过过清闲日子了。

他打算休息一段时间之后，就带上老伴回乡下老家看看。离开家乡都快四十个年头了，虽说官做得不算小，平时也难得回乡省亲，但老家的一草一木、一砖一瓦，仍然让他魂牵梦绕。

老天似乎在开玩笑，忙惯了的人若想清闲，总也难得享清闲。

尽管他关掉了手机，想做个与世无争的逍遥翁，但家里的座机铃声还是响了。他知道这肯定是熟人，便拿起了话机。

"您好啊，老领导，我是邱继会，您的老部下小邱子——"一个满含热情的声音传了过来。

他听出来了,这是他当人事处长时,机关小车队的一个司机,早年下海经商,如今已是一家民营企业的老总。

"是邱子,有事吗?"他问道。

"也没什么大事,就是想邀请老领导到我这小山庄来喝喝茶、钓钓鱼,指导指导工作!"

"邱子,你知道,我老头子孤陋寡闻,除了工作,也没什么嗜好,既不会品茶,也不会垂钓;如今退休在家,与指导工作已不着边,就不打扰了。"

"哎哟哎——我的老领导,看您说到哪儿去了?您能赏光,那是我祖上积了八辈子德。您德高望重,我小邱子对您的为人那是百分之百的敬重。您说,什么时间来,我亲自开车过去接您!"

"邱子,咱们不是外人,找我有什么事,你就直说吧——"

"好!还是老领导爽快。那我就不见外了,我想聘您到我这公司任名誉董事长!"

"哈哈,老弟真抬举我,给我这么高的位置,那我可做不了。"

"老领导,您就别取笑邱子啦,省里的部长都让您做得顺风顺水,我这小庙里事算啥?虽说有些委屈您这大菩萨,可我是不会亏待您的,先给您配一辆高级轿车,配带套间的办公室,薪金高于现任公司领导……"

尽管对方十分恳切,但他还是婉言谢绝了。

午饭后,正想上床午休,一位不速之客登门了。

来者是他大学时的同窗好友钱朝来。原是某厅的厅长,早两年退休后,现在是一家大型企业的顾问。

"怎么样,老伙计,这部长的权杖已经交还组织了,下一步有什么打算?"一阵寒暄过后,钱厅长便关切地询问开起来。

"还打算什么?既然退休了,就好好休息呗!"

"休息,说得倒轻巧,一辈子就知道个忙,你能休息得住?别人不了解你,我还不了解?平时就是两点成一线,家——办公室——家——,连个牌场都不凑,我就不信你会享清闲?"

"闲不住,那就慢慢适应!"

"别再考验自己的耐性啦,突然之间没事干了,那个孤独啊,你是没体验过,要不我怎么会待不住了呢?这样吧,趁着身体还行,和我一样,再发挥发挥余热吧!"

"余热,什么余热?"

"其实啊,也没什么大事,就是我亲家开的那家房地产公司想聘你去当顾问。"

"我又不懂房地产,当什么顾问?"

"不懂怕什么,又不是让你抓业务!说白了,就是遇上事了,你帮着过问一下,没事就什么都不管,去不去公司上班都行……"

虽然人家是真心实意邀他"出山",但他还是让来者讪讪地离开了。

一连数天,家中电话铃声不断,上门求贤者接二连三。难免丰厚的待遇、盛情的诚邀、恳切的求助……他知道自己并非万事亨通的活神仙,别人看中的不过是他积累的"人脉资源"罢了。

看来是人算不如天算。想闲不让闲,那就趁着身体还行,再发挥发挥余热,实实在在为社会干点事吧。

不久,他就回到了阔别多年的家乡。那些天,他和老伴或走家串户,或步入田间地头,帮助乡亲们谋划脱贫致富之路,采取结对帮扶的方式,资助失学儿童重返校园;此后的半个月里,他白天深入偏远乡村调研,晚上戴上老花镜挑灯夜战,围绕留守儿童生存现状,总结出了"亲情失落、行为失管、心理失衡、安全失保、礼仪失教"等若干个特点,并形成了一份颇有参考价值的调研报告。

回到省城,他直接拨通了省关工委的电话,在得到满意的答复后,便带着那份凝聚着心血的调研报告,径直朝省关工委办公的那座小楼走去,他将在那里开始自己新的生活……

解封令

因新冠肺炎疫情禁足的人们,终于等到解封令,可以正常出入小区,去户外游春赏花了。

蜗居在家40多天的刘子琪,走出单元楼的那一刻,迎着拂面的微风,禁不住做了一番深呼吸,顿觉身上轻松了许多。

之前,有朋友看着手机上的段子念给他听:"给你一个舒适的房间,有食物,有手机,有Wi-Fi,但不能出门,你能够待多久?"他听了之后,苦笑着摇头自嘲道:"净瞎扯,像咱这整天忙得脚不沾地的人,会有这样的好机会?要是有,我待半年也不嫌烦。"

作为一家热门景区管委会的办公室主任,多年来他就像旋转的陀螺,从没有停下过。没想到,庚子年一场突如其来的新冠肺炎疫情,让这机会一下子就到了跟前。

"少出门,不聚集,不给国家添乱……"仿佛一夜之间,快节奏的生活就像踩了一个急刹车,突然慢下了来,每天叫着"忙忙忙"的刘子琪,乖乖地宅在家里。每天除在卧室、客厅、厨房和卫生间之间穿行外,就是关注疫情进展情况。起初感觉这种慢节奏还不错,可是一周过后,

夜　行

宅在家的日子已变得了然无趣,直感觉腰酸背疼,浑身不自在。

看到朋友圈里,有人晒厨艺,炸油条、包包子、手擀馄饨,几天下来,人人似乎都成了大厨。他也想试一试,怎奈缺少那份耐性,和面和到一半时,扔在了案板上。

正月初九轮他值班。开车出门,宽阔洁净的街道空无一人,呼呼的山风刮过,摇撼着树枝嗖嗖作响,更添了几分寂寥之感。

这是一条通往景区的大道,以往堵车是常有的事,每天上下班高峰常堵得水泄不通,遇上五一、十一等重大节日,能堵几公里长。这会儿,他对眼前这条熟识的大道,竟生出些许陌生感,咋也找不到往日的感觉。

车子爬上一个长坡后,已进入景区大门,除了值班的保安,见不到一个人影。他将车停放后,忍不住对着空旷的大山"哟——嗬——嗬嗬嗬——"来了一阵炸雷似的吆喝,听着山谷里荡起连绵不绝的回声,他心头略感轻松了一些。不远处被惊飞的几只乌鸦"哇、哇"盘旋一圈后,又落回了原处。

他是个不甘寂寞的人,坐在入口处那块卧牛石上,连抽了两支烟后,往群里撂出一个话题:等疫情解除后,你最想做的一件事是啥?瞬间,就有人跟帖了。

"想去小区附近的湖边散步,摘掉口罩呼吸一下新鲜空气!"

"想外出旅行,哪怕来个近郊游也行,快憋死了!"

"来一扎啤酒、三十个串,慢慢地品尝个够!"

"来份胡辣汤,外加一个牛肉包子!"

"想到单位上班,再不埋怨加班多了!"

……

看着这一条条回复,他顿时眼热起来:唉,这再寻常不过的事儿,在这个特殊的时期,却成了一种奢望。

终于盼到解封了。一大早,他就在朋友圈里发信息:本市从今天起,全面恢复日常生活秩序,正常出入小区!顷刻之间,阅读量哗哗地就过了万,也有不少朋友问:是真的吗?你看到文件了?望着这疑问,他的心里禁不住涌起阵阵酸楚。

暖暖的春阳下,街头巷尾,车流、人流渐渐地多了起来,附近的餐饮店也能堂食了。人气最旺的是小区对面的火锅店,刚过九点店外已排队取号。他取到号后,乐滋滋地给妻子打了个电话,不一会儿,妻子就带着父母、孩子赶了过来。

火锅店门口,有专人把守,顾客间隔排队进店,人人都佩戴口罩,扫码、查验、测体温、填表登记,一样都不少,样样都严格,虽说环节烦琐,但为能享受美食,顾客们都耐心等候着。此间,几个年轻人开玩笑道:"咱们不怕等,每天在外吃一顿,要挨个饭店吃个够,把这一段耽搁的都补回来。"话语刚落，人群中响起了久违的笑声。

　　暂停营业的景区也开门迎客了，刘子琪带员工们扎起彩门，奏响音乐，列队迎接恢复开放后的首批游客。按照入园必检的要求，所有游客都戴口罩，出示"健康码"，线上实名制购票，检查体温正常后，自助进入景区。虽没有往日喧哗熙攘的场面，但游客们激动喜悦的心情丝毫不减。

　　景区里各色各样的花都开了，红的像火，粉的像霞，蜜蜂、蝴蝶在花中飞舞。望着站在山桃树下的游客，或赏花，或留影，一个个脸庞被映衬得红扑扑的，不时发出阵阵笑声，刘子琪不由得在心里默默地念叨着："以后再也不抱怨堵车了，再也不为假日景区人多分流心烦了，那才是正常的光景啊。"

硬核老团长

钟铁柱身材魁梧,性格豪爽,说话高亢洪亮,早年在市剧团又当团长又唱老生。

他退休后,经不住票友撺掇,担任了夕阳红剧团团长。年根到,团里正如火如荼地筹备排练古装戏,一则惊人的消息炸了锅:因新型冠状病毒疫情暴发,停止一切文化节庆活动。全场一片遗憾声,有快嘴的女演员气愤道:"这该死的病毒疫情,可把人坑苦了!"

排练俩月的戏停演了,大伙儿还没从郁闷中缓过劲来,市里对社区实行封闭式管理的通告发布了。

除夕晚上,头锅饺子刚出锅,钟铁柱接到社区主任急火火打来的电话:"老团长,咱辖区楼院多,实行封闭式管理,仅靠社区人员值守,肯定顾不过来,我想请您老配合工作!""您就放心吧,俺是共产党员,国家有难处,俺有义务为疫情防控尽把力!"他二话没说就应承下来。老伴见他一脸严肃,便打趣道:"大过年也不安生,哪路神仙又找你讨债?"他没搭腔,眉头却皱成了川字。

没有谁比他更清楚,小区居民多是市剧团现职和退休人员,天生乐天派,老少爱活跃,居家隔离久了,哪个会耐住寂寞？可响应政府号召不能打折扣。俺老钟一辈子没误过事，这节骨眼上也绝不能掉链子。

他匆匆吃了几口饭，就顶着呼啸的寒风，提着喇叭上阵了："各家请注意，为了防止新型冠状病毒肺炎疫情发生，请大家不要串门拜年，不要聚众聚餐，不要走亲访友，出门佩戴口罩，勤洗手勤通风……"

安静的夜晚，声声吆喝如同敲击大钟，响彻在小区上空，不少人趴在窗边往外瞧："嚯，老团长又披挂上阵了！"

"小区里的人俺熟悉，值守巡查最合适。"他主动向社区主任请缨后，在小区防疫一线，就常见他闲不住的身影。

头两天还好说。第三天晚上，他在巡查时，突然发现某个楼道口传来咳嗽声，他快步上前厉声喝问道："谁，在那干啥哪？""呀嗨，是老团长啊，黑灯瞎火的，这是唱的哪出啊？"扮演了半辈子丑角的老苟，嬉皮笑脸地迎上前来。他俩搭档多年，老苟整天嘻哈没个正形，见谁都开玩笑，是个典型的老顽童。"少废话，您不知政府的号召吗？快回去，蹲在家里别出来！""嗨，这不是在家憋得慌，出来透透气，您还真拿针当棒槌使哩？要不，也来一支——"老钟猛地用手挡开他递来的烟，黑着脸道："国家有了难处，人人都该出力，咱们上年纪的人，帮不了太多忙，配合就是最大的支持！"见老团长动了真，老苟猛地把烟掐灭后，红着脸走了。

刚劝走老苟,回到门卫室喘口气,就听到小操场那边不时传来咿咿呀呀的唱腔。声音虽小,但他凭着多年的职业敏感,听得真切,心里也猜个八九分:"这个老贵妃,还是放不下那份念想啊!"——他走到跟前,见被称作"老贵妃"的老妇人,正唱得如痴如醉。她十多年没登台了,春节前排练《贵妃醉酒》,她争着抢着要演贵妃,铆足劲排练的节目被搁浅,都郁闷得找他哭两回了。他耐心安慰道:"老姐姐,快回家吧,待在家静下心,等到战胜疫情,保准让您唱个够!"望着老妇人抽抽搭搭远去的背影,他心里顿生了个主意。

那夜,小区的居民都收到一条微信,言辞虽短,其言耿耿,其情却真。

面对肆虐的疫情,老钟的神色变得越来越严肃,老伙计们取笑他:"演了一辈子老生的人,老来变成黑头'包公'了。"

大年初六,定居海外的外甥女满心欢喜带着洋女婿和孩子上门辞行,却被他老远拦在小区门外。"舅舅,俺们没接触外人,又没发烧,再说这一走,不知什么时候才相见,你就忍心连门也不让进吗?""孩子,别怨舅舅无情,现在是非常时期,外人一律不准进小区,你和女婿就请回吧,舅舅祝福你们幸福美满!"任凭外甥女再三缠磨,他到底也没松口。

自小区实行封闭式管理,他正式"上岗"后,没有放进去一个陌生人。老伴整天见不着他人影,怕他累到了,就追到岗上,心疼地问道:"老头子,电视里都说咱市几天没有新冠肺炎病例了,你这'铁门神'也该当到头了吧?"他胸脯一挺说:"零增长不等于零风险,政府没说撤岗,俺老钟绝不后退半步!"

战时物资

早年,在茹冈村人的记忆里,曾有三个人戴过口罩。

一个是村卫生所郭大夫。郭大夫从县医院下到村里医疗扶贫,经不住极力挽留,不走了,村人认为城里来的大夫戴口罩天经地义。

另一个是村小学的小杨老师。小杨老师是青岛知青,十八九岁的大姑娘,长得俊眉俊眼,洋气可人,她戴口罩,也没人觉得碍眼。

再一个就是牛倌赵大年家的小儿子赵昌盛。昌盛在部队当卫生员,戴惯了口罩,退伍回到家,口罩摘不下,下地也不离身,闲言碎语就灌满了耳朵。赵大年脸上挂不住,气得凶他说:"小子,你磨道驴戴笼嘴似的捂个破口罩,也不怕人戳脊梁骨？"昌盛脖子一拧道："谁说我不兴戴口罩？我偏戴给他看看！"爷儿俩就杠上了。

来年，昌盛考取中专，学医疗器械专业，毕业赶上好政策，贷款创办企业，专产医疗器械。他脑子活，有远见，有胆识，二十年后，企业滚雪球一样，发展成集团公司，产品远销欧美和东南亚。

望着雪片似的订单，昌盛心里纳闷："连老外都夸咱产品好，咋就打动不了俺那老犟劲爹哩？"遇上雾霾天，赵大年宁用袖子捂住嘴鼻出门，也不戴防雾霾口罩，还把头摇得像拨浪鼓："拿走，拿走，俺不稀罕那纸糊的'笼头'！"

鼠年春节，一场猝不及防的新冠肺炎疫情偷袭而来，昌盛与企业同行们被推上风口浪尖。

腊月二十五，企业开年会，他宣布放假，还给每人发个大红包。

傍晚，送走最后一批工人，他正想躺在靠椅上喘口气儿，"丁零零，丁零零——"，一阵清脆的电话铃，把他的睡意撑得无影无踪，看号码是个老客户，开口就要五十箱口罩。他以为对方是酒后开玩笑，便笑着试探道："大过年的，这东西不当吃喝，又不当年货，要那么多干吗？"电话那头一听急了，生怕被人抢走似的哀求道："求求赵老板，就这么定了，赶紧发货，我加倍付款！"

还没等他回过神儿，咨询口罩的电话响成一锅粥，库

夜 行

存的几百箱瞬间被抢订一空。

"难道是——？"他打开电脑点击武汉疫情，不由倒吸一口凉气，二话不说退掉机票，连夜发召回通知，职工一个不少被召回厂后，灯火通明的车间里，又发出机器的轰鸣声，这熟悉的声音让他有了底气。

打那起，他和工人们吃住在厂里，所有生产线全部开通，望着哗哗下线的一片片口罩，他拧成川字的眉毛，却依然舒展不开来。

寒夜里，手机铃声就没停过，求购口罩的电话打爆了，他一个劲好言解释，而此起彼伏的挖苦讽刺、嘲讽埋怨，不时地在他耳边环绕，且声声入耳，分外难听："不就是要你几个破口罩，牛啥呀牛，看你以后还用不用人！""一个口罩才值几个钱，看得像宝贝似的，加倍给钱总行吧？"他知道人在心急火燎的气头上，解释再多也没用，索性将手机扔在一旁："得罪一个和得罪十个都一样，反正我不能开这个口子。"

班子会上，他一脸严肃，就连说出的话也硬邦邦地含了几分威严："咱们眼下生产的医用口罩是战时物资，要优先保障湖北、武汉疫区需求，除此之外，任何人无权处置，就是咱爹娘老子也不行。"

看看，话说满了不是？一向不待见口罩的老爹找到厂里来了。在市县上班的几个亲戚，受指派来买口罩，都吃闭门羹后,知道昌盛是孝子,便求赵大年。老人爱面子,起早找到昌盛:"知道你为难,给弄三两箱,让俺圆圆场,不叫你爹这张老脸掉地下就行。"

"不行啊,爹,现在武汉那边急需,一只也不能给!"他把话撂得嘎嘣脆,一点余地也没留。

"好小子,跟你爹也较真?多一箱、少一箱,又能咋的?"赵大年急赤白脸,眼睛瞪得像铃铛。

昌盛见爹动了怒,含泪劝道:"爹啊,您还记得我爷爷支援淮海战役那件事吗?"

赵大年听到这里,心头猛然一震,一屁股坐在凳子上。

1948年,淮海战役打响。赵大年的爹赵老夯带头报名,参加鲁中支前小车运输队,并担任运输队小队长,和支前民工一道,部队打到哪儿,他们就跟到哪儿。遇上下雨天,就把身上衣服脱下来,盖在独轮车上,不让军需物资受损失;路上再饿,也不动一粒军粮。那次遭遇敌机空袭,他和队员们设法隐蔽粮车时,不幸被炮弹炸伤胳膊。赵老夯在世时,不知向后人讲了多少遍。末了,还意味深长地说:"战时物资,那是打胜仗的本钱,咱就是豁出命去,也不能动啊!"

见爹冷静下来,他说:"现在厂里生产的医用口罩已被定为战时物资,由国家统一调配,疫区等着救命呐!"

"别说了,俺知道怎么办,亲戚们那里,俺给你撑着!"说完,赵大年大步朝门外走去。

望着爹渐渐远去的背影，昌盛突然感到心里涌起一股热流，他抹了一把疲倦的脸，疾步朝车间走去。

疗　心

住进泛着土腥味儿的旧房里，睡在父母留下的柴床上，地产集团董事长何之锋那颗按捺不住躁动的心，终于找到安放的地方。

他觉得身痛渐渐消失，吃得香睡得甜。睡梦里，他的心被那久违的场景暖化了：幼时黄昏里，炊烟袅袅起，娘站在门前台阶上，扯开嗓门呼唤贪玩的他："幺儿——回家吃饭喽——"悠长的喊声在村子里飘得很远。他醒来一摸，眼泪流了满脸。

娘在世时说："俺幺儿从小不让人省心，这一走心就野了。"

二十多年前，那个燥热的夏季，高考落榜的他，在家躺半月，站到爹娘前："俺要出去闯一闯！"娘惊得一愣，忙把眼睛转向男人。打过仗的爹心硬，拔出含在嘴里的烟袋，气哼哼地道："哪里黄土都埋人，你有种就闯出一片天地来！"

他听了爹的话，顿感热血上涌，给娘连磕几个响头后，转身就走了。

他到省城没几天，几张皱巴巴的零钱花光了。幸好有家地产公司老板收留他，让跟着老员工催收欠款。他聪慧好学，又有主见，半年后就跑单帮了。为多挣提成，他绞尽脑汁，用尽办法。那年冬天，他为按期收回五百万元欠款，冰天雪地蹲守半月，终于追到"玩失踪"的老板。那老板漫不经心地瞥他一眼，见是个嘴上没毛的雏儿，当即来个下马威，想打发他走："小子，你要有本事把我喝倒，我贷款结清欠款！"那会儿，他感觉自己的心"怦怦"跳得厉害，却装作镇定，连眉头都没皱一下就接招了，直到把对方喝趴下，自己也胃大出血住进医院。

因他骁勇善谋，业绩颇丰，被老板赏识，一步步提拔上来。每次提拔，他的心都狂跳不止。

多年过去，等他做了公司掌门后，那心便狂跳得按捺不住了。他恨不能掘尽天下财富，拼命融资拿地，扩张开发，直至成为地产界风云人物，过足了站在镁光灯下被媒体簇拥和圈内膜拜的瘾。其实，他内心的孤独和脆弱，只有自己心里明白。长期超负荷工作，健康过度透支，年前突发心脏病，抢救一夜才醒过来，血管里放入三个支架。

住院的日子，来探望的人络绎不绝，个个来头不凡，他却感觉孤单卑小得像一粒微尘。"23号，量体温！""23号，打针！""23号——"两个冰冷的数字成了他住院的代码，护士不时地呼喊着给他做这做那。药物作用过后，

夜 行

术后痛感上来，闹得睡意全无，不禁浮想联翩。一旦想到公司的事儿，他就觉得心脏碰撞得厉害，想捂也捂不住，生怕放入支架的血管再出意外。说来也怪，每逢想到村庄、爹娘、儿时玩耍的镇边小河，还有鸭鹅觅食戏水、牛哞羊咩狗吠声，心跳就平缓下来，心情也清爽多了。

出院后，他直奔阔别多年的家乡小镇，想在此疗养一段，给心找个安放的地方。

放眼望去，镇内小桥流水，鸡鸣鹅叫。春日暖阳下，徜徉在河边的人们，散步，观鸟，赏景。小广场上，一位老年艺人说着评书，听书的人围了一圈又一圈。

走在老街上，他既陌生又熟悉。爹娘去世多年，兄弟散居各地，他不想惊动旁人，便在自家老屋住下。旁边有家心悦茶社，他抬脚走了进去。正和人下棋的店主，斜望他一眼，指着烧得咕嘟咕嘟响的水壶，笑盈盈地打着招呼："茶叶在那摆着，想喝啥茶自己沏！"说完便头也不抬盯着棋盘。他心生不悦："哪有这样待客的？"他沏壶当地产的明前茶，边品边环视左右，伴着袅袅茶香，但见顾客下棋、聊天、阅读，个个从容淡定。他仿佛受到感染，顿觉全身轻松。再看那块"和局道商"的牌匾，他忽然悟出什么，心底下对店家暗暗钦佩。

老街上有家"老何理发店"，开店的是远房三叔，他小时候没少光顾。三叔因战伤残，谢绝组织照顾，开起理发店。进得店来,发现虽简陋却干净温馨,坐等理发的顾客聊着天南海北的话题,不时发出爽朗的笑声。俩人打过招呼,三叔也没停活,边忙边与顾客搭话。令他费解的是,虽顾客盈门,却每人只收三元钱。等人散去,他忍不住劝三叔道:"现在理发哪有低于二十元的,您这也太寒碜了吧?"三叔笑了笑道:"世上的钱挣不完,够用就行,再说'有钱难买乐意',顾客信得过俺,知足了!"这番话犹如醍醐灌顶,他深吸一口气,对三叔报之一笑。

回乡一个月来,他感觉身上的优越感逐渐在消失。要返程了,他穿过闲庭信步桥,登上旁边的看台,极目远眺,广袤的田野尽收眼底,胸怀顿觉舒旷。那一刻,他感觉内心从来没有那么平实过。

无尽的任期

在县乡工作大半辈子的茅如平,从县人大副主任的位子上光荣退休了。

退休后的茅如平,人退身不退,没等缓口气,就到省城报到,开始了新的任期。这次上任不设期限,没有任前谈话,更不用讲话读稿子、开会陪会、检查调研。任务只

夜 行

有一项：带孙子。

老茅虽说官不算大，但整日脚不沾地，净忙公家事。自打儿子结婚，他就掐着指头算时间，盼着退休抱孙子。

见他那猴急的样子，过来的老同事没少损他："老小子，别高兴恁早，带孙子可没你想的那么简单，只要上了套，很难解下来，一个任期至少三年，儿媳要再生'二胎'，还得继续连任，你就攒住劲儿当孙子吧。"

"喊，也太夸张了，不就是带孙子嘛，难道比乡镇开展工作还难？"老茅不信那一套。等儿子电话一到，他和老伴就屁颠屁颠奔省城了。

说来也是，他生在五十年代，兄弟姊妹虽多，可爹娘忙着挣工分，哪有空带孩子？到了夏秋季节，各家把孩子往场边一扔，让大的带小的，就各忙各的去了。孩子间打打闹闹，磕着碰着，哭着号着，哭哑嗓子也没人管；一个个在土窝里滚来滚去，弄得灰头土脸，竟很少生病。那年月，哪家不养三五个孩子，好像没费多大事，一个个都成人了。到儿子这一辈，虽说孩子少了，但他忙得顾不上家，老婆边教书边带孩子，也把儿子带大了。

可到孙子这一辈，这套养法就不管用了。孙子刚出生，就是大动静。月子里，婆媳一个要科学喂养，一个凭经验带娃，总尿不到一个壶里。更听不得孩子哭，孩子一哭，全家上阵，慌得像打仗一样。婆婆看不过，背后直撇嘴：

"过去养恁多孩子,也不知咋过来的,要都像这样,还不把人吃了!"

休完产假,儿媳对婆婆摊牌了:"妈,我晚上带孩子睡不好,耽误上班咋办?"言外之意,傻子也能听出来,老两口赶忙把小孙子抱来跟自己睡。孙子夜里饿了哭闹,一个抱怀里哄,一个忙冲奶粉,难得睡个囫囵觉。白天,老两口买菜做饭带孩子,还要打扫卫生。儿子儿媳下班回家,饭菜已端上桌,小两口吃罢饭连碗都不洗,就躺在沙发上玩手机。劳累一天的老茅,望见两人心安理得的样子,心中不由得恼火:"咋恁不懂事,到底是谁该伺候谁哩?"眼看着那火暴脾气就要爆发,老伴赶紧使眼色制止住。时间一长,不习惯也得习惯。

孙子一天天长大,老两口越来越忙,颈椎病、肩周炎、腰椎间盘突出等陈年老病加重,很想坐下歇歇,却总也停不下来。

"老嘛老儿郎,陪着那孙子上学堂,不怕太阳晒,也不怕那风雨狂,只怕儿子甩脸子哟,稍有不周那媳妇小嘟囔……"当初听到这改了词的歌儿时,老茅只是付之一笑,不想很快就领教了。

孙子先上幼儿园,接着上小学。学校是市中心城区一所热门小学,几轮考试几番竞争,才争取到这机会,一家人比中大奖还高兴。可兴奋劲一过,由谁负责接送又摆在面前。儿子儿媳上班路途远,单位要求严,加班是常事,根本指望不上,老两口起早贪黑接送就成主业。学校离家七八里,每天五点就起床,给孙子做早餐,待孙子吃罢饭,由老茅骑电动车送到学校,一年四季风雨无阻。下午放学,他提前赶到约好的地方,比年轻时约会还准时。最后一节下课铃响,望着排队走出校门,穿着同样校服,个头差不多高,看谁都一个模样的小学生,花了眼的老茅,双眼瞪得像铃铛,生怕一不留神,与小孙子错过。

老茅粗手大脚惯了,接送学生没问题,遇到辅导作业,就好比逼张飞绣花。偏偏老师在微信群里布置完书面作业,还非要让家长批改签字。儿子儿媳顾不上,老茅只得充家长,哪知如今小学数学题太绕,他难为得望见数字就心虚,幸亏老伴有基础,翻来覆去想半天,总算能把题解开。为这,惹得老茅没少发牢骚:"这稀奇古怪的题,是考娃,还是考爷奶哩?"

不过,也有开心的时候,望着满墙的奖状和孙子得"优"的作业,老两口心里就有说不出的快乐,即便再苦再累,也觉得值了。那天,孙子拿回个双百分,老茅高兴地喝了二两小酒,得意地来回踱步,兴奋地唱起了"我正在城楼观山景……"。那会,他觉得腰不疼了,脖子不酸了,腿也不抽筋了。

过年回家,天南海北带孙子的老同事,像候鸟一样都回乡来了。难得相聚的他们,个个兴奋得都像"老顽童",难免拿对方开涮,问感受如何。老茅嘿嘿一笑:"自从有了孙子,我就成了孙子!"他问人:"你们咋样?""半斤对八两!""乌鸦落在猪背上,谁也别笑谁黑!"众人纷纷附和,都笑出了眼泪。

笑过之后,很多人不再言语,他们清楚,说归说,笑归笑,过罢年后,又要踏上漫漫带娃路,除此别无选择。

车 位

陆晓琪这些年过得不易,省吃俭用还罢十年期房贷,还没顾上喘口气,又一件头疼的事摆在面前。

"这年头,没啥不能没车,没车就没底气,连同学聚会都觉得没面子去。"不知从啥时起,没车竟成了一块心病,望着媳妇喋喋不休的样子,陆晓琪的头都大了。

"李哥买福特锐界了,那款式简直没法比!""小刘刚换了奥迪 A6,那车型帅呆了"……几年前,朋友圈里"有车族"还凤毛麟角,转眼间就普及了,"没车"倒成了少数一族。每遇同事或朋友议论车,陆晓琪心里就像猫抓一样。

那天,媳妇又怨妇似的在嘟囔,陆晓琪听烦了,生气

夜 行

地把脚一跺说:"不就是一辆车吗,买!大不了再当几年车奴。"

他还真痛快,交了五万元首付,又贷款十二万元后,便将一辆雪佛兰轿车开回家,从此加入有车一族。

没车的时候,做梦都想有,总以为有车倍儿爽。哪料有了车,稀罕劲没过,烦恼就来了。

当初买的二手房属于老小区,逼仄的院落里,勉强划出的车位像熊猫一样稀缺,私家车多得却如过江之鲫。有车没车位,那叫一个尴尬,下班堵了一路回到家,车主个个都像渔船上的鸬鹚,伸长脖子瞪大眼睛找车位,左看右看连个空隙也难见,心里的火不由得腾腾腾往上蹿,有车主愤愤道:"天天为个车位着急上火,这叫什么事啊!"

见惯这景儿的老门卫听了,把嘴一撇揶揄道:"就这点耐性,别说着急上火,碰破头也没用,这可不认宝马还是奥迪,找不见车位一样傻眼。"

这倒也是,如今城里房价居高不下,寸土寸金,房子盖得比园子里的树还稠密,哪有空闲地方划车位?即便地下车库划有车位,也是僧多粥少,贵得令人咋舌。更何况,随便一个家庭都有一辆车,有的还不止一辆车,恁多家庭得有多少辆车?停车难就成了小区的头等大事。

活人总不能叫尿憋死,小区内车位严重不足,车主们便八仙过海———各显神通,盯着路边打主意。

到了傍晚，毗邻的街道停放的全是车，街有多长，车停得就有多长，乌压压一片，望不到尽头，宽阔的路面，被生生停成了胡同。往外延伸就是主干道，再停没准就会被贴条领罚单。

偏偏陆晓琪在单位又是业务骨干，三天两头要加班，等他下班回家，路两边早被停得严丝合缝。他开着车转来转去，转到头晕也未必能找到车位，心里那个堵啊。无奈之下，只得凭侥幸在临近主干道旁违停，有那么一周，他竟一连吃了三张罚单，眼看着六张百元人民币瞬间哗哗哗地成了罚款，他心疼带郁闷地都快崩溃了。

看着儿子着急上火，从乡下来的老爹老妈坐不住了。两人商量来商量去，愁得几宿睡不着觉，也没想出个法子。那天后晌，老两口上街遛弯，路过马路边一菜市场，看到收摊的商贩铺条麻袋、摆个纸箱占摊位，老妈忽然灵机一动，不由得迸出一句："有了！"老爹忙问："有啥？"老妈忙不迭地催促道："快！快！赶紧回家，咱也替儿子占个车位去。"

起初，有车主看到空闲的车位上，忽然冒出一老头或一老太太，心里免不了嘀咕："咦——这是谁家老人不消停，哪儿不能凉快，偏坐到车位上？"就催道："哎，老人家，请让一让，我把车停下。"

"呵呵，这车位有主了！""这不明明闲着吗？""抱歉哈，这车位，俺家占住了，娃儿开车一会儿就回来！""这

夜 行

行的哪门子理啊？车没回来，人倒先把车位占了，都这样占来占去，那不乱套了吗？"没几天，有些业主纷纷效仿，为抢占个车位，地锁、凳子、旧轮胎、破自行车，能用的都用上了。没有占到车位的业主，忍不下这口气，跑去找物业理论，物业也没招儿，还是社区领导出面制止了事。

没过两天，陆晓琪的车又被贴罚单了。省吃俭用惯了的老两口，比儿子更心疼啊。没法子，两人再次拉下老脸，跑到临街的路边占起车位。

冬天来了，坐在冰冷的路边，被凛冽的寒风一吹，老爹患重感冒病倒了。望着打着点滴的老人，陆晓琪愧疚得眼泪都掉下来了。

"咱干脆把车处理了吧，也省得再生气遭罪——"陆晓琪与妻子商量起此事。

"哎呀！你们这也太脆弱了吧？为这点事卖车不值当，咱们不是天天都这么过来的吗？"同事、闺密倒也习惯了，就劝其再斟酌。

就在他们为卖不卖车纠结时，从市里传来喜讯，政府年内要在市区新建或改建二十个立体公共停车场，年底完工投入使用。

陆晓琪那个乐呀，总算让宝贝疙瘩有了栖身之处，再也不为有车没位的事尴尬了。

每天下班路过附近正在建设的立体公共停车场，陆晓琪总要停下来去看看，回到家就与妻子和父母讲，连夜里做梦都说："快啦，快啦，终于盼到车位了！"

丑 子

丑子是条狗，是羊倌来福养的一条狗。

那年冬天，来福赶羊入圈时，见一条长满疤癞的小黑狗蜷曲在羊圈檐下，怯生生地望着他。来福独身一人，以放羊为生，白天与群羊为伴，傍晚回到家，冰锅冷灶凉炕头，也没个知冷知热的人。

也许惺惺相惜，他回屋拿出半块窝头，弯下腰递到小黑狗嘴巴前，那狗嗅了嗅，便叼进嘴里大嚼起来。

次日，来福开门时，见小黑狗蹲在门前，朝他摇起尾巴。他不由得叹道："唉，俺一人吃饱，全家不饿，养不活你，你还是另寻主人吧！"一连几天，来福连哄带吼撵它走，小黑狗却赖在地上不动，就在来福家住下来。

半年过去，小黑狗长成一条强悍威猛的大狗，来福给他取名"丑子"。白天，丑子帮来福赶羊上山，晚上就卧在羊圈边，像个守门神似的护着那群羊，不仅让来福省了不少心，也让他觉得这日子过得越发有滋味。

夜 行

一个月黑风高的雪夜，一只金钱豹突然跃到羊圈前。丑子警觉地浑身毛都竖起来，边狂吠报警，边摆出扑咬的架势，与金钱豹对峙着。那只饿极了的金钱豹，一跃而起与丑子撕咬成一团，"嗤"的一声，丑子的左耳朵连同半拉脸皮，被金钱豹锋利的犬齿撕掉在地。受伤的丑子越吠越凶，抵挡金钱豹难以靠近圈门。被惊醒的来福，抓起挂在墙上的火铳，朝羊圈那边"砰"就是一枪，金钱豹落荒而逃。来福赶到羊圈前，见丑子卧在圈门旁，大片的雪被染红了。来福赶忙将它抱回屋里，上药止血，心疼得眼泪都掉下来了，动情地说道："你就像是俺相依为命的弟兄，俺往后只要有一碗饭，就不会少你半碗！"

痊愈后的丑子，少了一只耳朵，半边脸也少皮无毛，看上去更丑了。来福却不嫌弃，一口一个"伙计"地叫着。

得到主人赏识的丑子，也更加卖力。除帮来福赶羊，还学会了捕猎，逮野兔，擒猪獾，捉山鸡，让来福没少享口福。

转眼间，又到春夏之交。来福懒洋洋地将羊赶到南草甸子后，困乏地靠着树睡着了。不一会儿，一条长蛇吐着芯子爬了过来。卧在草丛中打盹的丑子，猛然打个激灵，扑上前狂吠起来。来福被吵醒后，望着眼前的一幕，赶忙爬起身，感激地对着丑子伸个拇指。

在山上待久了，来福掌握了下套捕猎的绝招。他常常在猎物可能出没的地方,铺设一根结实的绳索,一头固定在大石头上,一头挽个活套,一旦猎物的爪子踏入绳套,再拼命挣扎也难脱逃。

几年过去,来福的心越来越野,丑子捕猎的技巧却退化了,多少本该到手的猎物,都因它反应不灵敏,眼睁睁地让其溜掉了。

那年开春,赶羊上山的来福,远远望见一只狍子被套住前腿后,还在拼命地挣扎。他赶忙朝丑子使个眼色,会意的丑子箭一般冲向狍子。谁料,就在丑子与狍子扭在一起的瞬间,却见狍子挣脱绳套跑了。急得来福直喊:"丑子,快追啊!"丑子竟跳跃着朝他奔来。

眼见着狍子挺着隆起的肚子,吃力地向旁边树林跑去,来福丢开羊群,撒腿要去追狍子,却被迎上前来的丑子拱个跟头。"娘的,你这傻东西,不去追狍子,拱我干啥?"他猛地翻身站起,正要去追时,又被丑子拱翻在地,眼巴巴地看着狍子钻进了树林。

来福上前望着被咬断的皮套,再看看眼前的丑子,顿时明白过来,气得举起羊鞭一顿狂抽,丑子竟趴在地上一动不动。回到家后,来福还不解气,又将丑子关进盛放杂货的小屋,想饿它几天以示惩罚。

深夜,怒气未消的来福躺在床上翻来覆去睡不着,睁眼闭眼都是那只狍子挺着肚子挣扎的身影。猛然间一个念头划过脑海,他悔恨地捶了一下头:"我真糊涂啊!"

他翻身下床拿块馒头,朝杂货屋走去。看着丑子大口吞吃的样子,他弯下身把手搭在丑子背上,丑子也用头摩挲着他,嘴里轻轻"呜呜"着,像是在诉说着什么。

仕 途

农大退休的刘教授自打从C县旅游回来,心情就如同进了雾霾天,总觉得看不清也辨不明,咋想咋感到心里憋得慌。

站了大半辈子讲台的刘教授退休后,常接到在各地工作的学生相邀去旅游的电函,这番古道热肠,让他心里暖烘烘的,就觉得教鞭没白拿。

趁着高照的秋光,刘教授应邀去了趟C县,这里有他两个学生在任主要领导。先见到的是在高山乡任乡长的李国干。高山乡偏居三省接合部,平时进趟县城都难,国干在此地任现职已近十年。

当刘教授坐着长途中巴车到乡政府后,却没见到要找的人,一问说是乡长下乡检查秋收秋种去了。直到天擦黑,才见到匆匆赶回来的李国干。望着他那上衣汗渍混着尘土,挽着的裤脚上沾满泥点子,脸被太阳晒得黑不溜秋的样子,刘教授觉得这国干不像国家干部,倒像过去的生产队长。

那几天里,刘教授就被安排在乡食堂就餐,晚上与国干合睡一床。忙得不能分身的李国干,白天下村时,摩托车前把上挂个兽药箱,后座上载着刘教授,并笑言忙秋看景两不误。

起初,刘教授还纳闷,你当乡长的下乡咋还背个兽药箱嘞?猛然想起国干读研学的是畜牧兽医专业。国干也仿佛看透了老师的心思:这山区犁地主要靠牛,这个时候可不能让牲口趴下了。

一路走下去,刘教授就发现田间劳作的村民不住地与国干打招呼,热络得就像天天见面的邻人。有的还把他拉到自家田里,商量着该施啥肥该种哪个品种,俨然把他当成了自家人。

在外劳累一天,傍晚回到住处,国干到街里买几个小菜,师生俩便对饮上几杯,彼此都不见外。

刘教授问,就没有动一动的心思?

国干就说了,刘老师,还记得本科毕业那年,您教我们背诵"人生要做一块砖,哪里需要哪里搬,建到高楼不骄傲,让盖窝棚不悲观"吗?对于职务或岗位动与不动,不是我自己能说了算的事,没让动证明这里需要我。再说干到今天这一步,我也知足了。我爹当初给我取名"国干"，就是希望我能吃上公粮当个国家干部，现在虽然只是个科级，但也是整个家族的荣耀啊！

话说得动情，酒喝得酣畅，师生俩心里都觉得畅快。

告别了李国干，刘老师便被另一个学生徐一相派车接到了县里。

徐一相与李国干是同一届的学生，现任C县县委书记，是李国干的顶头上司，也是刘教授的学生中，在仕途上进步快、级别高的几个得意门生之一。

徐一相果然不忘师恩，当晚便辞掉所有应酬，专门在城郊找一农家乐款待刘教授。

住宿就安排在附近的宾馆，徐一相每天都抽空过来陪刘教授就餐或叙旧，还专程陪他看了属地两处闻名的景点。其间，刘教授边走边看，深为C县的巨变所折服，不住地夸赞徐一相有眼光、有魄力，治下有方，使县位居省"十强县"之列，并勉励他再接再厉更进一步。

谁料，对刘教授的话，徐一相要么苦笑不语，要么连连叹气。细问之下，才知他近两年仕途不顺连续受挫。年初，正值市县换届，他踌躇满志地以为能"更进一步"，不料却与W市副市长的职务失之交臂，没有进入厅级干部序列。

刘教授便宽慰道："没关系，你还年轻，又有能力，一定会有机会的。"

"唉，若没相当的人脉关系，能力再强又能咋样？与我同期任现职的党校学员中，厅级的已有好几个，副部级的也有了——"话到动情处，徐一相难过得眼泪都掉下来了。

看到门生心酸的样子，本想再住几天的刘教授，突然起了回家的念头。

咦，邪了门啦，为啥进步慢的无怨无悔，安心做事，进步快的倒显失落，有了想法？回到家的刘教授，对两个学生仕途上的事，百思不得其解。

次日晨起，老伴端上炖好的羊肉汤，他咂咂嘴觉得有些不对味，仔细一问，问题出在了香菜上。原来是自家房前种的香菜吃完了，这是昨天刚从市场上买的大棚香菜。

"怪不得呢，大棚菜速生速长，没有经过冰雪严霜，自然缺少那股幽幽的浓郁气儿！"此话出口，刘教授顿时明白了什么。

还 乡

"都退休的人了，放着清福不享，却偏要回村当调解员，图啥哩？"任凭老伴儿和子女规劝，常振邦执意带着铺盖和衣服，登上通往乡间的公共汽车回村了。

夜 行

深秋时节,寒意料峭。没了专车的常振邦,大步走在蜿蜒的山道上。

离村近了,他不时与人打招呼,乡亲们在亲热的应答中,不免露出疑惑的目光。

在家乡,老常"官"不算小。干六年镇长三年书记、当十五年副县级干部,调市里任五年信访局长退休。

"嗨,常叔,您回来也不让人通知一声,俺好去接您——"正带人修路的新任村支书吴鹏,一溜小跑迎上前来。

"我生在这儿、长在这儿,回家还用接?再说,我退下来,就是一普通村民,今天正式向你报到!"说罢,哈哈大笑起来。

"有您老回村指导,俺心里踏实了!"吴鹏恳切地说道。

"指导谈不上,当个维稳安全员兴许称职。如今咱们的日子好过了,可不能只顾'富口袋',而忽视了这里啊!"老常说着指了指自己的脑袋。

望着频频点头的吴鹏,他道出今后打算:"我这次回村就干老本行,做个民事调解员,也许能发挥点余热。"

吴鹏深知老常的苦心。前些年,村里因疏于民事管理,赌博、斗殴成风,矛盾纠纷不断,是出了名的"乱村"。

次日,"老常调解室"便成立了。事也巧,开门不到一个时辰,有人找上门了。

"老常兄弟,你可要为俺主持公道啊——"村民张宇刚进调解室,便声泪俱下哭诉开了。同来的村民张豹却梗着脖子,怒气冲冲地道:"哼,大路朝天,各走一边,找谁也没用!"

张豹脾气暴、爱耍横,因翻盖老宅,将地基外移半米,占了张宇家出路,两家争吵月余,一直僵持不下。

面对这个倔劲头,老常笑脸相迎,劝其坐定,每人倒上一杯水后道:"都静静心、消消气,把心里的委屈和想法,说出来让我听听。"

待弄清原委,老常猛然问张豹:"豹啊,你娘身体还好吧?"被问愣的张豹点点头。"记得我当镇长那年秋后的一天夜里,你娘得急病被抬到镇医院抢救,还是你张宇叔去找我借的钱哩。"这话如平湖里投进一颗石子,惊得张豹张大了嘴巴。老常见火候已到,话锋一转又问张豹:"豹啊,你当兵好像在南方吧?"张豹随口答道:"是的,常叔,俺当兵在安徽桐城。""哦,桐城有七省通衢之称,有个六尺巷,你去过吗?"老常接着问道。一听六尺巷,张豹羞愧地低下了头:"常叔,俺懂了,回去就改!"

望着二人远去的背影,老常还没顾上喘口气,一阵争吵声传来:"这回看你还有啥话说!"村民刘彪子被人拽进调解室。

来人一脸怒容，粗声大气斥责着刘彪子。刘彪子却歪头、撇嘴，一副满不在乎的样子。老常凭经验猜出几分，上前劝着对方："兄弟，有话好好说，把手松开——"

"这个赖货，当初贩柿饼，借俺五万元钱，说半年后还，都三年了，俺连个钢镚也没见，这人呐！"来人委屈的声音都变了调。

"借钱还钱，天经地义，你凭啥拖着不还？"老常盯着刘彪子问。

"手头紧，没钱！"刘彪子蛮横地甩出句话后，把脸扭向一边。

"他瞎说，整天开着小车进城胡吃海喝，不信他没钱！"来人心中的火又被点着了。

老常摆摆手让其坐下，耐心开导刘彪："借钱不还，一旦被列入失信被执行人名单，那麻烦就大了！"

"大不了把俺抓去坐监，吃饭睡觉还有人管哩！"刘彪子摆出一副死猪不怕开水烫的架势。

"你自作自受要坐监，没人拦你，总不能看着娃儿升学受影响吧？"老常严肃地说。

"咋？这会影响娃儿升学？"刘彪愣住了。

"当然会影响！"老常随即为他讲了几起失信被执行人典型案例，活生生的教训，让刘彪子听着汗都下来了，他当场签下还款日期。

春风化雨,润物无声。几年过去,村里夫妻吵架、邻里不和的少了,孝老爱亲、互助互爱的多了;好逸恶劳、惹是生非的少了,勤劳致富、发展产业的多了……村子成了远近闻名的文明村,老常还荣获了"全国人民调解工作先进个人"称号。

进京领奖那天,村里就像过大年,村民自发组成欢送队伍,簇拥着老常走了很远很远。

脊梁骨

五十年前,林大奎被录用为国家干部那天,当牛把式的爹送他到村口,语重心长地叮嘱道:"娃啊,咱家祖祖辈辈种地,没出过吃公粮的官,你可得把持好,凭良心做人做事,啥时候都不能让人戳脊梁骨哪!"他郑重地点点头,接过铺盖卷,大步朝前走去。

林大奎勤奋好学,不惜力气,从公社农林办干起,十几年过去,便升到公社书记。无论岗位咋变,他那模样好认,衣裤上泥点子没断过,脸也晒得黝黑。有社员小声议论:"这哪像国家干部,倒像咱黑脸队长。"

林大奎虽然是公社一把手,可他却没当回事,有空就爱往下跑。春耕播种，他下到田里犁耙耧，使唤牲口，轻车熟路；"三夏"大忙，他弯腰弓背，挥镰如飞；冬闲时节，他带领社员开荒造田、拦河筑坝、修渠引水，让辖区荒山秃岭披上绿装，荒坡土沟长满庄稼，乡亲们都吃上了白面馍。

二十多年后，儿子林刚也被上级任命为镇党委书记。上任前，林大奎想送一程，把多年工作经验说道说道，哪知儿子对他的教诲和嘱托敷衍一番，就起身赴任了。望着儿子西装革履远去的背影，林大奎不由得在心里骂道："瞧那德行，还以为上门相亲咧？"

林大奎退休后，在家闲不住，常到乡下走访老友，都是在位时结下的穷亲戚。有一阵子，村民对乡村干部牢骚多，他听着心里挺不是滋味。那天下班前，他走进镇政府院子，楼上楼下转一圈，静悄悄少见人儿。正好老门卫从外边回来，他直奔主题，对方也不瞒他："乡镇干部家都不在本地，上下班就像走读。"林大奎听了觉得别扭了。

碰巧儿子来看他，他说起这事，林刚一脸淡定。望着儿子那满不在乎的样子，林大奎忍不住爆了粗口："奶奶的，群众办事连个人都找不到，能说你好？！"老伴就在一旁数落他："都退休的人了，还管不住那张嘴！"

他心里不忿，胸脯拍得砰砰响："领着国家发的工资，不扑下身子做事，对得起良心吗？咱不能让老百姓戳脊梁骨哪！"往后，每见儿子一回就批一回，爷俩就成了反贴的门神。

最近这些年,爷俩相处大变样了,好得就像一个人。当副县长的儿子不再躲老头子,还常打电话取经;老头子也甘愿当"参谋",乐为儿子支招献策。

林大奎再下乡访老友,气顺了的村民话也甜了:"老书记,驻村干部帮咱百姓办实事哩!"

在鸡窝岭村,村民向他反映,驻村第一书记刘伟初入村时细皮嫩肉,如今与村民没两样,还开通网上销售渠道,引导群众发展特色经济,乡亲们种的瓜果再不愁卖,家家户户富起来。夹皮沟村老乡告诉他,水井打好了,道路硬化通车了,文化家园建成了,就连村里的狗,见了包村干部,也直摇尾巴。回到家,听来看望他的儿媳说,儿子两个多月没回家,在最偏远的阴山窝村抓脱贫攻坚哩。

听着群众的夸奖,回想所见所闻,林大奎那布满皱纹的脸笑成朵花儿:"老理说得好,是骡子是马拉出来遛遛,这一遛不就知道干部作风是好是差了吗?"

最熟悉的陌生人

金阳光集团董事长周大山办完退休手续,婉谢社交活动,直奔乡下老家去了。

夜 行

回到家时，当了一辈子车把式的爹，正在捣鼓那套古董级的马具，有一搭没一搭地问，狗儿，这次回来没声张吧？

没有，爹！他回答得干脆利落。

嗯，老话说得在理，做人安守本分，能耐再大也要夹着尾巴做人！老人边低头忙活，边自顾自地说。

牲口大了值钱，人大了不值钱哪。老人似乎没觉察他的变化，仍头也不抬地说。

话到这份上，他又添一份失落，嘴角划过一丝苦笑。

虽说大半年没见面了，父子俩却热乎不起来。爹依旧摆弄马具，他只得搬个木凳坐一旁，静静地看爹忙活。

"咳——咳——"，一阵冷风吹来，爹禁不住咳嗽两声。他连忙递上湿巾，却被那布满老茧的手挡开了。

望着爹那原本弯曲的脊背更弯了，他心头猛然一颤，突然感觉这个曾让他畏惧、让他怨恨而又让他崇拜的人越发苍老了。

在任时，他忙得脚不沾地。临近退休，他婉拒丰厚的返聘，悄然回到乡下老家，为的就是补偿那份渴望已久的孝心。

谁料，爹对他依旧冷淡。这老头儿，眼看活一辈子了，脾气还这么犟，要么没句话，要么说话像撂砖头，硬邦邦的，能把人噎死。

爹啊，你在想什么，难道你的心比石头还硬？大半辈子了，咋就看我不顺眼？

记得小时候，别人家的孩子考试得满分回家撒娇，我却不敢；别人家的孩子跟爹赶集缠住买这买那，我也不敢；别人家的孩子偷摘生产队的瓜果，我更不敢……

那年秋假里，狗蛋儿领着我们几个小子偷摘生产队的苹果，我胆小不敢进园子，便站在墙上望风接应。

随着"嗖——啪——"的马鞭声响起，我顿觉背上被马蜂蜇了一样，疼得掉下墙来，额头也磕破了，却见你手持马鞭破口大骂：小小年纪敢偷苹果，长大就是做贼的料。

七七年恢复高考，我考取全县头名状元，就连县里领导都到家祝贺，风风光光地为你挣足了面子。可你却硬说干啥也没种田牢靠，钱多钱少在哪儿都是混一辈子。

也许为赌这口气，我在省城大学毕业后，从技术员干起，一路打拼成上市企业董事长和全国劳模，总算熬出个人样了。可每次回到家里，却怎么听不到你一句软和话呢？

爹啊，娘去世早，您也是奔九十的人了，还能享几天福？儿想孝敬你都难啊！

几年前，上面对公款吃喝还没有专项规定，管得也不严。收罢秋，您过寿，为撑面子，我提前回家征询意见，竟惹得你火冒三丈。末了，只好在家吃顿长寿面了事。

夜 行

事后在村里落下一大堆闲话。"三癞子"那货还在同学圈里散布消息,耻笑我"白当上万人的企业大拿,连场寿宴都办不起"。屁!要不是他那黑心矿主老爹使钱给他砸个副乡长,他算啥东西?

逢年过节,你不愿进城。到年根,我只好带媳妇孩子回家陪你过年。可每次回乡,乡邻们总拿村东头赵华与我比。赵华不就是在县里当局长吗?听说每次回家,车后备箱塞得装不下。到村口还打开车窗臭显摆。其实,论官职和地位,赵华在我面前那是小巫见大巫,他到省城拜见我,还得提前一周预约哩。

可话说回来,我在你面前又算啥?平时让你训得就像戴着笼头的牲口,想多吃多占,门都没有。就连回家给你带点补品,还被你查问来查问去。

唉,这再好的马,也有卸套的时候,多金贵的东西,派不上用场了。忙活够了的老人望着那堆马具,不无惋惜地自叹道。

爹,我退下来了——见老人开了腔,他趁机道出了回乡的原委。

嗯——退了?退了好啊!要说这退休啊,就跟卸套没什么两样儿。

瞬间,老人又像想起什么似的,面色又变得凝重起来,盯着他问:你负责的那一大摊子事儿,底儿都弄清了?

都清了,离任审计没有任何问题!他底气十足地回答道。

清了好啊!儿啊,人这一辈子,安莫安于知足。哪有爹娘不盼娃有出息的?别怨俺对你当初阻拦,往后冷淡——

还记得你小时候,我带你给祖上上坟时,每次都给地头上那无主坟烧一份纸吗?那是你亲大伯啊!只因他一时糊涂,在外贪污腐化落得身败名裂,死后连进祖坟的资格都没有了。

那时,我就想以后若有了后代,就让他们安心种田,虽说日子苦些,却能求个平安啊。

可是,自打你成公家人后,我心里再也没有踏实过。为啥老给你摆脸子?那还不是怕你一时得意,走了你大伯的老路。

望着频频点头的儿子,老人长吁了一口气道,儿啊,你能平安地退下来,俺的心再也不用悬着了,就是到了那边,也有脸面去见你妈了——你说是不?

听着爹少有的温言细语,他泪眼婆娑地点点头。

夜行

跛子师傅

天刚麻麻亮,镇子就被商贩们此起彼伏的吆喝声唤醒了。

白铁师傅梁大全站在店铺门前,端着那把油腻腻的紫砂茶壶,就着壶嘴,边咂边看街上的景儿,不时地跟路人打着招呼。

他身后的铺面陈设简单,锤子、钳子、剪刀、铁砧,几张白铁皮,一条兼作工作台的枣木板凳,一把竹躺椅,几把小板凳,就是工作间的全部家当。

老梁当了大半辈子白铁匠,干惯了活儿,闲不住,一天不动弹,浑身就不得劲儿。他一年四季开门最早,却半天碰不上一单生意,补锅修壶的人越来越少了。没开张,他也不沮丧。早晨醒来,脸不洗,先泡壶热茶,过足茶瘾,身上舒坦了,他再系上那条黑不溜秋的围裙,坐在铁砧前,叮叮当当地忙活开了;累了,往躺椅上一歪,打开戏匣子,爱听那越调《诸葛亮吊孝》选段:"想当年破曹兵大战赤壁……"随着唱腔进入戏中,他眯着眼,晃着脑袋,硕大而粗糙的巴掌在扶手上有节奏地拍打,一副惬意的样子。

到半晌,杂货铺的老周、卖膏药的老陈,会雷打不动过来找他杀上两盘。正杀得不可开交之际,有顾主进店来:"梁师傅,这锅咋不经烧哩,才用两年就漏水了,给补一补?"

难得接下一单活儿,老梁忙把棋推给观棋的老周或老陈,接过锅端详一番,道:"别补了,换底儿吧,补了不耐用,过会儿来拿。"

征得顾客同意,他便顾自忙活起来。圆锤、扒锤、铆锤、叨锤轮番使用,叮叮当当之间,锅就补好了。

顾主取锅时问:"梁师傅,多少钱?"

"看着给吧!"

到他这儿的并不都是大方的顾主,遇上小气的主儿,撇个三五块钱,他也乐呵呵地接住。

老周、老陈瞅见后,脸上不悦了:"咦,你咋恁好说话哝?忙活半天,俩小钱就给打发了?"

"话不能那么说,人家能找上门,心里还装着咱不是?"他那副知足的语气,让老周、老陈听得面面相觑,不解地摇头道:"咦,看不出年轻时恁张狂的人,老来修炼成佛了!"

说话间,外边吵吵嚷嚷开了,门前卖水果的小伙子与初来卖青菜的小伙子为争摊位打得不可开交。被人拉开后,卖水果的把青菜扬得七零八落,卖青菜的一脚踢翻水果筐,俩人捏着拳头怒视对方,随时准备再干一架,周围摊贩吓得纷纷躲闪。

夜　行

老梁跛着一条腿往中间一站，劝道："年轻人，比画两下就完事儿吧，谁没年轻张狂过！"

"去去去，关你什么事，一边儿待着去！"卖青菜的小伙子显然吃了亏，上前要把他推开，反被他扒拉到一边去了。那小伙子惊愕地问："你谁啊？"

"他是谁？东关白铁铺的'梁大拳头'，不认识了，回家问问你爹去。"老周干笑两声开腔了。

尘封已久的绰号猛然被人提起，老梁像被揭了老底似的脸腾地就红了。

他从小没了父母，吃百家饭长大，小学上三年，就辍学混社会，落得天不怕地不怕。当白铁匠的舅舅怕他惹是生非，硬招他做了徒弟。三年学成出徒，开始自立门户。怎奈他性格倔强，脾气火暴，三句话不来就动拳，捞个"大拳头"的恶名，谁见了都躲着走，手艺都快荒废了。

那年，舅妈领回个孤女，想给他撮合对象磨磨性子，俩人一见钟情，都板上钉钉了，哪知姑娘一打听，道声："俺可不跟他活阎王过日子——"吓跑得没了影儿。

他孤身一人，独来独往，倒也逍遥自在，可架不住肚子饿，便耐住性子赶起四集。那天集市上奇冷，半晌就没见人儿，正愁午饭没着落，来个修壶的。他赶忙起身接过，边哈着热气暖手边修起壶来。

壶修好了，那人问："多少钱？"

他说:"五毛!"

"三毛中不?"

"五毛,少一子儿都不行!"

"就三毛,多一个子儿也不给!"偏偏那人也是个"犟驴"。

他二话不说,拿起钳子"啪嚓"一声,就将补好的壶底揪了下来。那人攥住拳头就迎上来,俩人打得昏天黑地。谁料这次碰上了硬茬子,他被打得胳膊脱臼,腿也被踢折了。

"哎呀妈,疼死我了——!"他捂住伤处龇牙咧嘴。

舅舅边为他接骨疗伤,边劈头盖脸地训斥:"不疼你小子能长记性吗?平日里张牙舞爪,动不动就会抡拳头,一言不合就和人干架,不听说不听劝的。这倒好,让人教训教训,也好让你知道天外有天——你这爱冲动的毛病不改,迟早是要吃大亏的!"从来吃不得亏、得理不饶人的他,这回长了记性,可腿却跛了。

脾气变好了,生意也多起来,几年后,他就在镇上盘下这家店铺,还娶了媳妇,有了一个温馨的家。二十年后,他又给儿子置下一处房产。

一晃就上了年纪。人老了,就觉得年轻时的张狂幼稚可笑,念念不忘"家和万事兴,和气生财"。商户间有了矛盾,都愿找他说道。他也乐做和事佬:"吵架真伤感情,不管是谁的错,能原谅就原谅。以和为贵,虽说受点儿小气,可换来生意上的顺畅,多划算哩!"

多年过去,他落个好人缘。那年,县里表彰最美商户,他高票当选。邻里乡亲教育孩子也拿他做榜样,他却难为情起来:"年轻人难免张狂,关键要知错就改,改了就不能再犯。人这辈子,就像过独木桥,没有回头路可走啊!"

那些犯错的年轻人听得频频点头,心想:这跛脚师傅的脾性咋恁好呢?

较 劲

茹冈村编写村志,要论村中名人,有俩人绕不过,一个是牛登科,另一个是侯人相。

20世纪50年代,村里能读到初中的没几人,高中生更稀罕,这两人却双双考进省城的大学。

两家世代为邻,俩人又同年生,小时候好得像一个人似的,成年后却成了出锅的麻花——拧上劲了。

有人传言,说他们同在省师范大学读书那会,都对"班花"心仪已久,暗着较上劲儿。临近毕业,那"班花"却跟省城一公子哥儿好上了,面对情何以堪的结局,两人产生了嫌隙。

这话传到牛登科耳朵里,他好像被人揭了短一样,面红耳赤地争辩道:"哪有的事儿,净瞎扯淡哩!"

侯入相听了,却哈哈一笑反问道:"竟有这等美事儿,我咋就没印象呢?"

又有人说,这两人心存芥蒂,可能与工作分配有关。毕业前夕,学校邀请英雄事迹报告团到校作报告,战斗英雄的先进事迹听得学生们热血沸腾,纷纷递交申请书,决心"到艰苦的地方去,到需要的地方去",结果牛登科去了全县最偏远的乡村,专心教书到退休;侯入相却托人找关系留在县城,后来还当上县教育局领导。

是否因此起的隔阂,年代已久,无从考究,不说了。

两人退休后,都选择回乡养老,抬头不见低头见,偏偏较上劲儿了,哪天不抬杠,都觉得心里痒。

那年春上,省城来人考察乡村旅游,对村头那棵古槐产生了兴趣,就问起这树的历史。

"据老辈人说,这是清朝乾隆年间栽的树,都200多年了。"坐在树下乘凉的侯入相接上了话茬。

"乾隆爷是1736年登基,少说也有280年了,你说准确点好不?"教过历史的牛登科朝他瞪了一眼。

"乾隆爷在位60多年,若是这树是乾隆年间后期栽的,我也没说错嘛!"侯入相也猛地吼了他一声。

夜 行

"凭什么就断定这树是乾隆年间后期栽的?"牛登科不依不饶地反问道。

侯入相鼻子哼了一声:"也没人说清是哪年栽的不是?"

这下牛登科没辙了,撇了撇嘴道:"你啊,就是嘴硬!"

看着俩老人争执不下,来人不免有些尴尬,陪同考察的村干部却不以为然:"嘁,俺村这俩老汉抬杠,比小孩打架好得还快呢。"

话虽如此,可抬杠久了,再好的口才都觉得乏味。

那天,在村头老槐树下,两人默不作声地坐了半天后,牛登科望着不远处那片工地说:"哎,老东西,咱俩在村里也算是有身份的人,这样整天闲磨牙有意思吗?"侯入相似乎深有同感,顺势把话接过去道:"谁说不是嘞,现在搞美丽乡村建设,咱俩也该发挥余热尽把力才是!"

两人一拍即合,都铆足了劲儿,使出浑身解数比绝活儿。

侯入相喜欢接受新事物,召集回乡大学生做起乡村旅游直播代言人。他们拍摄制作的"十里槐花香""千亩油菜花如潮""农家地道美食"等图片视频尽在网上飞扬,点击率哗哗往上涨,石磨豆腐、地锅馍、蘑菇炖柴鸡等家常饭菜,成了外地游客舌尖上的美味,当地的小磨香油、山地小米、红薯粉条等也变成抢手货,名不见经传的穷山沟,竟变成了网红打卡地。

牛登科也不甘落后,他熟悉当地历史,酷爱乡村文化,牵头组建业余写作班子,充分挖掘乡土史料,将散存民间的传说、民谣、小曲、民歌整理成册,组织民间艺人把说唱当地历史融入乡村旅游;还建议村里建起农具博物馆和民俗博物馆,让游客们在尽情观赏中,留得住记忆,记得住乡愁,吸引着一批又一批游客慕名纷至沓来。

三年之后,县里召开乡村旅游表彰大会,两人同被评为突出贡献者,书记县长为他们披红戴花、颁奖合影。两人那个激动啊,连声说:"俺们做梦都没想到,老了老了,还能戴着大红花上台领奖!"

哪知兴奋劲刚过,在回村的半道上,两人又"杠"上了。

侯入相拍拍牛登科的肩膀,学着县长的口吻道:"这个老同志啊,干得可不瓢(方言:不简单),要再接再厉啊!"

牛登科抿嘴一笑回敬道:"少耍贫嘴,来点实际的,要不到村南羊肉汤馆抿两盅,犒劳一下自个儿?"

"嘀——去就去,谁怕谁啊!"侯入相抹了一把脸,假装糊涂地问道:"咱俩该轮谁请客了?"

"人老忘性大,我也记不住,要不来个'剪子包袱锤'?"牛登科微笑着逗他道。

"中,来就来,不过咱可有言在先,无论谁请客,都得自掏腰包,县里奖励给咱们的钱,一分不少地捐给村小学!"侯入相一边回应一边提议。

"对,全部捐给村小学!"牛登科爽快地答应了。

事毕,两老汉孩子般边比画边吆喝起来,决出胜负后,说笑着朝村南羊肉汤馆走去。

坚 守

站在法庭外台阶上,望着年近七旬的姐姐在外甥搀扶下蹒跚而去的背影,卢志纯眼角湿润了。

从业三十载,他见惯悲欢离合,时常被无奈困扰。接手这起案子,他曾犹豫过、纠结过。

那几天,乡亲们无助的眼神里流露出的希望和信任,与亲外甥跪在地上苦苦哀求的场景,在他眼前交替闪现,令他困惑不已。

夜晚郊外稻田边,他焦虑地踱来踱去,手中燃着的烟一支接一支,几次被烟屁股烧到手指了才回过神来。"纯仔,你都看到了,这枯死的水稻,可是咱庄稼人的命根子,乡亲们的日子可咋过呀？"夏三伯声泪俱下的哭诉依然回荡在耳边，声声敲击着他的心。末了，他把烟蒂往地下一扔，猛地跺一下脚走了。

春种一粒粟，秋收万担粮。秋分过后，正是水稻收获的时节，罗布岭40多个农户却为350多亩水稻发愁，田里的水稻或枯死，或不结穗，眼看着颗粒无收。稻农们急了，带着样本求助市农业权威部门，经鉴定这批杂交水稻种为假冒伪劣种子。鉴定结果犹如晴天霹雳，震得稻农们面面相觑，欲哭无泪，感觉天塌了一样。

面对气冲冲找上门的乡亲，看着白纸黑字的鉴定结果，粮种经销商鲁某蒙了："这批种子是俺从C市农业科技有限公司批量购进的，难道会有假？""不假，为啥长不出一粒稻谷？"不管他咋解释，难平稻农们心中怨气。

协商赔偿不成，40多个农户将鲁某和C市种子公司诉至法院。法院经过审理，判决鲁某依法赔偿原告购种款及造成的利益损失，C市种子公司承担连带赔偿责任。

判后，鲁某不服，认为自己也是受害者，便不停地上诉，官司陷入僵局，一拖就是半年多。

节骨眼上，稻农们想到了卢志纯。有人说："纯仔明辨是非，办事公道，找他帮咱打官司！"这话当即被人堵住："'是亲三分向，是火热起炕'，咱告的可是他亲外甥，能行吗？"他们商量来商量去，一时没了主张。

夜 行

半天过去，都眼巴巴朝向夏三伯。老人猛吸了一口烟道："我看着他长大，这仔心善、正直，找他试试看！"

听说乡亲们聘请卢志纯代理案件诉讼，鲁某忐忑不安的心稍微平静下来。当晚，他们母子走进卢志纯家后，鲁某扑通一声跪倒在地，连连磕头说："舅舅，我遇到大麻烦了，只有您能救我——"便一把鼻涕一把泪地哭诉开了。

卢志纯听着、劝着、开导着，心里不禁涌起阵阵酸楚。

他三岁没了娘，十岁没了爹，大他十五岁的姐姐就成了他的靠山。为供他读书上大学，姐姐三十多岁才结婚。记得上大学走的那天，他面朝姐姐长跪不起，竟含泪叫声"姐姐妈"。

此刻，望着白发苍苍、身躯佝偻的姐姐不停地落泪，平时口若悬河的他，却感觉喉咙像塞块棉花。

见他愁眉不展，姐姐泪眼婆娑地恳求道："弟啊，俺知道你为难，可要让你外甥赔这多钱，咱这个家就垮了啊！""姐啊，外甥这些年打拼不易，我哪能不晓得？可您想一想，那些用了假种子，颗粒无收的家庭有多难吗？张老嘎家四口人，两个痴呆，一个瘫痪在床，全家就靠六十多岁的老嘎种地过活，如今七亩地的稻谷全瞎了。刘三毛去世后，媳妇一个人拉扯着三个孩子，还要养活八十岁的老娘，一年到头就指望这季稻谷；还有……想起乡亲们那一张张苦脸，我的心在流血啊！"

两个小时过去，谁也说服不了谁，不欢而散。

往后，鲁某索性关了店门躲起来。卢志纯一次次寻找，就是不见他影儿。

转眼又是半月过去，稻农们依旧在焦急地等待着判决结果。

有天，卢志纯终于打听到鲁某躲在深山亲戚家。那些天，山间道路被暴雨冲垮，自行车都过不去。他背上干粮，拄根木棍，一路不知摔过多少跟头，直到天黑才赶到鲁某藏匿的亲戚家。

望着突然找上门的卢志纯，鲁某惊愕过后，把脖子一梗道："您还是我亲舅舅吗？不帮我也就罢了，为啥还把我往绝路上逼？我输了官司，以后还有啥脸面在镇上混？"卢志纯义正词严道："错了就该承认改过，你的脸面难道比帮乡亲们渡过难关还重要吗？"

任凭他苦口婆心地劝说，鲁某执意不愿赔款。时隔不久，还从省城聘请名嘴律师，要与卢志纯打"擂台"。

面对此情，卢志纯下定对簿公堂的决心。盛夏时节，他沿着崎岖的山路，逐户走访散住在山间的稻农，到法院和农业权威部门查阅资料。当案件再次开庭时，卢志纯仔细听取对方律师的诉说，当其话音一落，他拿出有力的证据一一进行反驳，一场辩论下来，鲁某低下了头，表示服从再审判决。

夜行

刘婶的生前身后

刘婶三十得子，四十守寡，千辛万苦养大的儿子，却因家贫，人过三十了，尚未有女愿嫁，只得"入赘"外地。

儿子离家那天，刘婶的心一下子就被掏空了。末了，照例是去老头儿坟上大哭一场，诉诉心中积攒的冤屈，埋怨这死东西没良心，丢下她孤零零一个人，自个跑到阴间图清静去了。

此后，刘婶就一个人过日子了。春种秋收，没有了壮劳力，她不在乎，多少种点粮食就够吃了；头疼脑热，无人照料，她也没往心里去，庄稼人的命硬，挺一挺就过去了。

上了年纪的刘婶，怕就怕逢年过节那个孤独劲儿。每逢望见左邻右舍老少欢聚笑声满堂时，她心里便不由得涌起阵阵酸楚。

头几年，儿子每年还领着媳妇回来过三两次，添了小孙子之后，渐渐地回来就少了。都说孙儿是奶奶的心头肉，孙子都满地跑了，刘婶还没见过长得啥样呢。就不免天天想、夜夜盼，想孙子想得都快发疯了。

终于，那年腊月二十九，儿子带着妻儿进门了，刘婶见了孙子又是亲又是抱的,正亲热哩,媳妇却不由分说,从背后一把夺抱过去,吓得孙子哇哇大哭起来,刘婶一下子愣怔在那里,弄得鼻子不是鼻子脸不是脸。再抬眼望望儿子,他却站在一旁跟没事人似的翻看着手机。刘婶尴尬地将脸扭到一边后,老泪就掉下来了。

那几天里,媳妇再没给她与孙子亲热的机会,那年也过得没滋没味。没破五,儿子一家就返城了,刘婶却病了好一阵子。

再往后,儿子回来的次数就更少了,就是过年也不见回来了。倒是常托人往回给他娘捎钱捎东西,听说在外面生意做大了。

其实,刘婶并不缺钱,住在这穷乡僻壤,也没有花钱的地方;人上了年纪,牙口也不好,再好的东西吃不动也吃不惯。自打那场病后,她唯一的念想,就是盼着老了之后儿子能回家哭灵。

有道是说书的嘴快、唱戏的腿快,这说着说着,刘婶可就老了,是发洪水的那年收罢秋走的。

听说刘婶秋前就有预感了,说是做梦常梦见老头儿,那老东西告诉她,儿子一家不待见她,他却稀罕她,在那边房子也盖好了,要接她去一块儿过日子哩。于是,地里的庄稼刚见熟,她就挎着篮子下地收获。直到把剥过皮的玉米挂满了门前的几棵树,把黄豆、绿豆、豌豆晒干扬净,

夜 行

分盛在几个坛子里,她才松了口气。趁着还能动,又腌了满满一坛子鸭蛋,准备托人捎给城里的儿子,她知道儿子从小就爱吃咸鸡蛋,怕是往后再也吃不到她腌的鸭蛋了。

刘婶不中了,是隔墙三娘发现的。那天上午,三娘来串门时,发现她人已叫不应了。于是,赶忙让人给她儿子打电话,让他回来给他娘送葬。

已混出模样的儿子接到噩耗时,正与一客户谈着一大笔生意,虽说心里免不了悲痛,但他不愿舍弃将要到口的"肥肉",便打发公司办公室主任先行一步,替他回家张罗料理娘的后事,直到天黑送走客户,他才匆匆开车往家赶。为怕守灵时哭不出眼泪,便出高价雇了最专业事哭的一对夫妻帮他哭丧,并在心里暗暗发誓,一定要把娘的丧事操办得让乡邻们眼热。

村里人说,刘婶出殡那天,场面大得就没有见过,就像赶庙会一样,引得四里八乡来围观的人,把通往村子的道路挤得水泄不通。雇来的几个唢呐班子,此起彼伏对着吹响器,争着比着赛花样,一个吹得比一个起劲;还请了一个戏班子唱了两天大戏,只见台上扮秦香莲的那旦角边唱边哭、边哭边唱,哭得声泪俱下,唱得让人心碎;最令人动容的还是那哭灵,只见雇来事哭的那对夫妻跪在灵柩前,按照早已烂熟于心的哭词,声声念、字字泪:"我的亲娘啊,您咋忍心撇下我!""我苦命的亲娘啊,您就没享一

289

天福……""哭"得那叫一个悲恸欲绝呀,听上去抑扬顿挫荡气回肠悲悲切切哀哀怨怨,倾诉的都是娘的艰辛,颂扬的都是娘的恩德。也许触景生情,或许娘恩未泯,当了老板的他,竟也动情号啕大哭起来,且哭得一塌糊涂,上气不接下气。只是刘婶听不见,也看不见了……

岁月更迭,草木枯荣,一年一度,又到清明。不知不觉间,刘婶辞世已经三个年头了,她那当老板的儿子总是在忙,自打他娘过了"五七"后就没见回来过,刘婶的坟上已覆盖了厚厚一层枯草。

今年刚开春,刘婶那老板儿子就捎信回来,说是清明要回乡,给他娘坟上添新土,还要办祭祀仪式,顺便请全村的老少爷们到镇上最好的酒店痛饮一场,并为每家备了一份厚礼。听到这些信儿,村子里竟然波澜不惊,乡亲们似乎不大关注这件事儿,照常忙于春耕春播,照常忙着给过冬后的小麦施肥浇水,照常忙着侍弄河边的菜园子,照常赶着牛羊上山吃草……

为故乡和亲人立此存照（代后记）

我出身农村，19岁入伍，在武警部队服役25年后，转业回地方工作，我对乡村和军营有着很深的情结。所以，我的小小说创作大多与农村和军营有关。

在创作实践中，我深深地体会到：生活远比我们的想象更丰富，也更深刻，尤其是面对当下乡村发生的一系列新变化，只有深情拥抱，忠实记录，真情表达，才能创作出反映时代精神、充满正能量的作品。近一个时期以来，我将笔墨倾注于农村生活，把写作视角投向父老乡亲，把每年为数不多的假期，作为深入生活、了解社会、关注当下、体察乡情的机会，一次次走进乡野深处，走到村街里巷之间，去寻觅、去挖掘一个个鲜活生动的故事、一个个亲切得如乡邻一般的人物。我与被采访对象同喜同悲，走入他们的内心世界，耐心听他们倾诉自己的开心事、烦心事和忧心事，感受他们真实的心灵世界，在彼此心与心的呼唤、爱与爱的共鸣中，我与他们成了朋友和知己。

通过一次次走访、搜集、挖掘、整理和深入思考，我掌握了大量的写作素材，并以他们为主角，描写农村生产关系、人际关系以及农民思想观念的嬗变，透视农村的变革和农民内心世界的变化，描绘他们对美好生活的向往与追求。

翻看近年来发表的百余篇作品，虽然没有轰轰烈烈的大人物，亦不见波澜壮阔的大事件，笔墨所涉多是乡里乡亲的小人物，但他们世世代代固守着脚下的热土，面朝黄土背朝天，日出而作，日落而息。他们悲欢离合的故事里，无处不闪耀着中华传统美德和人性美的光辉，给人一种亲切感与鲜活感。

随着时间的推移，被我采访过的一些老人已相继故去，我认为这逝去的不仅仅是个体生命，同时也带走了一个时代。也许我没有资格为他们树碑立传，但愿能通过手中笨拙的笔，把那些淳朴而厚重的故事告诉外界和未来，如果能够让文中的主人公赢得一份尊重与敬仰，也算为故乡和亲人尽了一份责任。因此，一种无形的紧迫感，促使我去继续挖掘出自饱经风霜的老人之口的鲜活故事，努力挽住正在渐行渐远的乡情记忆，以便在乡村变革的进程中，将良好家风、文明乡风、淳朴民风一代代传承下去，让孝行、雅行、善行成为最美的习惯。

能够走上小小说创作之路，我是幸运的；能够运用手中的笔，为故乡和亲人立此存照，我更是幸福的。几年间，笔下稚嫩的文字，变成了一篇篇铅字作品，并在网刊上赢得较高人气，部分作品被名刊选载，离不开导师与各位辅导老师的悉心指导和培养帮助，唯有不忘初心，不负厚望，努力钻研，勤奋写作，才能报答老师的培育之恩。

结缘小小说，敬畏小小说，感恩小小说，写好小小说。

图书在版编目（CIP）数据

夜行 / 薛培政著. -- 北京：中译出版社，2022.3
（第九届(2018—2020)小小说金麻雀奖获奖作家自选集）
ISBN 978-7-5001-6999-4

Ⅰ.①夜… Ⅱ.①薛… Ⅲ.①小小说—小说集—中国—当代 Ⅳ.①I247.82

中国版本图书馆CIP数据核字（2022）第038066号

夜行
YEXING

作者：薛培政
责任编辑：温晓芳 / 特邀编辑：尹全生 / 文字编辑：宋如月
封面设计：北京锋尚制版有限公司 / 内文排版：北京杰瑞腾达科技发展有限公司

出版发行：中译出版社
地址：北京市西城区新街口外大街28号普天德胜大厦主楼4层
电话：（010）68002926 / 邮编：100044
电子邮箱：book@ctph.com.cn / 网址：http://www.ctph.com.cn
印刷：北京中科印刷有限公司 / 经销：新华书店

规格：880mm×1230mm 1/32
印张：9.375 / 字数：162千字
版次：2022年4月第1版 / 印次：2022年4月第1次
ISBN：978-7-5001-6999-4
定价：42.80元

版权所有 侵权必究
中 译 出 版 社